A HISTÓRIA QUE NUNCA VIVEMOS

LUCAS ROCHA

A HISTÓRIA QUE NUNCA VIVEMOS

Copyright © 2024 by Editora Globo S.A
Copyright do texto © 2024 by Lucas Rocha

Todos os direitos reservados. Nenhuma parte desta edição pode ser utilizada ou reproduzida — em qualquer meio ou forma, seja mecânico ou eletrônico, fotocópia, gravação etc. — nem apropriada ou estocada em sistema de banco de dados sem a expressa autorização da editora.

Editora responsável **Paula Drummond**
Editora de produção **Agatha Machado**
Assistentes editoriais **Giselle Brito e Mariana Gonçalves**
Preparação **Theo Araújo**
Revisão **Paula Prata**
Diagramação **Guilherme Peres**
Projeto gráfico original **Laboratório Secreto**
Ilustração e criação de capa **Helder Oliveira**

Texto fixado conforme as regras do Acordo Ortográfico da Língua Portuguesa (Decreto Legislativo nº 54, de 1995)

CIP-BRASIL. CATALOGAÇÃO NA PUBLICAÇÃO
SINDICATO NACIONAL DOS EDITORES DE LIVROS, RJ

R574h   Rocha, Lucas
         A história que nunca vivemos / Lucas Rocha. - 1. ed. - Rio de Janeiro : Globo Alt, 2024.
         21 cm.

         ISBN 978-65-85348-70-6

         1. Ficção brasileira. I. Título.

24-91645   CDD: 869.3
                       CDU: 82-3(81)

Meri Gleice Rodrigues de Souza - Bibliotecária - CRB-7/6439

1ª edição, 2024

Direitos de edição em língua portuguesa para o Brasil adquiridos por Editora Globo S.A.
R. Marquês de Pombal, 25
20.230-240 – Rio de Janeiro – RJ – Brasil
www.globolivros.com.br

*Para todos aqueles que não puderam
viver suas histórias de amor*

1

As primeiras palavras que falei para os meus pais quando descobri que iríamos passar as férias de verão na casa do meu avô foram: "Nem pensar".

— Eu posso ficar em casa — argumentei enquanto tomávamos café da manhã, olhando para a TV e pensando na quantidade de séries atrasadas que eu poderia colocar em dia. — A internet não funciona lá! Não tem nada para fazer naquele lugar.

— Isso não está em discussão, Mateus — respondeu meu pai, bebendo seu café preto com a certeza de que a felicidade estava no fim daquela xícara.

Diferente dos meus, seus cabelos eram curtíssimos, raspados religiosamente a cada duas semanas — mas essa era a nossa única diferença. De maneira geral, parecíamos versões da mesma pessoa: os mesmos olhos pretos, a mesma pele marrom-clara, o mesmo nariz arredondado e o mesmo sorriso largo. Eu só não compartilhava a barba que escondia o início de um queixo duplo e as olheiras profundas de sua insônia crônica, mas sabia que isso era só questão de tempo.

— Seu avô vai ficar feliz de ver a família reunida para comemorar a indicação ao prêmio pelo livro novo — concluiu ele.

— Lá tem piscina e comida, Mateus. Do que mais você precisa? — perguntou minha mãe.

Suspirei.

— Não quero lidar com o vovô — falei, dando minha última cartada. — Vai ser esquisito.

— Seu avô ganhou milhões escrevendo sobre mulheres se beijando, Mateus — disse minha mãe, ajeitando os cabelos longos e escuros atrás da orelha antes de pegar a garrafa de café e se servir.

Ela tinha os olhos e a pele mais claros que os meus, e meu pai se gabava de ter casado com a versão brasileira da Jennifer Lopez. Ela revirava os olhos quando ele dizia isso, mas dava para ver que, por dentro, ficava toda feliz com a comparação.

— Você ter se assumido não vai ser um problema. Olha, eu evito ao máximo passar mais de três dias com o meu pai, mas dessa vez é importante! Ele vai ficar feliz quando vir que todo mundo está empolgado com a indicação ao prêmio. E, se ele fizer algum comentário desagradável, a gente vai estar lá para te defender.

Depois que me assumi para os meus pais, eles não deixavam de salientar, sempre que podiam, o quanto me apoiavam. Eu amava isso neles.

— Mas a internet... — resmunguei, sabendo que aquele era um péssimo argumento.

— Saia da internet e vá ver o mundo! — exclamou meu pai, que, ironicamente, estava com a cara enfiada no celular. Ele desviou o olhar da tela e me encarou enquanto eu terminava de fazer meu sanduíche de queijo e orégano. — Por que você não aproveita o tempo livre quando estiver lá e pede algumas dicas para o seu avô? Você gosta tanto dos livros dele! Será que não é o momento ideal para perguntar a um dos maiores escritores deste país como escrever seu próprio livro?

O novo livro do meu avô. Parecia que todo mundo só falava sobre aquilo.

Tudo bem, não era pouca coisa: depois de mais de cinquenta anos, meu avô estava concorrendo novamente ao prêmio Maria Firmina dos Reis de literatura, o mais importante do Brasil. Ele consolidou sua carreira como escritor em seu primeiro romance, lá nos anos 1970, mas desde então nenhum de seus outros livros fez tanto sucesso.

Até agora.

— Vai ser divertido! — insistiu minha mãe, encarando meu pai do outro lado da mesa, ainda concentrado no celular. — O que você tanto lê aí, Rubens?

— Saiu uma matéria sobre o seu pai no caderno de cultura da Folha — respondeu ele, mostrando o celular para ela.

— O que diz? — perguntou ela.

Meu pai pigarreou e começou a ler um trecho da matéria como se fosse um locutor de rádio:

— "Depois de cinquenta e um anos e uma sequência de romances pouco expressivos, José Guimarães de Silva e Freitas, autor do premiado romance *A casa azul*, volta a ser indicado ao prêmio Maria Firmina dos Reis com *De volta à casa azul*, continuação da história que lhe rendeu seu prestígio. Se no primeiro livro acompanhamos a trajetória de Joana e seu relacionamento secreto com Lu, agora vemos uma protagonista mais velha e madura, que precisa lidar com as escolhas que fez no passado para continuar sua busca pela felicidade.

"Seguindo a tradição confessional pela qual foi consagrado em seu livro de estreia — que venceu o prêmio Maria Firmina dos Reis, foi traduzido para mais de treze idiomas, ganhou indicações internacionais tanto para o Man Booker Prize quanto para o Pulitzer e foi adaptado para o cinema estadunidense —, José Guimarães nos surpreende novamente com sua prosa afiada e recheada de emoções, em uma jornada interna permeada pela delicadeza e pela atenção aos detalhes. Assim como Margaret Atwood em *Os testamentos*, a continuação de *A casa azul* foi um *best-seller* instantâneo, vendendo mais de dez mil exemplares apenas na semana de seu lançamento."

Meu pai rolou a tela do celular e voltou à sua voz normal:

— Depois falam mais sobre o passado dele e sobre os outros indicados. Mas a matéria é basicamente sobre ele.

— Será que ele já viu? — indagou minha mãe.

Com certeza já, pensei. Meu avô não era exatamente uma pessoa que não se preocupa com a opinião alheia.

— Provavelmente — respondeu meu pai. — Mas vou mandar o link para ele mesmo assim. E quanto a você... — acrescentou, olhando para mim. — A gente sai às dez, e acho bom você estar com a sua mala pronta. Vão ser dias de pura diversão!

Lógico que ele falou isso no maior tom de ironia possível.

— Oba... — respondi baixinho, sem um pingo de empolgação. — Vai ser ótimo...

— Esse é o espírito da coisa — disse meu pai, se levantando da cadeira. — Mas, falando sério, Mateus... juro que é só por causa do prêmio. Isso é importante demais para não irmos lá apoiar o seu avô.

Ninguém na família é fã do meu avô, acrescentei mentalmente, mas não falei nada porque aquele era um assunto delicado e eu já tinha batido minha cota semanal, saindo do armário e tudo o mais.

Quer dizer, não é que tenha sido exatamente algo *delicado*. Me assumir não foi bem uma questão de escolha, só de tempo. A parte mais complicada eram as outras pessoas, porque meus pais eram incríveis e sempre muito abertos comigo em relação a qualquer assunto. Quando finalmente achei que era hora de contar o meu *grande* segredo (risos), só lembro de ver os dois sorrindo e me chamando para um abraço. Disseram que não seria sempre fácil, mas nada na vida era, e que eles estavam ao meu lado para o que desse e viesse.

Mas aí fiquei tão empolgado com a resposta positiva deles que corri direto para o celular e fiz um post no Instagram.

Não era para ter sido grande coisa. Foi só uma foto minha com um filtro de arco-íris pintando meu rosto e uma legenda dizendo: "Me sentindo muito colorido hoje #pride".

E então as coisas saíram de controle.

Primeiro, a diretora da minha escola ligou para a minha mãe e perguntou se ela já tinha visto a postagem, destacando sempre que não tinham nada contra a minha "opção (!!!!) sexual", mas que outros pais poderiam se incomodar e toda aquela situação poderia gerar desconforto.

Minha mãe me tirou imediatamente da escola. O que não achei ruim, até porque eu estava de férias e não tinha muitos amigos lá, então não foi uma decisão muito complicada. O ensino médio começaria no ano seguinte com a promessa de ser igualmente aterrorizante, só que com pessoas desconhecidas.

E então teve a ligação do meu avô. Essa, sim, foi difícil. Eu amava o trabalho dele, apesar de não ser um grande fã da sua personalidade, e me empolgava ainda mais saber que ele escrevia sobre o amor de duas mulheres, porque isso aumentava as chances de ele aceitar quem eu era. Mas, por algum motivo, o mesmo homem que era tão delicado com um romance lésbico parecia não ter digerido bem o fato de o próprio neto gostar de outros caras. O que era frustrante, para dizer o mínimo.

Quando minha mãe ligou para ele, só consegui ouvir fragmentos sussurrados da conversa dos dois, que terminou com ela dizendo "Se você acha que sua carreira pode ser afetada porque seu neto é gay, está na hora de repensar o tipo de público que você tem".

Meus pais não sabiam que eu tinha ouvido isso. Não tinham ideia de que eu sabia do desconforto que minha postagem causou, porque eles tinham a péssima mania de achar que precisavam me proteger do mundo em toda e qualquer circunstância. Mas havia um nó preso na minha garganta desde aquela ligação. Eu não queria olhar na cara do meu avô e descobrir que uma das pessoas que eu mais admirava no mundo não gostava de mim por conta dessa parte tão fundamental da minha existência. Lógico que eu ainda podia deixar isso claro para os meus pais se *realmente* estivesse determinado a não passar as férias na casa do meu avô, mas isso só tornaria tudo ainda mais estranho.

Então, depois de terminar de comer, peguei a minha mala no armário e comecei a separar as roupas que usaria nos dias que viriam, certo de que não queria ser motivo de discussão para a minha família, não quando as coisas com o meu avô já eram frágeis e pareciam sempre prestes a ruir.

2

A casa do vovô ficava em uma cidade com pouco mais de quarenta mil habitantes no interior de São Paulo, localizada na rota das vinícolas do estado. A estrada que nos levou até lá era cercada por plantações de uva, e eu me perguntava como uma cidade tão cinza e cheia de concreto quanto São Paulo podia viver lado a lado com outra tão vibrante e verde quanto aquela.

Quando eu era mais novo, pensava que aquela casa era um lugar mágico: por mais portas que eu abrisse, sempre havia novos cômodos a serem descobertos. Eram quartos, escritórios, a biblioteca, o sótão, banheiros e lavabos — uma infinidade de portas.

Sempre me senti perdido e confuso quando estava ali. Mas conforme crescia e explorava toda a propriedade, consegui entender sua real dimensão: era inegavelmente enorme, uma casa de três andares que se estendia por quase 500m², além de um jardim repleto de estátuas de mármore e diferentes tipos de flores. Também havia uma piscina imensa na qual meu avô se exercitava religiosamente todas as manhãs, próximo aos altos muros protegidos por cerca eletrificada. Perto da piscina ficava a área onde fazíamos nossas festas de família: sauna, churrasqueira, ofurô para hidromassagem e três redes presas entre as pilastras que sustentavam um gazebo. Além disso, havia um armazém, onde ficavam caixas velhas e empoeiradas, uma fonte no meio do jardim — de onde um anjinho de pedra cuspia água

— e um portão de ferro com as iniciais JG, que se abria sempre que um novo carro chegava.

Mas nenhum daqueles luxos me enchia muito os olhos. Com certeza era divertido correr pelo jardim e mergulhar na piscina, mas esse verão seria muito diferente dos outros.

Seria a primeira vez que nos reuniríamos ali sem a presença da minha avó.

Ela era incrível.

Tê-la durante as férias era como mergulhar em uma piscina aquecida num dia frio. Como comer brigadeiro assistindo a um filme em preto e branco. Como ouvir o barulho das ondas quebrando na praia em um dia de sol. O amor parecia transbordar, as brincadeiras pareciam mais divertidas e minha avó sempre me deixava ficar acordado até mais tarde, comer besteiras antes do almoço ou dar mortais na parte funda da piscina.

Quando minha mãe a repreendia, ela só abria um sorriso e dizia "Deixa esse menino viver, Paola!", antes de me incentivar a pular mais uma vez na piscina e espirrar água para todo lado. Nós dançávamos e víamos TV juntos, e, na hora de dormir, ela contava histórias de quando era adolescente, de como ajudou meu avô no início da carreira e de como se orgulhava do homem de sucesso que ele havia se tornado.

— Quando eu tinha a sua idade e morava em uma cidadezinha menor do que essa aqui, passava muito tempo na biblioteca — disse ela uma vez, passando a mão pelos meus cabelos, melancólica. Eu estava deitado no colo dela, prestes a cair no sono, olhando para os inúmeros livros que enchiam as paredes da biblioteca daquele casarão. — Depois que conheci seu avô e ele me contou que queria ser escritor, primeiro eu dei risada, mas depois o ajudei quando as coisas começaram a ficar sérias. A gente viveu tantas aventuras por causa dos livros! Às vezes, penso que eu também poderia ter sido escritora, sabe? Eu até sentia uma pontinha de inveja de vez em quando, mas logo passava.

E ela suspirava, como se estivesse voltando no tempo.

Aquilo ficou gravado na minha memória: os dedos dela passando pelos meus cabelos, seu cheiro de alfazema e sua pele enrugada e quente, tão boa de encostar a cabeça antes de tirar uma soneca.

Era muito triste pensar que minha avó não estava mais aqui quando finalmente decidi me assumir. Eu tinha certeza de que ela seria a primeira a me abraçar e dizer "Está tudo bem". Minha avó irradiava amor, e estar perto dela me fazia sorrir mesmo em um dia ruim.

Esse era mais um dos motivos pelos quais eu evitava voltar para aquele casarão: não queria ficar triste por saber que não teria mais momentos felizes com a minha avó. Também não queria estar em um lugar que me lembraria de que eu não teria o apoio dela depois que resolvi dizer ao mundo que gostava de garotos.

Eu não queria voltar para o interior de São Paulo porque isso me faria lembrar que ela não estava mais entre a gente.

Mas dessa vez não tinha saída. Meu avô estava concorrendo àquele prêmio bobo e a gente precisava estar lá, apoiando ele.

José Guimarães de Silva e Freitas nos recebeu com um sorriso presunçoso no rosto, um charuto entre os dedos e um pijama do São Paulo, seu time do coração. Ele era baixinho e calvo, com uma barba grisalha preenchendo todo o seu rosto pálido, escondendo as rugas e o queixo pequeno. Estava calor naquela manhã, e suas pernas descobertas faziam com que ele parecesse muito menos um escritor renomado e respeitado pela Academia e muito mais um senhorzinho ao qual ninguém daria muita importância caso passasse por ele.

E era exatamente essa a impressão que meu avô gostava de passar. Ele dizia querer o anonimato e uma vida simples, mas ainda assim comprou aquela mansão onde provavelmente caberiam umas oito famílias. A justificativa dele era a de que queria algum lugar onde pudesse se concentrar para escrever, longe das distrações da cidade. Mas eu sabia que era só papo-furado. Ele adorava aqueles luxos.

Para qualquer um que tivesse lido a biografia dele (escrita às pressas por um jornalista contratado pela editora de seus romances, pouco antes de *De volta à casa azul* ser publicado), essa era a vida pacata de um gênio: recluso, avesso às pessoas e à fama.

Só que eu conhecia meu avô e sabia que havia mais nele do que aquela biografia rasa. Quando lançava um novo livro, ele ficava obcecado com as noites de autógrafos, e só aparecia na livraria se houvesse um grande número de pessoas esperando por ele; e, desde que instalara internet no seu escritório, ficava horas a fio pesquisando o próprio nome, tentando ler tudo o que falavam a seu respeito. Eu sabia até de uma ou outra história sobre mesas de discussão em que meu avô obrigou os organizadores a desfazerem o convite a algum outro autor, e uma ou outra ocasião em que ele simplesmente não compareceu porque decidiu, na hora, que aquele evento não lhe renderia publicidade suficiente para fazê-lo sair de casa.

A empolgação pelo sucesso de *De volta à casa azul* estava estampada no rosto dele: fazia tempo que meu avô não recebia tantos elogios, e estava evidente o quanto aquilo inflava o seu ego e o deixava mais feliz.

— Olá! Bem-vindos! — Ele acenou com a mão que segurava o charuto, dando passos curtos e bem calculados para não sujar suas sandálias com a lama acumulada onde havíamos estacionado. — Finalmente! Os últimos a chegar!

Saí do carro e olhei ao redor. A mansão continuava a mesma.

— Desculpa a demora, pai, o trânsito estava terrível — disse minha mãe, arranjando uma desculpa esfarrapada.

Ela se aproximou para abraçá-lo.

— E você, Rubens, cansado de apanhar pra gente? — provocou meu avô com um sorriso, provavelmente se referindo a algo relacionado a futebol, porque eu não conseguia encaixar aquela frase em nenhum outro contexto.

Os dois deram um aperto de mão e meu avô finalmente pousou seu olhar em mim.

— E olha só quem finalmente resolveu sair da toca! — Ele se aproximou e esticou a mão para apertar a minha, mas, quando a estendi, ele ergueu a dele. — Vem dar um abraço no seu velho! Ou está crescido demais para isso?

Abri um sorriso sem graça com aquela efusividade toda.

Meu avô realmente estava com um ótimo humor.

— Venham, venham — chamou ele, ao mesmo tempo que estalava os dedos e apontava o porta-malas do nosso carro para dois funcionários da mansão.

— Não precisam se incomodar — falou minha mãe, se adiantando, sempre avessa à ideia de que alguém fizesse algo que ela era perfeitamente capaz de fazer. — A gente leva as malas para dentro. Vem, Mateus, me ajuda aqui.

Meu avô suspirou.

— Nem pensar, Paola. Eles são pagos para isso. Vocês são meus convidados.

— Eles são pagos para trabalhar para você, não para mim. Eu posso levar minhas próprias malas.

— *Por favor, não comecem...* — cantarolou meu pai entre dentes, baixo o suficiente para só minha mãe e eu ouvirmos.

— Você é muito teimosa, Paola — disse meu avô, estalando os dedos novamente para os dois rapazes, que estavam em silêncio.

Os dois caminharam em direção à minha mãe, que já segurava uma bolsa em cada uma das mãos.

— Pai, eu já falei que está tudo bem! — exclamou ela, mais alto do que pretendia. Depois, se dirigindo aos dois homens, acrescentou em um tom de voz mais calmo: — Vocês são muito atenciosos e tenho certeza de que têm muito o que fazer nessa casa enorme. Não precisam se preocupar comigo.

Consegui ouvir o suspiro irritado do meu avô.

— Tudo bem, faça como quiser — disse ele, se dando por vencido. Desviou o olhar da minha mãe e encarou seus funcionários. — Voltem para o jardim e, sei lá, aparem a grama ou façam qualquer coisa que tenham para fazer. Minha filha independente está a fim de levantar peso hoje.

E, balançando a cabeça, nos deu as costas para entrar na sala de estar enquanto meu pai e eu pegávamos o restante das bagagens.

3

Assim que entrei na casa, fui obrigado a largar as malas ao ser engolido pelo abraço efusivo da minha tia Amanda.

— Mateeeeeus! Meu Deus, como você cresceu! — Ela me apertou até quase me sufocar no seu peito volumoso. Ela era uma mulher baixa, gorda e cheia de energia, com cabelos longos como os da Maria Bethânia. — Estou tão orgulhosa de você!

Gelei quando ela falou aquilo, e tentei ver se meu avô esboçava alguma reação. Ele, no entanto, parecia mais dedicado a nos reprovar por estarmos carregando as malas do que a prestar atenção em qualquer palavra que ecoava por aquela sala enorme.

Quando ela me soltou, sorri sem graça e apenas assenti.

— É sério, aquele post foi tão corajoso! Eu acabei de entrar no Insta, e a Sofia me ensinou a fazer stories. Olha aqui — disse ela, pegando o celular sabe-se Deus de onde e iniciando a função gravar do Instagram. — Oi, gente, olha quem está aqui! É o Mateus, meu sobrinho lindo! Deem um like na última foto dele, ok? E mandem um beijo e todo o apoio do mundo! A gente ama as pessoas do jeito que elas são, né?

Enquanto eu ainda tentava entender o que estava acontecendo, ouvi a voz dela sendo repetida pelo celular enquanto seus dedos ágeis mexiam na tela e provavelmente enchiam a postagem de gifs.

— Só vou colocar um filtro, te marcar e... pronto! Agora é só esperar a internet resolver funcionar para os meus seguidores te verem!

— Mãe, você tá viajando se acha que a gente vai ter sinal em algum momento. — Ouvi a voz da minha prima, deitada no sofá com um livro em mãos. — Eu já desisti há umas duas horas.

Consegui me livrar da atenção da minha tia e me aproximei da minha prima Sofia, com um sorriso largo que demonstrava felicidade genuína por vê-la em meio a toda aquela riqueza desnecessária.

Da última vez que vi Sofia pessoalmente, ela tinha os cabelos tão longos quanto o da mãe, mas agora eles estavam na altura dos ombros e tinham as pontas pintadas de roxo. Minha prima parecia ter passado por algum tipo de transformação no último ano: seus seios estavam maiores, suas pernas estavam mais grossas, seu rosto tinha mais espinhas e ela estava mais calada, usando um tom de voz que nada se assemelhava ao da garota que vivia gritando e correndo comigo pelo jardim quando éramos crianças. Se antes Sofia só usava shorts ou vestidos de tecido leve e estampas floridas, agora vestia uma camisa preta com uma estampa de alguma banda de rock que não consegui identificar.

— E aí, pirralho — disse ela, como se ser um ano mais velha do que eu fizesse dela adulta.

Sofia fechou o livro e abriu os braços para mim. Apesar de parecer completamente diferente, seu abraço continuava ótimo e ela ainda parecia feliz ao me ver.

— Mandou bem com aquela foto, hein — elogiou ela.

Será que só iam falar disso?

— Obrigado — murmurei, olhando para o livro que Sofia lia. *De volta à casa azul*. — Você está gostando?

— É incrível — respondeu Sofia. — O que não faz nenhum sentido.

Ela encarou nosso avô, que estava no bar do outro lado do cômodo e conversava com meu pai, rindo enquanto preparava um drinque para tomar antes das duas da tarde.

— Sério — continuou ela. — Eu queria entender como ele conseguiu escrever esse livro perfeito sendo essa pessoa horrível.

— Fala baixo! — murmurei, preocupado que alguém pudesse ouvi-la.

Mas Sofia não parecia se importar.

— Você já leu, né? — perguntou ela, se arrastando pelo sofá e se sentando com as pernas cruzadas sobre os pés, abrindo espaço para eu me juntar a ela.

— Já. A mamãe só me deixou ler esse ano, porque dizia que eu não tinha idade suficiente.

— O vovô pode ser horrível, mas a gente tem que admitir que ele escreve bem demais. Pelo menos nesses dois livros da Casa Azul — disse ela.

— Eu tentei ler algumas outras histórias dele, mas acho que não eram para mim. Não consegui terminar nada.

— A culpa não é sua. Os outros livros são horríveis.

Ela não fazia a menor questão de diminuir o tom de voz, mas ninguém naquela sala parecia interessado na conversa de dois adolescentes.

Ainda assim, olhei para Sofia com uma cara de desaprovação.

— Que foi? É verdade! — acrescentou ela. — E não sou a única que pensa assim. Se você for olhar as críticas dos livros do vovô, ninguém aguenta nada dele depois de *A casa azul*. Todo mundo dizia que ele era um autor de um livro só, e até os fãs mais fiéis têm lá suas ressalvas. Tipo, ele escreveu um livro sobre uma mulher que mata os filhos para ganhar dinheiro! — Ela se referia à época em que os editores do meu avô diziam que uma polêmica era tudo o que ele precisava para reacender sua carreira. Não deu muito certo, lógico. — Que tipo de pessoa escreve um negócio tão delicado quanto *A casa azul* e depois faz uma coisa dessas? Isso faz a gente se perguntar se todas as fofocas que rolam por aí de ele ter plagiado a história fazem algum sentido.

— Sofia! — Dessa vez a repreendi com urgência, olhando para ela como se não conseguisse acreditar que ela estivesse trazendo o assunto mais perigoso naquela casa de uma forma tão casual. — Pelo amor de Deus, fala baixo!

Ela estava prestes a continuar sua argumentação, mas fomos interrompidos pelo nosso avô.

— Estou vendo que já estão bolando seus planos secretos — disse ele, bem-humorado, provavelmente atraído pelo exemplar do livro que Sofia tinha ao seu lado. — Sua mãe contou que você está lendo o livro, Sofia. Será que você tem idade para isso? Espero que consiga terminar até o fim de semana, porque vamos fazer uma festa pela indicação ao prêmio e provavelmente alguém vai acabar deixando escapar o final.

— Eu já tenho dezesseis anos, vô — respondeu ela. — A sua protagonista começa a história com quinze.

— Sim, sim... — disse ele, gesticulando com a mão que segurava o charuto e espalhando fumaça. — Mas não vai fazer igual a minha Joana não, hein! Quero ver você muito bem casada com um rapaz que dê orgulho para a nossa família e me dê bisnetos o quanto antes!

A alfinetada dele me atingiu com força. Ele sequer olhava para mim.

— Não está entre as minhas prioridades encontrar um rapaz nesse momento, vô. E se o senhor continuar fumando esse negócio aí, com certeza não vai estar vivo nem para saber se vai ganhar o prêmio no fim do mês, quanto mais para ver um bisneto.

Segurei uma risada, apertando os lábios enquanto nosso avô encarava Sofia, atônito com aquela resposta ácida e sagaz.

Depois ele abriu um sorrisinho.

— Vocês estão cada vez mais rápidos nas respostas, hein! Aposto que seu primo tem sido uma má influência — disse ele, passando a mão pela minha cabeça como se eu fosse um cachorrinho bem-comportado. Depois levou o charuto de novo até a boca e soltou mais fumaça na nossa cara, indo embora com aquele mesmo sorrisinho no rosto.

Assim que ele se afastou o bastante e voltou para junto do meu pai, falei para minha prima:

— Você é doida!

Dei um tapinha no braço dela e finalmente deixei minha risada escapar, ainda um pouco sentido com aquele comentário maldoso do meu avô.

— Ele não vai te humilhar na minha frente e achar que está tudo bem — disse ela. — Sério, Mateus, você foi corajoso demais postando aquela foto lá. Eu queria ter essa coragem.

— Obrigado — respondi, sem graça. — Mas eu não fui corajoso. Só inconsequente.

— Bem, alguém tem que ser o pioneiro na família — declarou ela, dando de ombros.

Eu sabia que havia um significado oculto naquilo, mas guardei minhas perguntas para mim mesmo. Se Sofia tinha alguma coisa para me contar, que falasse em seu tempo.

Quando ela voltou a se deitar e abrir o livro, vi um dos rapazes que trabalhava na casa falar alguma coisa para o meu avô. Ele se levantou imediatamente, virando o resto do seu drinque goela abaixo e apagando o charuto. Então subiu a escada correndo e voltou três minutos depois, enfiado em uma calça social e uma camisa de botão, um chapéu e uma expressão completamente diferente da que apresentava no começo daquela manhã. Também tinha uma bengala em uma das mãos, como se usá-la desse a ele um ar de sabedoria e fragilidade ideal para a persona do escritor José Guimarães de Silva e Freitas.

— Tem uma jornalista lá fora — disse ele, empolgado, olhando para todos como se fosse explodir de animação.

— Pensei que o senhor não desse entrevistas que não fossem agendadas — disse Sofia, franzindo a testa.

— E não dou, mas ela está aqui! Sem hora marcada! — exclamou ele. — Com certeza deve ser uma fã, se está tão empenhada assim em conversar comigo, vindo neste fim de mundo.

Só havia uma coisa de que meu avô gostava mais do que daquela pose de escritor recluso: pessoas que tentavam furar a reclusão dele apenas para descobrir que ele era um senhorzinho amável e simples. O que não fazia sentido, dado o tamanho daquela mansão.

— Se uma pessoa se dispõe a dirigir até aqui só para falar comigo, eu tenho que dar alguma atenção para ela — continuou ele. — Alguém quer vir comigo e ver como se dá uma entrevista?

Ninguém se mexeu para acompanhá-lo.

— Mateus! — chamou ele. — Vamos. Essa jornalista precisa ver que sou um homem de família.

Olhei de Sofia para o nosso avô e para os meus pais. Minha mãe me incentivava a acompanhá-lo como se aquilo pudesse estreitar nossa relação, meu pai parecia entretido com seu copo de uísque e Sofia só balançava a cabeça, reprovando aquela personalidade artificial do meu avô.

Sem escapatória, me levantei e andei lado a lado com ele, que subitamente precisava usar a bengala e tinha passos mais curtos. Sua expressão também tinha mudado: os músculos do seu rosto relaxaram e seu sorriso se tornou bondoso, como se ele fosse um personagem de algum livro infantil.

Tentei não fazer qualquer julgamento. Ele tinha uma imagem a zelar.

Seguimos até o portão da casa, pulando as poças de lama. Eu conseguia sentir a empolgação irradiando do meu avô.

Sua vaidade era impressionante.

A jornalista nos esperava do outro lado do portão. Era uma mulher baixa e magra, de pele negra, com cabelos vermelhos volumosos e um caderninho de couro cru em mãos. Estava mexendo no celular, o cenho franzido de quem tentava inutilmente conseguir sinal.

— Bom dia! — cumprimentou meu avô, chamando a atenção da mulher.

As letras JG se afastaram dramaticamente enquanto o portão se abria. A mulher ergueu o olhar e pude ver que ela usava um batom discreto, tinha olhos esverdeados e um sorriso extremamente profissional. Vestia uma roupa leve, como se fosse sair dali direto para um banho de cachoeira.

— Sr. José Guimarães de Silva e Freitas? — A mulher se aproximou, estendendo a mão para meu avô.

Ele sustentou o corpo com a bengala em puro fingimento, balançando-o para a frente e para trás no terreno irregular enquanto apertava a mão dela.

— Sou eu mesmo! — respondeu ele. — Mas o senhor está no céu, então pode me chamar só de José. E esse é o meu neto Mateus! Estamos fazendo uma reunião de família neste verão.

Ela sorriu e acenou para mim, e eu retribuí o gesto sem saber muito bem o que estava fazendo ali.

— Muito obrigada por me receber, José — disse a jornalista, pegando dois cartões de visita e estendendo um para mim e outro para o meu avô. *Vitória Sanches, Diário de São Paulo.*

Uau, era um dos jornais de maior circulação do país.

— Você deve saber que não atendo jornalistas sem hora marcada, mas se você veio até aqui, é porque tem fibra. Gosto disso. Imagino que queira falar sobre a indicação ao prêmio, não é?

A mulher assentiu.

— Estou cobrindo o caderno de cultura do *Diário de São Paulo*, e estamos preparando uma matéria especial para amanhã. — Ela tinha uma voz simpática e não parecia nem um pouco incomodada por ter dirigido tanto só para terminar com os pés enfiados no meio de toda aquela lama. — Tentei ligar para o seu agente, mas imagino que esteja uma loucura, né? Enfim, queremos colocar a matéria no caderno especial de domingo, então resolvi vir aqui porque precisava de uma declaração sua.

Meu avô olhou ao redor.

— Você está sozinha? Nas entrevistas que faço, geralmente temos fotos, mas você parece nova nisso, e tenho certeza de que vai pegar o jeito com o tempo. O fotógrafo está a caminho? Quer entrar e conhecer minha família enquanto espera por ele?

Vitória deu um sorriso amargo com a condescendência do meu avô. Ela parecia o tipo de pessoa que, em qualquer outra circunstância, rebateria aquelas palavras, mas acho que preferiu ficar quieta porque precisava das palavras dele para a matéria.

— Não teremos fotógrafos para essa matéria, José. Não vim fazer uma entrevista *com* o senhor, desculpa se essa pareceu a minha intenção. O recorte da reportagem será outro, e eu só preciso de uma declaração sua.

Aquilo pareceu deixar meu avô intrigado.

— Estou ouvindo — disse ele, sem saber muito bem o que o aguardava.

Vitória respirou fundo e deu um passinho para trás antes de começar a falar, as palavras soando como se tivessem sido ensaiadas na frente de um espelho:

— Como é do conhecimento geral do público que o acompanha mais de perto, seu primeiro livro passou por uma série de acusações depois do lançamento. Agora, com a publicação de *De volta à casa azul*, a discussão foi trazida à tona novamente. Recebi a ligação de uma mulher chamada Ana Cristina Figueiredo, que me mostrou uma série de artigos publicados nos anos 1970 comparando a sua obra com uma história que ela publicou, e as semelhanças são, no mínimo, interessantes. Estamos fazendo uma matéria mostrando a história de Ana Cristina e gostaríamos de uma declaração do senhor. O que gostaria de dizer a ela e às pessoas que o acusam de copiá-la?

Vitória manteve a postura profissional do início ao fim, como se fosse um robô programado para dizer aquelas palavras. Meu avô, no entanto, começou a ficar mais vermelho à medida que ouvia a jornalista. A mulher olhou para mim assim que terminou de falar, como se pedisse desculpas por ter que ser a porta-voz de acusações tão graves.

Só consegui me encolher e olhar para o chão, desejando cada vez mais me enfiar em algum buraco.

Não era como se eu não tivesse ouvido aquilo antes. Vovô gostava de dizer que a fama e o sucesso tinham seu preço, e uma das taxas a serem pagas era a de pessoas obcecadas por ganhar alguma coisa em cima do trabalho duro dele.

Ele deu um passo à frente, mas dessa vez Vitória não recuou.

— Escute aqui, sua mocinha petulante — disse ele, mudando completamente sua expressão. Não tinha mais nada do senhor bonzinho de sorriso fácil. — Você vem até a minha casa sem hora marcada, é recebida de braços abertos e faz essas acusações sem sentido contra mim?! Você é muito cara de pau! Já passei por isso e pensei que essa história tivesse ficado no passado! Você sabe como é duro ver o trabalho da sua vida desacreditado dessa forma? Essa mulherzinha, essa tal Ana Cristina, vem tentando destruir a minha reputação desde que leu meu livro e enfiou na cabeça que eu estava contando a história da vida dela. Se você quer uma declaração, escreva isso: eu já lidei com a loucura dela e posso lidar novamente. Essas acusações não têm fundamento algum!

— Mas, senhor, é inegável que as duas histórias...

— Não tenho mais nada a declarar — cortou ele, dando as costas para a jornalista com uma velocidade incompatível com o uso da bengala, pisando firme e me deixando ali.

— Uau — disse ela, terminando de anotar o que meu avô tinha dito e guardando o bloquinho em sua bolsa. — Ele é uma figura, não é?

Você nem imagina, fiquei tentado a dizer, mas segurei a língua.

— Como é ser neto dele? — perguntou ela.

Eu estava prestes a responder quando ouvi a voz do meu avô:

— Mateus! Deixe essa mulher aí e venha já para dentro!

Dei um sorriso sem graça para a jornalista, pronto para obedecer ao meu avô. Antes que eu desse as costas, no entanto, ela disse:

— Dê uma olhadinha no caderno de cultura do *Diário de São Paulo* de amanhã.

E, sem se despedir, voltou para o seu carro e foi embora.

Genialidade ou cópia?

Lançamento do livro *De volta à casa azul*, do premiado escritor José Guimarães de Silva e Freitas, reacende a polêmica envolvendo a suspeita de que sua mais relevante obra é, na verdade, derivada do trabalho da escritora Ana Cristina Figueiredo

POR VITÓRIA SANCHES

O anúncio dos indicados ao prêmio Maria Firmina dos Reis de literatura trouxe uma surpresa: José Guimarães de Silva e Freitas, autor do premiado e polêmico *A casa azul*, está entre os indicados deste ano com *De volta à casa azul*, continuação do romance que lhe rendeu projeção internacional, fama e sucesso.

Em *A casa azul*, publicado em 1973, acompanhamos a adolescência da protagonista Joana e sua relação secreta com Lu, a garota misteriosa que mora na casa azul do outro lado da rua. O livro gerou polêmica na época de seu lançamento: José Guimarães não poupa adjetivos para explorar o amor entre duas mulheres, e Joana é uma heroína complexa, ao mesmo tempo se torturando em suas batalhas internas para estar com Lu e mantendo suas questões envolvendo matrimônio, constituição familiar e Deus como formas de afastá-la enquanto vive um casamento infeliz com Tadeu. O livro revolucionou o mercado ao dar à protagonista um final feliz, algo visto com muito assombro pela massa conservadora, e como revolucionário pelos artistas mais progressistas.

Agora, mais de cinquenta anos depois, José Guimarães volta a explorar a história de Joana e Lu. Em *De volta à casa azul*, temos duas protagonistas mais velhas e maduras, cujas vidas não acompanharam os sonhos da adolescência. O livro mantém o tom confessional do primeiro romance, em forma de diários de Joana, o que faz parecer que a personagem conversa com o leitor quase como se estivesse confidenciando seus desejos mais profundos a um melhor amigo.

O lançamento e posterior indicação ao maior prêmio da literatura brasileira não veio sem controvérsias. *De volta à casa azul* reacende a discussão sobre a originalidade de um dos romances brasileiros mais famosos do século XX.

Ana Cristina Figueiredo, autora de *Confidências de uma garota apaixonada*, volta a acusar José Guimarães de Silva e Freitas de se apropriar de sua história e criar uma obra derivada sem sua autorização ou os devidos créditos. No livro de Ana Cristina, descrito pela autora como "uma autoficção sobre amar uma mulher em uma sociedade homofóbica, machista e conservadora", também há o romance de duas mulheres, e uma delas também é temente a Deus e procura constituir uma família. A história também mostra um homem que acaba se casando com uma das personagens e também há, lógico, uma casa azul. A diferença está no final: Ana Cristina traz mais realidade ao demonstrar como duas mulheres, naquela época, teriam dificuldades para se manter unidas.

"Quando descobri o romance de José Guimarães, primeiro fiquei assustada com as semelhanças, mas quando comecei a lê-lo mais profundamente, descobri que não eram apenas semelhanças: as histórias eram iguais, como se ele tivesse lido meu livro e o adaptado sob outro ponto de vista", diz Ana Cristina Figueiredo em entrevista. "A questão é que meu livro foi publicado um ano antes de *A casa azul* e contém a minha história e todas as dificuldades que os homens impuseram à minha vida afetiva. É duro ver que os livros de

José Guimarães estão enchendo os bolsos de um homem que não merece receber um centavo por essas histórias."

Confidências de uma garota apaixonada foi publicado por uma editora independente de São Paulo, com uma tiragem de menos de mil exemplares. *A casa azul* vendeu mais de cinco milhões de cópias ao redor do mundo e *De volta à casa azul* já está batendo a marca de cem mil cópias vendidas.

"Lógico que dinheiro seria ótimo, mas não estou nessa luta por questões financeiras. Estou aqui para mostrar para o mundo que esse homem é uma fraude e que *De volta à casa azul*, assim como seu antecessor, adapta o registro da minha história de vida. Nunca o autorizei a fazê-lo e não estou recebendo nenhum crédito por isso. O livro não está em domínio público. Estou mais viva do que nunca e, até onde sei, não se passaram setenta anos nem do meu nascimento!"

Não é uma questão jurídica simples. Ainda nos anos 1970, Ana Cristina Figueiredo, orientada por um advogado, moveu um processo contra José Guimarães por plágio, mas perdeu a ação. De acordo com o entendimento do juiz na época, as obras do autor *best-seller* constituíam uma criação intelectual nova. Na época, José Guimarães alegou que nunca teve contato com o livro *Confidências de uma garota apaixonada* e que tudo não passou de uma grande coincidência.

De acordo com a advogada Gabriela Batista, especialista em direito autoral, o que alega Ana Cristina Figueiredo não configuraria plágio, uma vez que as obras de José Guimarães constituem criação intelectual nova. "Esse seria um caso de obra derivada sem a devida autorização, com o agravante de não creditar a autora, negando o direito moral do autor sobre a obra, o que infringe o inciso II do Art. 24 da Lei 9.610. Uma obra derivada é uma criação nova com base em uma já pré-existente. Segundo as leis brasileiras, isso só pode ser feito e explorado economicamente com autorização expressa do autor original da obra, como garante a lei supracitada. Logo, se forem comprovadas as acusações de Ana Cristina, José Guimarães de Silva e Freitas teria infringido seus direitos de autora e caberia indenização", avalia a advogada.

Contatado para comentar o caso, José Guimarães de Silva e Freitas disse que "já lidou com a loucura dela [Ana Cristina Figueiredo] e pode lidar novamente", além de salientar que as acusações não têm nenhum fundamento.

4

— **Isso é um ultraje!** — exclamou meu avô, dobrando o jornal de qualquer jeito e atirando-o sobre a mesa, fazendo estremecer a louça do café da manhã. — Com que cara vou olhar para as pessoas no fim de semana?

Desde que Vitória Sanches havia entrado em contato, meu avô tinha se trancafiado em seu escritório, falado ao telefone sem parar com seus editores e seu agente e dividido seu tempo entre organizar todos os preparativos para a festa que daria no fim de semana e encontrar maneiras de descobrir mais sobre a jornalista. Ele tentava entender quais eram as intenções dela e qual poderia ser a repercussão daquele tipo de notícia nas suas chances de levar o Maria Firmina dos Reis de Livro do Ano. Era possível ouvir os gritos do outro lado da porta, as demoradas ligações que terminavam com o fone batendo no gancho e os passos do meu avô, que parecia andar de um lado para o outro como se o chão estivesse pegando fogo.

Naquele momento, no café da manhã do dia seguinte, ele ainda parecia não ter se recuperado daquela visita.

— Essa menina quer destruir a minha reputação! — reclamou ele, a perna subindo e descendo com impaciência sob a mesa.

Eu já tinha visto meu avô afetado de todas as formas: críticas negativas o deixavam na defensiva, pessoas falando mal de suas histórias o faziam ter um péssimo dia e comentários maldosos às adaptações de seu livro para o cinema o deixavam de bom humor, porque ele dizia que o livro era melhor do que o filme. Mas, sempre que alguém falava sobre *A casa azul* — principalmente quando levantavam dúvidas sobre a legitimidade da autoria —, ele ficava furioso. Era o maior mecanismo de defesa dele, para proteger seu livro mais renomado.

— Não é a primeira vez que isso acontece, pai — disse tia Amanda, depois de passar os olhos pela matéria e estender o jornal para a minha mãe. — Eu me lembro de você comentar que essa Ana Cristina falou a mesma coisa quando o primeiro livro saiu. Só que você nunca leu o livro dela! Nem a conhecia! Eu também lembro de como você ficava estressado conversando com todos aqueles advogados, por mais que eles dissessem que ela não tinha um argumento sólido. E você ganhou o processo, e vai ganhar de novo se ela continuar insistindo em te processar.

— E como fica a minha imagem no meio disso tudo? O que eu faço com as pessoas dizendo que eu sou uma fraude, depois de tantos anos escrevendo essa história para que ela fizesse jus ao primeiro livro? Essa mulher é patética!

— O sucesso tem seu preço, seu José — disse meu pai, tentando acalmá-lo. — Você devia saber que, se essa mulher te persegue desde os anos 1970, isso aconteceria.

— Pensei que ela tivesse desistido dessa ideia idiota de que não escrevi meu próprio livro! Larga esse jornal, Paola! — repreendeu ele, e minha mãe obedeceu imediatamente porque não queria piorar o humor do pai. — Proíbo qualquer um de vocês de ler esse jornal!

Como se seu assento estivesse em chamas, ele se levantou de súbito.

— Vou dar um mergulho! — anunciou para ninguém em particular, deixando seu pão meio comido sobre a mesa. — Essas pessoas querem me destruir!

E saiu pisando firme, deixando todos nós nos entreolhando e sem saber muito bem o que fazer.

— Pelo menos ele vai esfriar a cabeça. Ou, sei lá, a piscina também pode começar a ferver — disse Sofia, puxando o jornal e abrindo na matéria. — Não sabia que era tão fácil assim tirar o vovô do sério.

— Ele sempre fica supersensível quando o assunto é *A casa azul* — disse tia Amanda, pegando o celular pela oitava vez desde que havia se sentado à mesa, apenas para se certificar de que não havia nenhum sinal de internet. — Não sei como ele decidiu escrever essa continuação, porque só a Paola e eu sabemos o estresse que foi crescer à sombra dessa história.

Eu tinha alguma noção daquilo. Minha mãe me contava as histórias de como meu avô reagia às críticas negativas ao seu primeiro livro, gritando com seus editores que eles deveriam encontrar esse ou aquele jornalista e acabar com a carreira deles. Também falava das brigas quando minha avó intervinha, sempre paciente, e tentava acalmá-lo. E de quando ela falava com firmeza e autoridade, em uma voz assustadora, a única coisa capaz de controlá-lo.

Se não fosse a minha avó, é provável que a personalidade do meu avô o tivesse impedido de prosseguir com sua carreira de escritor. Ela era sua grande porta-voz: era quem sempre tirava algum tempo para conversar com as pessoas que os paravam enquanto faziam seus passeios, quem respondia cartas de leitores ou urgências de editores. Parecia tão acostumada a falar em nome do meu avô que até respondeu uma ou duas entrevistas para alguns jornais se passando por ele, quando as proporções do sucesso do livro alcançaram patamares inimagináveis para qualquer um.

Acho que aquele primeiro livro — e sua continuação — fazia meu avô se lembrar de como tudo começou, e de como ter minha avó ao lado dele tinha sido fundamental para que seu sucesso se consolidasse. Talvez dessa vez, com a sequência, tudo dentro dele estivesse sendo remexido: as memórias do início da carreira, a importância de sua falecida esposa e todos os altos e baixos de sua vida.

— Se não fosse a mamãe, acho que ele teria enlouquecido — disse minha mãe, encarando uma fotografia que ficava pendurada na parede atrás de tia Amanda.

A foto mostrava meus avós em uma dessas poses que eram moda antigamente, ele de pé atrás dela e ela sentada, as mãos no colo, um sorriso de Monalisa nos lábios como se guardasse mistérios tão grandes que ninguém conseguiria decifrar.

— Você lembra daquela fã louca que apareceu gritando no supermercado uma vez? — perguntou minha mãe à irmã.

— Meu Deus, eu tinha uns oito anos. A mamãe ficou em pânico — respondeu tia Amanda. — Imagina se o papai estivesse lá? Aquela mulher provavelmente ia arrancar as roupas dele e leiloar em algum lugar.

Tia Amanda riu da lembrança.

— Pelo menos ele foi esfriar a cabeça — disse meu pai, como sempre tentando enxergar o lado positivo de toda aquela situação. — Deus me livre ele ter um ataque cardíaco antes de saber se levou ou não esse prêmio. Acho que ele voltaria para assombrar todo mundo.

— Mas vocês acham que essa acusação faz algum sentido? — perguntei.

—Ah, a gente não conversa sobre isso — respondeu minha mãe.

— A gente definitivamente não conversa sobre isso — reiterou tia Amanda.

— Ah, qual foi, ele tá na piscina! — exclamou Sofia, tão interessada naquela história quanto eu. — Fiquei morrendo de vontade de pesquisar sobre isso, mas só tem internet no escritório do vovô e ele passou o dia enfurnado lá!

Minha mãe e tia Amanda se entreolharam.

— Ok, mas se vocês contarem para ele, eu vou me fazer de desentendida — disse tia Amanda, olhando de mim para Sofia como se estivesse prestes a nos matar caso abríssemos o bico.

— Eu li o tal livro da Ana Cristina Figueiredo. As duas histórias são iguais, mas contadas de modo diferente.

Sofia abriu a boca em um gesto exagerado de surpresa.

— Amanda, pelo amor de Deus! Não coloca essas ideias na cabeça desses garotos! — exclamou minha mãe, censurando-a. — Eu também li o livro e ok, os dois têm algumas semelhanças, mas não são *a mesma história*. O final é diferente, e cada livro é contado sob a perspectiva de uma das garotas.

— Só isso! — rebateu tia Amanda, indignada. — Paola, você pode defender o papai até morrer, mas não tem como negar que os dois livros parecem duas partes de uma mesma história. Só que o livro do papai é contado do ponto de vista da Joana e tem um final feliz, e o livro da Ana Cristina é narrado do ponto de vista da Lu e tem um final mais realista. É só trocar os nomes das personagens e a gente lê a mesma história narrada a partir de diferentes pontos de vista.

— A gente não pode acusar o papai porque os dois livros têm uma casa azul, Amanda!

— E por que você está defendendo ele?

— Eu não estou… *defendendo* ninguém. — Era fascinante ver as duas discutindo. — Só não quero ser injusta!

— Mas será que não estamos sendo injustos com essa mulher? Olha, eu sei que toda a carreira do papai foi construída em cima desse livro, mas desde que eu li *A casa azul* pela primeira vez e comparei com as outras histórias que ele publicou, ficou evidente para mim que ele não era o autor. Por que nenhuma outra história fez tanto sucesso? Por que um monte de jornalistas diz que a voz dos outros livros do papai parece diferente?

— Olha, Amanda, a gente pode passar horas debatendo a autoria de *A casa azul* — mamãe ergueu as mãos de maneira defensiva, enquanto eu, meu pai e Sofia continuávamos fascinados com a discussão —, mas então por que essa continuação está sendo tão bem recebida? Ou você vai dizer que ele também copiou a continuação de um livro que essa mulher nunca escreveu?

— Não sei! Só sei que toda essa história é esquisita!

— Ei, ei, ei, gente, se acalmem! — interferiu meu pai, olhando ao redor para se certificar de que meu avô não apareceria de surpresa no meio daquela discussão. — Se o seu José diz que a história é dele, a história é dele e ponto-final!

— Não é bem assim, tio Rubens — disse Sofia. — A gente já está cansado de ver um monte de mulher sendo desacreditada quando um homem conta a sua versão da história. E se esse for o caso?

Meu pai deu de ombros.

— Acho que todas essas questões são válidas, mas não cabe a nenhum de nós julgar ou tentar entender se são acusações falsas ou não — respondeu meu pai. — Deixem os críticos literários, jornalistas e juízes cuidarem disso.

Sofia encarou meu pai com desaprovação.

Olhei para ela, sem saber muito bem de que lado deveria estar. Continuei tomando meu café da manhã, completamente deslocado em toda aquela discussão.

— Ok, não vou deixar que os outros descubram o que eu mesma posso descobrir bem aqui, dentro dessa casa — declarou Sofia, depois que terminamos o café.

Estávamos no sofá, olhando para o teto enquanto a manhã parecia se estender infinitamente. Vovô ainda estava na piscina, dando inúmeras voltas com suas braçadas precisas, talvez a única forma que encontrava de esfriar a cabeça. Já que não podíamos nadar enquanto ele estivesse se exercitando, tudo o que tínhamos para fazer naquela casa era ficarmos sentados, esperando o tempo passar.

Sofia levantou.

— Você vem? — perguntou.

Apesar de eu não fazer ideia de quais eram seus planos, me levantei e a segui pela escada que levava ao segundo andar. Eu estava desesperado para fazer alguma coisa. Qualquer coisa.

Seguimos por um corredor em direção à porta entreaberta do escritório do vovô.

— O que você vai fazer? — indaguei.

— *Nós* vamos investigar essa história.

Parei diante da porta, receoso.

— Sofia, você sabe que o vovô não gosta que ninguém entre no escritório sem autorização.

— Ele não trancou a porta — disse ela, colocando a mão na maçaneta dourada e desnecessariamente luxuosa, abrindo-a. — Você pode correr pelo jardim ou conversar com o anjinho da fonte, se quiser. Eu vou entrar.

Olhei por cima do ombro e resmunguei, mas é óbvio que segui Sofia.

Entrar no escritório do vovô era como atravessar um portal de volta para a minha infância. Ainda me lembrava do tempo que passei ali com a minha avó e Sofia, os três dividindo o espaço da poltrona grande e confortável que ficava no centro do cômodo, enquanto vovó lia alguma história para nós dois antes da hora de dormir.

O escritório era escuro, todo feito com madeira envernizada, ideal para tirar uma soneca — e mais de uma vez nós dormimos a noite inteira ali, incapazes de nos arrastarmos até os quartos de hóspedes.

Havia livros por toda parte, enfiados em estantes que se espalhavam por praticamente todas as paredes: Alexandre Dumas, Stendhal, Jorge Amado, Clarice Lispector, Machado de Assis, Dostoiévski e Charles Dickens se enfileiravam lado a lado. A única fonte de luz natural era uma janela atrás da escrivaninha, mas a persiana fechada impedia a maior parte dos raios solares de entrar; as lâmpadas incandescentes davam um ar ainda mais lúgubre para o lugar, e o ar-condicionado sempre ligado na potência máxima fazia parecer que estávamos entrando na biblioteca de algum país do norte da Europa.

— O que você acha que vai encontrar aqui? — sussurrei, porque eu tinha certeza de que, se meu avô não voltasse, provavelmente meus pais ou tia Amanda nos ouviriam.

— Sei lá — respondeu Sofia, me dando um leve puxão e fechando a porta. — Pronto, assim você não fica desesperado olhando para o corredor e me ajuda a procurar alguma coisa. Será que a gente consegue abrir o cofre?

Olhei para o grande cofre verde, encostado na única parede sem livros daquele escritório.

O cofre do vovô sempre tinha sido o grande mistério que perpassou nossos verões naquela casa. Minha mãe dizia que ele guardava um pouco de dinheiro para emergências e alguns documentos importantes, mas minha mente fértil de criança vivia imaginando que ali havia segredos dos quais ninguém mais tinha conhecimento. Era um cofre antigo, e para abri-lo era necessário girar a combinação correta de seis números em uma roda analógica que ficava na porta. Lógico que já tentamos abri-lo: com a data de nascimento do vovô, da vovó, da minha mãe, da minha tia e as nossas. As tentativas sempre foram frustradas e, com o tempo, preferimos ouvir a voz da razão e desistimos da ideia, mas naquele momento o cofre parecia sedutor demais para não tentarmos mais uma vez.

Sofia se inclinou à frente da porta verde e coçou o queixo. Tentou uma sequência de números que não identifiquei, mas nada aconteceu.

— Que data é essa? — perguntei.

— A do casamento do vovô e da vovó.

— Como é que você sabe disso?

— Você subestima a tagarelice da minha mãe.

Enquanto ela continuava encarando a porta do cofre e pensava, desviei minha atenção dos números e passei os olhos pelas estantes, buscando alguma inspiração sem conseguir deixar de me fascinar com a quantidade de livros que o vovô tinha.

— Não quero me meter em encrenca, Sofia — reclamei, olhando para a estante dedicada apenas aos livros escritos por ele, com as lombadas em português, inglês, francês, alemão, italiano e idiomas que eu não conseguia identificar. — Vamos embora daqui.

— Mateus, tem uma mulher acusando o vovô de copiar o livro dela, e nunca vou me perdoar se ela estiver falando a verdade e eu não tiver feito nada para ajudá-la.

— Uma mulher que você nunca viu na vida! E se ela estiver mentindo?

— Se ela estiver mentindo, eu não vou encontrar nada que comprometa o vovô e nós vamos fazer outra coisa — respondeu Sofia, tirando os olhos do cofre, puxando a cadeira da escrivaninha e ligando o computador. — Mas, se ela estiver falando a verdade, vou encontrar... Eita!

— Que foi? — perguntei.

— Olha isso aqui.

Ela chegou a cadeira para o lado e me deu espaço. Olhei para a tela do computador e vi o navegador ainda aberto com as últimas páginas que o vovô tinha acessado na internet.

Havia pelo menos vinte abas abertas, todas espremidas lado a lado na parte superior da tela. Ao abri-las uma por uma, Sofia deu de cara com notícias relacionadas às acusações de Ana Cristina Figueiredo: vovô parecia ter vasculhado a internet em busca de matérias que mencionassem o assunto, abrindo inúmeras páginas de diferentes veículos de comunicação, desde os jornais nacionais de alta circulação até os blogs literários com menos de vinte visitas por mês.

— Para alguém com a consciência tranquila, o vovô está bastante obcecado com essa história — disse Sofia, minimizando o navegador e olhando para os ícones da tela inicial em busca de mais informações. — Olha isso aqui!

Havia uma pasta, no meio da bagunça da área de trabalho, com o nome de Ana Cristina.

— Você sabe como o vovô se importa com a imagem dele — falei, tentando justificar aquela aparente obsessão. — Ele deve mandar tudo o que sai sobre essa história para o editor dele, sei lá. Aposto que eles também falam com um monte de advogados.

— É um compilado de tudo o que ele encontra na internet — disse Sofia, abrindo alguns arquivos. — E também tem páginas escaneadas de reportagens que parecem ser bem antigas.

— Ele está juntando tudo o que tem sobre essa mulher para se defender — insisti, desviando o olhar da tela do computador e voltando a encarar a estante com os livros do vovô. — Ok, isso pode estar beirando a obsessão, mas não significa que ele roubou a história dela.

— Não sei, não, Mateus... isso não tá cheirando muito bem.

— Você só está procurando justificativas para dizer que o vovô não é uma boa pessoa — falei, saindo de trás da escrivaninha e passando os olhos pela estante das diferentes traduções dos livros dele. — Olha só quantas histórias ele escreveu! Você acha que alguém que escreveu tantos livros iria iniciar a carreira roubando a história de alguém?

— Talvez *você* esteja procurando justificativas para acreditar que ele é uma boa pessoa — rebateu ela.

Enquanto continuava examinando as lombadas dos livros, percebi que um deles não se parecia com algo que meu avô tivesse escrito. Era um livro fino, diferente do tamanho que os livros dele costumavam ter.

Por curiosidade, puxei-o da estante e li o título: *Confidências de uma garota apaixonada*.

— Sofia — falei assim que abri o exemplar e olhei para a folha de rosto. — Olha isso aqui.

— Que foi? — perguntou ela, ainda entretida com todo o conteúdo sobre aquela mulher que o vovô guardava em seu computador.

O que me surpreendeu não foi o fato de o meu avô ter o livro de Ana Cristina Figueiredo, ou de ele estar na estante dedicada aos seus romances. É claro que ele tinha lido aquela história, até porque precisava saber contra o que deveria se defender.

Mas a dedicatória na folha de rosto me deixou chocado.

— Olha — falei, mostrando o que estava escrito na primeira página daquele livro fininho e amarelado.

Para Maria Luiza e José Guimarães
A vida seria imperfeita demais sem a amizade de vocês

Obrigada por todo o apoio

Com amor,
Ana Cristina Figueiredo
6 de novembro de 1971

5

Saímos de fininho do escritório, e eu torcia para que o vovô não desse falta daquele livro em sua estante. Como eu o encontrei, combinei com Sofia de ficar com ele pelo resto do dia, sob a promessa de entregá-lo para ela depois do jantar, tendo terminado de lê-lo ou não.

Meu avô já tinha acabado sua sessão de natação, então toda a família estava reunida na beira da piscina. Minha mãe ligou o rádio em alguma música esquisita dos anos 1990 enquanto meu pai começava os preparativos para acender a churrasqueira, e minha tia continuava com sua sessão de fotos para uma posteridade em que a internet funcionasse em seu telefone.

— Avisa para eles que eu vou ficar lendo — pedi para Sofia, que revirou os olhos porque certamente não queria pegar sol ou ter um momento em família.

— Mateus, deixa eu ler agora, você fica com ele à noite! — ela praticamente implorou. — Preciso saber se essa mulher está falando a verdade!

— Eu também — retruquei, ainda intrigado com aquela dedicatória. — Fui eu que achei o livro, então tenho o direito de ler primeiro. Juro que vou terminar o mais rápido possível.

— Você está me devendo uma — disse ela, me dando as costas e indo até o quarto que dividia com a mãe para, mesmo à contragosto, colocar uma roupa de banho.

Me enfiei no outro quarto de hóspedes da casa e deitei na cama, abrindo o livro depois de me certificar de que a porta estava trancada. Não queria que meu avô entrasse sem aviso, porque provavelmente me daria o maior sermão por ter mexido nas coisas dele.

Assim que comecei a ler *Confidências de uma garota apaixonada*, percebi que havia subestimado a quantidade de páginas. O livro, apesar de fino, tinha a diagramação apertada para diminuir o número de páginas e o texto quase não tinha diálogos, com longas descrições e um monte de pensamentos e questionamentos entremeados ao longo de uma narrativa que me deixou tonto logo nas primeiras páginas.

E que história linda!

Eu sempre tinha gostado de ler. Talvez o fato de estar rodeado de livros, escritores, editores e conversas sobre mercado editorial e prêmios literários tenha me aproximado desse universo, porque eu simplesmente devorava qualquer livro que caísse nas minhas mãos. E era fascinante *ser* o neto de José Guimarães de Silva e Freitas. Sempre que eu ouvia alguém falar sobre o meu avô, havia um ar de endeusamento da figura dele e de sua genialidade por conseguir colocar no papel sentimentos tão crus. Eu tinha muito orgulho de todo o amor que ele recebia.

Acho que minha inclinação por livros veio do meu amor por *histórias*. Antes de aprender a ler, eu amava quando minha avó ou minha mãe liam um livro infantil para mim, me mostrando as figuras e fazendo as vozes dos personagens, me arrancando risadas. Em algum momento — talvez nas leituras obrigatórias da escola, talvez em todas as conversas que ouvia sobre como meu avô havia escrito um livro genial — essa paixão foi substituída pelo silêncio de me trancar em um quarto só com um abajur e mergulhar em uma nova história. Mesmo com internet, séries, filmes, celular, videogame e todas as distrações que um adolescente poderia ter, eu ainda me pegava sempre com um livro em mãos, ansioso para desbravar aquele novo mundo feito de papel e tinta.

E mergulhar na obra que eu tinha em mãos foi incrível.

Ler a história que Ana Cristina tinha escrito era como entrar na cabeça dela. O livro era, assim como *A casa azul*, escrito em forma de diário, com passagens que começavam na adolescência da mulher e se estendiam até a vida adulta — sim, eu dei uma espiada nas últimas páginas. Mesmo tendo que voltar vez ou outra por ter me perdido naquelas letras miúdas, eu estava hipnotizado, como se minha mente e a dela fossem uma coisa só. Era uma das melhores coisas que eu já tinha lido.

E as semelhanças com a história do vovô eram assustadoras. No livro dela, Lu e Joana se chamavam Mariana e Rita: Mariana, a protagonista do livro de Ana Cristina Figueiredo, morava na casa azul que ficava na esquina de uma ruazinha de terra batida, onde outras casas idênticas se estendiam pelo quarteirão em uma vila operária. A dela era a única de cor diferente. E, do outro lado da rua, morava Rita, a garota tímida e calada com um pai autoritário que fazia de tudo para que a filha se casasse com um bom partido — nesse caso, com Guilherme, o filho de uma dona de casa e um advogado, que vivia fora da vila operária e parecia ter um futuro promissor.

Toda a questão do livro girava em torno da admiração de Mariana por Rita, e eu já sabia que, assim como o livro do vovô, a história de Ana Cristina girava em torno do posterior romance que as duas nutriram às escondidas ao longo dos anos. Era um texto difícil, porque Mariana sempre quis levar a relação adiante, sem se preocupar com o que os outros pensavam, mas Rita tinha medo do que sua família pensaria.

Os relatos de Mariana se tornavam cada vez mais duros, e era inevitável pensar no que Ana Cristina tinha falado sobre ser uma história autobiográfica.

Será que ela passou mesmo por tudo aquilo?

Eu estava quase no final de uma entrada quando vi a maçaneta da porta se mexer. Ao perceber que estava trancada, alguém do outro lado bateu com uma irritante insistência.

— Mateus! *Mateus!* — Ouvi Sofia sussurrar. — Você tá dormindo?

Coloquei o livro embaixo do travesseiro e abri a porta para minha prima, que estava com os cabelos molhados, mas não usava nenhuma roupa de banho.

— A tia Paola está te chamando para o almoço... Meu Deus, o que aconteceu?

— Nada — respondi, e só entendi que ela estava olhando para minha cara como se visse a coisa mais trágica do mundo quando funguei e percebi que não tinha secado as lágrimas. — Essa droga de livro.

— É tão ruim assim? — perguntou ela, irônica.

— É incrível. Já está na hora do almoço?

— Já *passou* da hora do almoço, mas eu falei pra todo mundo que você foi tirar uma soneca porque estava entediado. São duas da tarde.

Eu tinha começado a ler às nove e meia e não prestei a menor atenção ao horário.

— Nossa!

— Esse livro te conquistou mesmo, hein?

— Ele é incrível, Sofia. Estou quase acabando. Você precisa ler.

— É parecido com o livro do vovô?

— Igualzinho. É horrível pensar que ele possa ter pegado essa história e dito que a criou. E ter ganhado tanto dinheiro em cima disso, enquanto ninguém nunca ouviu falar sobre o livro dessa mulher.

— Mas não tem como ser uma coincidência, tem?

— Não quero acusar ninguém de nada sem provas, mas é quase impossível que isso seja coincidência. Você vai ver quando ler.

— Confio no seu julgamento. Mas a questão é: o que a gente vai fazer?

— Primeiro, lê o livro. Preciso pensar um pouco. E comer! Estou morrendo de fome.

6

Depois do almoço, terminei de ler as últimas páginas do livro de Ana Cristina e o entreguei a Sofia. Ela imediatamente se enfurnou no quarto para ler, o que me obrigou a ser o adolescente disponível para a família naquele resto de tarde.

Todos tinham voltado para a beira da piscina. Fazia calor, mas o sol se escondia atrás de algumas nuvens, o que me permitiu sentar na beirada e colocar os pés dentro da água. Eu olhava para o meu avô, rindo com seu charuto fedorento em uma mesa perto da churrasqueira, e pensava em como aquela vida luxuosa poderia ser fruto de uma fraude.

Uma série de perguntas rondava minha cabeça, e a maior delas tinha a ver com aquela dedicatória no livro de Ana Cristina. Como ela conhecia meus avós? Como havia deixado de ser uma amiga que escreve uma declaração como aquela e se tornado alguém que, segundo meu avô, não passava de uma louca que queria ganhar dinheiro em cima do sucesso dele? Por que meu avô afirmava nunca a ter visto antes?

Ler aquele livro me fez pensar na história que meu avô tinha publicado há tantos anos. A protagonista, a casa azul, o relacionamento entre as duas mulheres e o casamento com um homem contra a vontade de uma das protagonistas... tudo era idêntico. Não era possível que duas pessoas pudessem ter ideias tão semelhantes assim, a não ser que tivessem conversado sobre isso ou, como parecia ser o caso, se apropriado das ideias uma da outra.

E eles se conheciam. Essa era a informação que mais me desnorteava, porque em nenhum momento Ana Cristina mencionava isso em suas acusações. Assim como meu avô negava qualquer tipo de relação passada entre os dois, ela também não parecia inclinada a dizer que eles já haviam sido amigos, ou, no mínimo, colegas. Ela queria apenas garantir seus direitos. Por que nunca havia falado para ninguém que era amiga dos meus avós?

— Está tudo bem, Mateus? — Ouvi a voz de tia Amanda acima de mim.

Eu devia estar distraído, porque não tinha notado a aproximação dela.

— Sim, só estou... pensando — respondi.

Ela sorriu e se agachou, colocando seu copo de cerveja na beirada da piscina e se sentando ao meu lado, também mergulhando os pés na água.

— Pensando no quê?

— O vovô... tinha muitos amigos?

Ela deu uma risada que me dizia o contrário.

— Era um entra e sai de gente quando eu era criança que honestamente não sei como ninguém me sequestrou para pedir resgate — disse ela. — Mas acho que, na maioria das vezes, o papai nem sabia quem era metade daquelas pessoas.

— E amigos próximos? Ele ou a vovó tinham algum?

Tia Amanda encarou meu avô do outro lado da piscina.

— Acho que o melhor amigo do seu avô sempre foi ele mesmo — respondeu ela. — As pessoas iam e vinham. Algumas traziam presentes, outras pediam favores. Era quase como viver na casa do Don Corleone.

— Quem? — indaguei.

— Meu Deus, estou ficando velha! — resmungou ela. — Ou você precisa de referências melhores. Essa foi de *O Poderoso Chefão*, aliás. Mas por que você está me perguntando isso?

Dei de ombros.

— Só fico pensando se o vovô afastou as pessoas da vida dele depois de ficar famoso.

— Ah, provavelmente — respondeu minha tia, sem nem pensar duas vezes. — Mas ele não parece muito preocupado com isso.

Não mesmo. Ele gargalhava enquanto meu pai contava alguma história, feliz por finalmente ter conseguido chamar a atenção dele. Era como se toda aquela situação envolvendo Ana Cristina fosse corriqueira e não tivesse nenhum fundamento. O tipo de coisa que não valia a preocupação, porque meu avô sabia que não ia dar em nada.

— Mas o que importa aqui é: como você está? — Minha tia mudou de assunto, dando um gole em sua cerveja.

Dei de ombros novamente.

— Sei lá. Está tudo bem — respondi.

— *Sei lá* é o jeito como os jovens se expressam hoje em dia? Sua prima faz a mesma coisa — disse ela, imitando meu dar de ombros, ao mesmo tempo que fazia uma careta. Ela me abraçou de lado. — Não sei como o mundo vai te tratar nem se vai ser difícil daqui pra frente, mas já namorei um cara que é faixa preta de jiu-jítsu, e tenho certeza de que posso ligar para ele e pedir pra ele dar uma surra em quem encher seu saco.

Dei uma risada sem graça.

— Sou da paz — respondi.

— Tudo bem. Só estou dizendo que você não precisa sujar suas mãos se não quiser. — Ela me abraçou mais apertado. — E também não precisa enfrentar esse mundo esquisito sozinho. Eu sei que é estranho falar dessas coisas com seus pais ou comigo, e eu não vou encher o seu saco pelo menos até o Natal, quando obviamente vou perguntar sobre os seus namoradinhos, mas se precisar conversar com alguém que não seja nenhum de nós, terapia sempre é uma ótima opção.

— Você já fez terapia?

— Querido, eu *faço* terapia! Como você acha que eu consegui me transformar nessa mulher maravilhosa depois do meu divórcio?

Aquilo explicava tantas coisas. Minha tia sempre havia vivido em função do seu casamento. Antigamente, era uma pessoa quieta, reclusa e devotada ao marido e à filha. Quando eu soube do divórcio, meu primeiro pensamento foi o de que ela não conseguiria segurar a barra. E, durante um tempo, foi isso que aconteceu. Eu ouvia minha mãe ao telefone com ela, consolando-a e dizendo que ela tinha que ser forte, vi tia Amanda e Sofia dormindo lá em casa por um tempo, presenciei todas as discussões sobre não envolver o vovô naquela situação.

É óbvio que ele tinha falado para tia Amanda que ela era a culpada pelo divórcio, porque, segundo ele, era o papel da mulher ser uma boa companheira e perdoar os erros do marido, mesmo que isso significasse ficar calada enquanto o marido dela gastava todo o tempo e dinheiro com apostas em jogos de futebol e mulheres que conhecia nos *happy hours* depois do trabalho.

Para o vovô, como já era de se esperar, manter as aparências era mais importante do que ser feliz.

Mas, com o tempo, tia Amanda e eu acabamos nos distanciando. Minha mãe ainda ligava uma vez ou outra para ela, checando se estava tudo bem, e aos poucos o divórcio deixou de ser tema das nossas conversas. Eu não sabia como minha tia estava se saindo, e descobrir que ela tinha encontrado a ajuda de que precisava para seguir com a sua vida me deixava muito feliz.

— Pode ficar tranquila, tia. Por enquanto está tudo bem. Quando as aulas voltarem, talvez eu entre em desespero.

Ela tirou o braço do meu ombro quando percebeu que Sofia se aproximava.

— Até que enfim você apareceu! — exclamou tia Amanda, sorrindo.

— Mateus, a gente precisa conversar. — O tom de voz da minha prima era urgente. Ela estava com o livro de Ana Cristina em mãos, o que me fez gelar, porque o vovô estava logo ali e podia ver aquilo e começar a fazer perguntas.

Me levantei rápido.

— Não comecem uma revolução sem mim! — gritou tia Amanda antes que Sofia e eu desaparecêssemos pelo jardim.

— Você já acabou de ler? — perguntei, surpreso, assim que saímos do campo de visão de todo mundo.

— Não precisei terminar — respondeu ela. — É igualzinho ao livro do vovô.

— Então você também ficou com essa impressão?

— Não é impressão, Mateus. Eu tenho certeza. Não existe nenhuma chance de duas pessoas terem exatamente a mesma ideia em um espaço de tempo tão curto. Ainda mais se eles se conheciam.

— A gente não pode tirar conclusões precipitadas sem investigar toda essa história a fundo, Sofia.

Eu ainda tinha medo de acusar nosso avô e, no fim das contas, tudo não passar de um mal-entendido.

— Eu sei, mas já estou tirando.

Ela abriu o livro na página da dedicatória.

— Isso aqui me deixou com uma pulga atrás da orelha — continuou, apontando para a data da dedicatória de Ana Cristina. — Não faz o menor sentido.

— O quê? — perguntei.

— Olha aqui.

Dessa vez, Sofia apontou para a data de publicação do livro, que ficava na parte de baixo da folha seguinte, perto do logotipo da editora que tinha publicado o livro de Ana Cristina.

— O vovô publicou *A casa azul* em 1973 — disse ela. — E a Ana Cristina publicou *Confidências de uma garota apaixonada* em 1972. Mas a dedicatória tem a data de 1971.

6 de novembro de 1971.

Eu não tinha prestado atenção naquele detalhe.

— Isso não faz o menor sentido mesmo — foi tudo o que consegui dizer.

— Pois é! Geralmente os autores autografam livros e colocam a data em que assinaram, mas não faz o menor sentido ter uma data antes do lançamento das duas histórias.

— O que você acha que isso significa? Será que o vovô pode ter escrito o livro dele primeiro, mas só publicou depois que a Ana Cristina lançou o dela?

Sofia ponderou por um momento, franzindo os lábios enquanto pensava naquela possibilidade.

— Acho que não — concluiu. — Se isso tivesse acontecido, o vovô já teria usado esse argumento para se defender. Mas ele nunca falou sobre as datas de publicação, só sobre a semelhança entre as histórias ser coincidência.

— Então por que ela assinou uma data diferente da publicação no livro?

— Não faço a menor ideia, mas estou pensando em invadir o escritório do vovô para pesquisar na internet.

— Acho que eu tenho uma ideia melhor — declarei. — Que também envolve invadir o escritório do vovô, mas para usar o telefone.

— Credo — desdenhou Sofia, brincando. — Tipo, uma ligação? Para quem vamos ligar?

— Para a jornalista — respondi, me lembrando do cartão que a mulher tinha me dado antes do vovô brigar com ela.

7

— Ok, odeio falar ao telefone, então você fala e eu vigio a porta — disse Sofia, assim que entramos mais uma vez no escritório do vovô.

Corri até o telefone com o cartão de Vitória Sanches em mãos. Tinha precisado revirar o quarto de hóspedes para encontrá-lo.

— Como se usa isso? — perguntei, encarando um telefone preto e sem botões. Só havia um círculo com números.

— Pelo amor de Deus, Mateus! Até eu sei usar isso, e nem sou tão velha assim — respondeu Sofia, arrancando o cartão da jornalista da minha mão e tirando o telefone do gancho. Ela enfiou o dedo acima de um número e girou o círculo até que ele travasse, depois repetiu o processo com os outros números.

Eu nunca tinha visto um modelo de telefone tão antigo em toda a minha vida.

Quando ela terminou, levei o fone ao ouvido e esperei começar a chamar. Sofia já estava de volta à porta do escritório, em sua posição de guarda.

A chamada foi atendida no terceiro toque.

— Alô? — Uma voz soou do outro lado da linha. Era impaciente, amplificada por um ambiente onde havia muita gente falando ao fundo e gritos ocasionais.

— É, hum… oi. Gostaria de falar com a Vitória.

— É ela. Você quer me vender alguma coisa? Porque, me desculpe a sinceridade, não tenho tempo para isso. Nem dinheiro.

— Não, não, não — falei, apressado. Meu Deus, eu também odiava falar ao telefone com desconhecidos. — Estou ligando porque acho que tenho, hum... uma história?

— Quem está falando?

— Eu sou o neto do José Guimarães. O escritor. A gente se conheceu quando você tentou conversar com o meu avô, aqui na casa dele. Você me deu um cartão e...

— Sim, sim! É claro que me lembro — cortou ela, impaciente, mas ao mesmo tempo interessada. — Seu avô é meio complicado, não é?

— Nem me fale — murmurei. Ergui o olhar e percebi que Sofia me encarava com certa urgência, sua expressão dizendo deixa-de-papo-furado-e-vai-logo-para-o-que-interessa. — Então... eu soube da matéria que você escreveu sobre as acusações envolvendo o meu avô. Acho que a gente precisa conversar.

— Pode falar.

Percebi que ela havia ido para um lugar mais silencioso. Parecia realmente interessada.

— Acho que algumas coisas precisam ser investigadas — declarei.

— De fato — concordou ela. — Você pode me ajudar nisso?

— Será que a gente pode se encontrar?

— Só quando você me disser o que tem a oferecer. Sendo bem sincera, não tenho tempo a perder, ainda mais se você for só um garoto entediado passando um trote em uma jornalista.

— Eu não... Não é nada disso! — Olhei para o livro de Ana Cristina diante de mim. Estávamos andando com ele pra cima e pra baixo. — Ok, é o seguinte: encontrei o livro da Ana Cristina Figueiredo nas coisas do meu avô.

— Ela questiona a autoria da obra dele desde os anos 1970. É claro que seu avô teria um exemplar do livro dela.

— Sim, mas... acontece que o que está aqui comigo é assinado com uma dedicatória para ele e para a minha avó. Uma dedicatória esquisita.

Vitória ficou em silêncio por um momento. Aquilo parecia ter chamado sua atenção.

— Você pode me mandar uma foto da página, por favor? — pediu ela.

— Você viu onde fica a casa do meu avô, não viu? Estou ligando de um telefone fixo que parece do início do século passado, e não tem sinal de celular nem Wi-Fi.

— Você tem como me mandar por e-mail? — sugeriu ela.

— E deixar um rastro que o meu avô vai descobrir em um piscar de olhos? Sem chance. A gente precisa se encontrar pessoalmente.

— Hum... — murmurou ela, como se ponderasse se devia ou não confiar em mim. — Ainda não acredito cem por cento nessa história, mas vou te dar uma chance. Consegue me encontrar amanhã?

— A gente dá um jeito.

— A gente?

— A minha prima está comigo nessa. Estamos investigando essa história juntos.

Vitória deu uma risadinha do outro lado da linha.

— Isso não é um filme de espionagem, mas tudo bem. Me encontre amanhã às três da tarde, em frente ao shopping da cidade. Você vai me fazer dirigir por mais de duas horas. Se isso for uma pegadinha, eu nunca vou te perdoar.

— Fechado. E não é uma pegadinha — afirmei.

Estava pronto para dizer "até logo", mas percebi que a linha emudeceu.

Coloquei o fone de volta no gancho e peguei o livro de Ana Cristina, prendendo-o às minhas costas no cós do short.

— E aí? — perguntou Sofia.

— Temos um encontro marcado com ela amanhã, no shopping — respondi, triunfante. Realmente me sentia um espião.

— O quê?! — Sofia parecia estupefata. — Você sabe a quantos quilômetros estamos do centro da cidade? Como a gente vai fazer para chegar lá, gênio?

É lógico que eu não tinha pensado naquilo.
Droga, eu seria um péssimo espião.

Ok, tempos desesperados pedem por medidas desesperadas. Enquanto Sofia terminava de ler o livro de Ana Cristina, eu solucionei nosso problema da única forma possível.

— Mãe, será que você pode levar a Sofia e eu ao shopping?

Ela arqueou uma sobrancelha.

— Para que vocês precisam ir ao shopping?

— Sei lá, só... esticar as pernas, sair um pouco e tomar um sorvete. Nada de mais.

— Você já está achando esse lugar um tédio, não é? — perguntou meu avô, que entreouvia nossa conversa sentado em uma poltrona com um copo de uísque. Ele tinha passado o dia inteiro bebendo. — Vocês adolescentes só querem saber de ficar com a cara enfiada no celular hoje em dia. Aposto que quer ver quantas pessoas curtiram sua foto coloridinha.

Era a primeira vez que ele mencionava meu post diretamente.

Senti meu coração na garganta. Respirei fundo, encarando-o e tentando pensar em qualquer coisa que pudesse dizer para respondê-lo à altura. Mas as palavras simplesmente tinham desaparecido.

— Desculpa, vô, eu...

Era patético que eu estivesse me desculpando por ter feito uma das coisas mais difíceis da minha vida.

— Falar essas coisas na internet tem repercussões na minha carreira, sabia? — continuou ele, evidentemente bêbado, dando mais um gole no seu copo. — Isso não interessa a ninguém além de você. Deveria ser assunto particular.

— Pai, do que o senhor está falando? — perguntou minha mãe, entrando no seu modo superprotetora em um piscar de olhos. — Há algum problema que a gente precise discutir?

— Estou falando com o seu filho, Paola, não com você. *Você é a culpada disso tudo* — acusou ele, apontando para ela enquanto eu observava a cena com um pânico crescente. Eu sabia que essa conversa surgiria mais cedo ou mais tarde, mas tinha esperança de que fosse *mais tarde*, e que todos estivessem sóbrios. — Você mima muito esse garoto. Faz ele acreditar que é especial. Só que, uma hora ou outra, o mundo real vai bater à porta e mostrar a ele que essa história de ser livre não vem sem consequências.

— Não acredito no que estou ouvindo. — Minha mãe estava furiosa. — Pai, juro que, se o senhor não parar de falar, vou pegar nossas coisas e ir embora agora mesmo.

— Sua avó era igualzinha a você. — Ele me encarou, os olhos embotados pelo álcool. Eu continuava paralisado, sem saber por que ele havia começado a falar aquelas coisas. — Cheia de *segredinhos* e *vontades*, achando que o mundo era um lugar lindo. Mas as consequências vieram para ela e virão para você também, garoto. Esteja preparado para enfrentar o mundo.

Minha mãe me pegou pelo ombro, apertando-o. Eu só queria que um buraco se abrisse no chão e me engolisse.

— Parece que todos têm os seus segredos, não é, vô? — interveio Sofia, logo atrás de mim.

Eu não sabia há quanto tempo ela estava parada ali, escutando tudo.

— Do que você está falando? — perguntou ele.

Sofia só deu um sorriso sarcástico.

— A diferença é que algumas pessoas são corajosas, já outras, não. Deve ser horrível envelhecer com esse sentimento de fracasso, não é?

— Sofia... — Minha mãe sabia que minha prima estava a um passo de entrar em um terreno perigoso.

— Fracasso? Olha só o que eu construí! — Ele ergueu o copo e olhou ao redor, como se o tamanho da casa fosse todo o argumento de que necessitava. — Dei uma vida de rainha para sua mãe e sua tia, e só não dou tudo o que você e seu primo querem porque minhas filhas cresceram e se tornaram duas arrogantes orgulhosas que não aceitam meu dinheiro. Mas vocês estão aqui, não estão? Aproveitando essa casa e todas as suas mordomias. Não estou vendo ninguém reclamar da piscina ou dos quartos com ar-condicionado!

— *Você* construiu? Você e sua carreira nem um pouco suspeita?

Nosso avô bateu na mesa ao lado da poltrona, fazendo o copo de uísque cair no chão e se espatifar. Dei um pulo, e percebi que tanto Sofia quanto minha mãe também se assustaram.

— Não admito que você ou qualquer outra pessoa insinue isso! — Ele se levantou cambaleando e veio em nossa direção. — Vou para o meu quarto antes que eu ouça mais algum absurdo. — Ele me encarou. — Satisfeito com a confusão que você arranjou, Mateus?

Engoli em seco enquanto ele se afastava.

— Alguém limpe essa bagunça — resmungou ele, antes de subir a escada e bater a porta do seu quarto com força.

Fui para o meu quarto imediatamente. Ainda estava tonto com as palavras do meu avô, mas, sendo muito honesto, não era como se eu não estivesse esperando por elas.

Tinha uma coisa sobre ser gay que talvez meu avô não soubesse: a gente estava sempre alerta, esperando pelo pior das pessoas. Era meio que um mecanismo de defesa, porque a gente aprendeu desde cedo que ser diferente significava ser visto como errado. Viver nesse mundo e ousar gostar de alguém do mesmo gênero era uma afronta à sociedade, e deixar evidente para todos quem você era parecia ser uma afronta ainda maior.

Sempre me obriguei a vestir uma armadura, exatamente para situações como aquela. E era surreal pensar que, até aquele momento, eu só tinha ouvido coisas boas e positivas das pessoas ao meu redor: meus pais me acolheram, minha tia e minha prima foram incríveis, e até meus amigos da escola me mandaram mensagens de apoio pelas redes sociais. Mas eu estava em uma bolha. Eu começaria em uma nova escola depois das férias e só vivenciaria a realidade quando minha rotina voltasse ao normal. Tinha certeza de que eu seria o assunto da escola, que teria minha carteira pichada com algum desenho de pinto e que ouviria boatos sobre mim, e já estava mais ou menos bem com o fato de que teria que enfrentar essa situação, porque a única coisa que importava para mim era o apoio da minha família.

Mas saber o que meu avô pensava sobre mim, por mais resistente que minha armadura fosse, ainda era difícil. Queria acreditar que meu avô também seria amável, principalmente porque seu livro de maior sucesso falava sobre o romance entre duas mulheres, mas eu já sabia que a possibilidade de ele se ofender com a minha revelação seria alta. O que não fazia o menor sentido para mim. Por que ele se ofendia comigo quando tinha construído todo aquele império, como ele mesmo havia enfatizado, com uma história que tratava do amor entre duas mulheres de um jeito tão delicado e responsável? Será que ele era um machista que não tinha problemas em ver duas mulheres juntas, mas não suportava a ideia de que dois homens pudessem se amar? Ou era porque eu era neto dele e ele só aceitava as pessoas contanto que não fizessem parte do seu círculo social íntimo? Como uma pessoa podia se ofender com a vida de outra daquela maneira? Qual o sentido de se achar no direito de me diminuir por conta de algo que não dizia respeito a ninguém além de mim?

Eu tinha muitas perguntas e estava disposto a enfrentar o mundo — mesmo sabendo que seria difícil —, mas só queria um momento de paz antes que essa batalha tivesse que começar.

— Ei... — Ouvi alguém abrir a porta do quarto e encarei a silhueta dos meus pais.

Meu pai foi o primeiro a falar:

— Sua mãe me contou o que aconteceu.

Ele apertou o interruptor do quarto e acendeu a luz. Olhei para os dois enquanto eles se aproximavam e sorri, dando espaço para que se sentassem na cama.

— Ele é um babaca — declarei. — Mas está tudo bem.

— Não está tudo bem, Mateus — disse minha mãe. — Você não deveria ter tido que ouvir aqueles absurdos.

— Melhor ouvir e saber logo o que ele pensa, não?

— Vou conversar com o seu avô amanhã — garantiu meu pai.

— E pode ficar tranquilo, Mateus. Ele não vai falar mais nada — prometeu minha mãe.

— Está tudo bem — reafirmei, tentando amenizar a situação.

— Você quer ir embora? — Minha mãe parecia resignada àquela ideia. — Vir pra cá foi um erro.

— Não — respondi, e não porque queria apoiar meu avô ou comemorar caso ele recebesse aquele prêmio idiota. — Vir aqui é legal. A tia Amanda e a Sofia são legais. E é bom me lembrar da vovó.

— Ela era incrível, não era? — perguntou meu pai. — Faz falta ter ela aqui.

Assenti.

— Tenho certeza de que ela ficaria orgulhosa da sua coragem — disse minha mãe. — Assim como nós. Não deixe o que seu avô falou te afetar.

— Não me afeta. É bom saber que vocês se importam.

Os dois se aproximaram para um abraço em grupo.

— A gente vai assistir a um filme com a sua tia antes de dormir. Quer se juntar à gente?

— Acho que vou dormir mais cedo — falei. — Mas ainda quero aquela carona para o shopping amanhã.

— Pode deixar. Até porque é uma ótima desculpa para sair um pouco dessa casa.

8

No dia seguinte, vovô acordou e deu bom dia como se nada tivesse acontecido. Todos estavam calados, desconfortáveis com a noite anterior, mas ele não parecia disposto a fazer o mínimo esforço para iniciar uma conversa ou se desculpar pelo que havia falado. Quando minha mãe disse que precisavam conversar, ele se fez de desentendido e respondeu que tinha muito para resolver sobre o coquetel de comemoração no fim de semana, e praticamente engoliu seu café da manhã antes de se trancar no escritório.

— Minha mãe vai levar a gente para conversar com a Vitória hoje — falei para Sofia depois do café da manhã.

Nós dois estávamos deitados no sofá, olhando para o lado de fora enquanto uma chuva fraca caía, acompanhada de um vento frio e cortante que nos impedia de ficar pela piscina ou pelo jardim. Muito diferente do sol do dia anterior.

— Você falou com ela sobre o livro? — perguntou Sofia, com uma nota de urgência em sua voz.

— Não, mas... e se a gente contasse? Para ela e para a sua mãe? Será que as duas não poderiam nos ajudar?

Sofia pareceu refletir sobre aquela alternativa.

— Você viu como as duas são quando o assunto é a carreira do vovô — falou. — Todo mundo concorda que ele é um ser humano horrível, mas os ânimos sempre ficam um pouco exaltados quando essa história da Ana Cristina entra em questão.

Não é melhor a gente descobrir mais sobre isso primeiro, antes de falar com todo mundo?

— Mas como a gente vai despistar minha mãe? A gente precisa conversar com a Vitória, e tenho certeza de que ela vai ficar no nosso pé o tempo inteiro.

— Tem uma solução muito simples para isso — respondeu Sofia, olhando para tia Amanda. — Mãe, você quer ir ao shopping com a gente? — gritou ela em direção à sala de jantar.

Tia Amanda arregalou os olhos e abriu um sorriso de orelha a orelha.

— Lógico!

— Tem certeza de que vocês não são um pouco velhos demais para isso? — perguntou minha mãe.

Ela e tia Amanda nos levaram de carro até o shopping. Tia Amanda estava imersa em seu celular, agora com sinal, atualizando suas redes sociais e conversando com um monte de gente ao mesmo tempo, enquanto minha mãe dirigia. Ela havia se certificado de que meu pai teria uma conversa séria com vovô sobre a noite passada, deixando-os a sós.

Naquele momento, ela olhava para a cara de falsa empolgação que nós fazíamos diante de um playground cheio de crianças. Os fliperamas com jogos barulhentos disputavam lugar com tabelas de basquete e mesas de *air hockey*, além de uma roda gigante que sequer devia ter seis metros de altura, onde crianças de quatro ou cinco anos se enfileiravam para serem as próximas a subir.

— Não querem comprar roupas e lanchar com a gente? — perguntou minha tia, que também parecia intrigada, para dizer o mínimo, com nossa empolgação por aquele lugar infantil. — Ou assistir a um filme?

— Não! — respondeu Sofia. — A gente quer brincar aqui!

Meu Deus, ela não conseguiria convencer alguém nem que sua vida dependesse daquilo.

Tia Amanda olhou para a filha com uma dúvida genuína no olhar, como se estivesse ponderando se aquilo era uma piada ou se Sofia queria voltar a ser criança.

— Tudo bem, só... fiquem com o celular por perto e mandem mensagem se decidirem fazer outra coisa — pediu minha mãe, trocando olhares com minha tia. As duas pareciam tentar compreender se nos comportar como crianças era a nova moda entre os adolescentes. — Sua tia e eu vamos fazer compras.

Minha mãe me entregou seu cartão de crédito e disse para o usarmos com sabedoria. As duas nos deram as costas e desapareceram pela escada rolante, indo em direção às lojas de departamento.

— Ok, ela já deve estar na frente do shopping — disse Sofia, se referindo à jornalista. Ela verificou a hora no celular e percebeu que já estávamos atrasados. — Vamos.

— A sua atuação foi péssima, aliás — comentei, antes de ela me puxar e começarmos a andar.

Seguimos pelos corredores e descemos um lance de escada com a velocidade de uma supernova. Quando chegamos à entrada do shopping, consegui ver os cabelos vermelhos de Vitória presos em um coque, deixando à mostra em sua nuca a ponta de uma tatuagem que descia em direção às costas. Ela estava embaixo da marquise, se protegendo da chuva, de costas para nós e com os braços cruzados. Batia o pé no chão, olhando a todo momento para seu relógio de pulso. Parecia certa de que tinha sido vítima de um trote.

— Vitória? — chamei, e ela se virou imediatamente.

Pude vê-la melhor dessa vez: ela era mais baixa do que Sofia e eu, e seu físico fazia parecer que não tinha muito mais que dezoito anos. Usava um par de óculos de aros grossos e uma camisa folgada por dentro de uma calça jeans de cintura alta que, mesmo em seu corpo magro, parecia um pouco apertada demais.

— Mateus? — devolveu ela, também me analisando de cima a baixo, olhando para o meu corpo magro, alto e desengonçado, que vestia uma bermuda com a barra dobrada e uma camiseta verde obviamente grande demais para mim.

— E Sofia — disse minha prima, adiantando-se para apertar a mão da jornalista.

— Então vocês são os investigadores que vão me dar um furo jornalístico? — perguntou ela, sorrindo. Talvez ainda acreditasse que aquilo tudo não passava de uma brincadeira de mau gosto ou, no mínimo, de um beco sem saída.

— Primeiro, temos algumas perguntas — falei, tirando o livro fino de Ana Cristina Figueiredo do bolso da minha bermuda e abrindo-o na página da dedicatória. — Você sabia que meu avô e a mulher que você está ajudando eram amigos?

Tínhamos pouco tempo, então Vitória nos levou para um café do outro lado da rua. Era um lugar agradável e silencioso, diferente da praça de alimentação do shopping. Atrás do balcão, havia um barista atendendo pedidos e conversando com os clientes como se todos fossem velhos conhecidos, e algumas estantes com livros para venda decoravam o local. Não pude deixar de notar uma mesa com o livro do meu avô em destaque.

— Isso é... interessante — disse Vitória, finalmente convencida de que, por trás daquela dedicatória, havia mais do que ela já tinha descoberto até então. Estávamos sentados em uma mesa perto da porta, cada um com o seu café, enquanto ela analisava as palavras escritas por Ana Cristina. — Essa data na dedicatória não faz nenhum sentido.

— Sim — concordou Sofia, puxando o livro para perto de si e o fechando. — Também é por isso que estamos aqui. A gente precisa saber mais sobre essa história toda.

— Tudo bem — disse Vitória, entrelaçando os dedos sobre a mesa. — O que vocês querem saber?

— Em primeiro lugar, por que você está tão interessada nessa história?

— Porque ela é fascinante — respondeu Vitória, sem titubear. — E porque acredito na Ana Cristina.

— Você sabia que ela conhecia meus avós? — perguntei.

— Ela me falou alguma coisa sobre isso, mas não disse que eram amigos íntimos. O que mais me deixou intrigada, depois que comecei a investigar a fundo essa história, é que em nenhum momento o avô de vocês menciona o fato de que a conhece.

— E como *você* a conheceu? — indagou Sofia.

— Ela me procurou. Olha, sou só uma jornalista que fez uma matéria sobre grandes mulheres que foram esquecidas pela história. O jornal estava interessado em fazer um especial para o mês da mulher e eu estava obcecada com o efeito Matilda.

— Efeito o quê? — perguntei.

— Matilda — repetiu Vitória. — Sabe quando uma mulher fala ou faz alguma coisa incrível, mas ninguém dá bola? E aí um homem fala ou faz exatamente a mesma coisa e ganha um monte de aplausos?

— Não — falei.

— Sim — disse Sofia ao mesmo tempo.

Nos entreolhamos, e Sofia revirou os olhos enquanto Vitória dava uma risadinha.

— O mundo é um pouco mais fácil para você do que é para a gente — disse Vitória, e Sofia assentiu em concordância.

Queria dizer que o mundo não era tão fácil assim para um garoto que recentemente havia se assumido gay, mas preferi ficar de bico fechado.

— Então — continuou Vitória —, o efeito Matilda é mais ou menos isso: quando mulheres fazem contribuições incríveis para a ciência ou para as artes, mas acabam esquecidas, seja pelo machismo estrutural, seja porque os homens simplesmente são imbecis demais e não conseguem admitir que algumas de nós são melhores do que eles em algo. Era sobre isso que eu estava escrevendo, e fiz uma matéria extensa sobre como a Mileva Einstein foi importante para que Albert Einstein se tornasse quem é. Aposto que vocês nunca ouviram falar dela, não é?

Vitória viu nossas expressões intrigadas com aquele nome, já que eu nunca tinha ouvido falar na tal mulher e Sofia provavelmente também não. A jornalista ergueu as mãos como se aquilo fosse uma conclusão óbvia ao seu argumento e continuou:

— Pois é. A Mileva e o Albert se conheceram ainda na faculdade e se casaram. Ela era uma física brilhante, e as cartas que os dois trocaram ao longo da vida deixam claro que, sem ela, não existiria a Teoria da Relatividade do jeito que a gente conhece hoje. E, assim como ela, existiram milhares de mulheres que simplesmente desapareceram dos livros de história. Eu fiz a matéria, o texto ganhou atenção durante algum tempo, e é lógico que depois fomos sugados por todo o caos do dia a dia no noticiário. Mas a Ana Cristina Figueiredo entrou em contato comigo e disse que tinha uma história para me contar.

Vitória apontou para o livro diante de Sofia.

— *Confidências de uma garota apaixonada* — prosseguiu a jornalista depois de dar um gole em seu café. — Ela me disse que esse livro é sobre a vida dela, e que um dos maiores escritores vivos da literatura brasileira tinha se apropriado da história e vendido milhões de exemplares. É claro que, no início, pensei que ela fosse só mais um desses casos de pessoas que aparecem aleatoriamente na minha caixa de e-mail com uma história mirabolante, mas a Ana me enviou trechos do seu romance e trechos do livro do José Guimarães. Também me enviou algumas matérias de jornais locais que saíram assim que o livro do seu avô começou a ganhar o mundo. Então decidi que tiraria um tempo para estudar os arquivos e, quando comecei, não consegui mais parar. Para mim, todas as evidências apontam para o óbvio, e me desculpem se vocês são fãs do trabalho do avô de vocês, mas não resta dúvidas de que ele se apropriou das ideias dela e produziu um livro derivado da história da Ana Cristina sem a autorização dela.

— Ah, a gente não tem dúvidas disso — declarou Sofia.

Chutei a canela dela por baixo da mesa.

— Que foi? — perguntou ela.

— Ela é... *jornalista* — falei. — Sem ofensas, Vitória, mas não quero uma notícia falando que você entrevistou os netos do José Guimarães e que eles têm revelações bombásticas para fazer.

Ela sorriu.

— Vou te dar um desconto porque você provavelmente não sabe como essas coisas funcionam, Mateus, mas não sou esse tipo de jornalista, e o jornal onde trabalho não faz esse tipo de matéria. O que estou fazendo aqui se chama apuração de fatos. Depois, quando eu escrever uma matéria, você vai saber.

— Desculpa pelo meu primo, ele só é... sem-noção — disse Sofia.

— Tudo bem, é uma preocupação válida. Dito isso, prometo que não vou publicar nada por agora, mas preciso saber o que mais vocês têm para contar.

— Por enquanto é isso. Essa dedicatória prova que eles eram amigos próximos — falei. — E essa data não faz sentido nenhum.

— Sim, é a primeira vez que vejo isso, mas já posso dizer que em nenhum momento a Ana Cristina mencionou o ano de 1971. Ela publicou o próprio livro em 1972, e seu avô publicou o dele em 1973. Em 1971, era provável que seu avô estivesse fazendo faculdade ou trabalhando, casado com a sua avó ou noivo dela. Em que ano sua mãe nasceu?

— Em 1973. E a tia Amanda é de 1975 — respondi.

— Interessante. — Vitória coçou a cabeça. — Isso só me deixa com mais dúvidas, mas a questão é que só essa dedicatória misteriosa não é suficiente. Preciso de uma prova irrefutável, porque seu avô virá contra mim e contra o jornal com os melhores advogados que ele tem. Ele é poderoso, então preciso estar resguardada.

— O que você quer? Que a gente grave uma confissão dele ou alguma coisa assim?

— A gente pode aproveitar e usar uma caneta gravadora ou uma câmera escondida em um broche de libélula! — exclamou Sofia ironicamente. Depois, voltou ao seu tom de voz usual e acrescentou: — A gente não está em um filme de espionagem, Mateus.

— Ela está certa — concordou Vitória. — Se você *conseguisse* uma confissão, seria ótimo, mas duvido muito que seu avô não tenha escrito pelo menos dez livros que terminam com um assassino confessando seu crime em um impulso irracional.

Vitória encarou o livro de Ana Cristina.

— Olha, todo mundo minimamente interessado em literatura sabe que os livros do seu avô e da Ana Cristina são parecidos até demais, mas eu preciso mesmo é de alguma prova mostrando que seu avô estava conscientemente usando a história da Ana Cristina e modificando-a de maneira indevida. Preciso de qualquer coisa: mensagens que ele possa ter trocado com o agente, anotações no texto original ou documentos que comprovem que seu avô sabia o que estava fazendo. Será que vocês conseguiriam algo do tipo?

Pensei em toda a investigação que tínhamos feito no escritório do vovô e em como, de todos os lugares, só não conseguimos acessar um deles.

O cofre verde.

— A gente pode tentar — falei, olhando para Sofia com a certeza de que ela sabia sobre o que eu estava pensando.

Senti meu celular vibrar no bolso da bermuda e vi uma mensagem da minha mãe.

— A gente tem que ir — falei, mostrando a mensagem para Sofia e pegando o livro sobre a mesa.

— Como posso entrar em contato com vocês? — perguntou Vitória.

— Hã... a gente te liga — respondi. — A casa do nosso avô não tem sinal de celular.

— Ele vai dar uma festa em comemoração à indicação ao prêmio — acrescentou Sofia, o que me fez arregalar os olhos. — Acho que até lá a gente já pode ter alguma informação útil, e de quebra você ainda pode comer umas coisas metidas a besta.

— Já tentei conversar com seu avô e... digamos que ele não foi a pessoa mais simpática do mundo — disse Vitória.

— Exatamente — concordei.

— Mateus, você já viu o tamanho daquela casa? Imagina aquele lugar cheio de convidados e funcionários, e o vovô bêbado e cercado de gente inflando o ego dele? É lógico que a Vitória vai passar despercebida.

— Ok — murmurou Vitória —, não sei por quê, mas estou levemente inclinada a aceitar essa ideia.

Sofia sorriu e continuou:

— Vai ser amanhã. É um coquetel, então acho que você pode chegar lá por volta das sete da noite. A gente te espera na porta, para o caso de alguém da segurança pedir identificação.

— Não precisa — respondeu Vitória. — Já invadi coquetéis de autores famosos antes. Encontro vocês por lá.

9

Desde que chegamos do shopping, parecia que o vovô tinha montado acampamento dentro de seu escritório. Fomos dormir frustrados e achamos que teríamos mais sorte na manhã seguinte, na esperança de ele começar a receber os funcionários que trabalhariam na festa.

Quando nos demos conta, a casa já estava repleta de pessoas organizando a decoração, as mesas, as bebidas e as comidas que seriam servidas, então eu sabia que tínhamos pouco tempo para nossa próxima missão: tentar abrir aquele cofre e descobrir o que havia lá dentro.

— A gente já tentou um monte de combinações diferentes e nenhuma funcionou — falei para Sofia enquanto ela esticava o pescoço em direção ao escritório pela vigésima vez naquela manhã, na esperança de nosso avô já ter deixado o cômodo. Mas ele ainda estava lá, berrando com alguém ao telefone e impossibilitando o avanço das nossas investigações.

— A gente não tentou a data dessa dedicatória — replicou ela, com o livro de Ana Cristina Figueiredo em mãos.

— Você acha que vai funcionar? — perguntei. Será que aquela data era tão importante assim para o vovô utilizá-la como a senha de um cofre?

Sofia deu de ombros.

— Se você tiver alguma outra sugestão, estou aceitando.

Eu não tinha, então tentaríamos aquilo como nossa primeira — e única — opção.

— E se a gente conseguir abrir o cofre e encontrar exatamente o que estamos procurando? — perguntei. — Você vai ter coragem de entregar tudo para a Vitória?

— Por que não? Se o vovô realmente usou a história da Ana Cristina, a gente tem que falar a verdade!

— Mas o que isso vai significar para ele? E para a gente?

— Como assim? Você está preocupado em perder a possibilidade de passar o verão inteiro enfiado nesse mausoléu?

— Não, é só... — Eu queria explicar exatamente o que estava sentindo, mas não conseguia.

Eu não queria mostrar para o mundo que meu avô era uma fraude. Ele era terrível, homofóbico e passava a maior parte do tempo livre bebendo uísque e fumando charutos, mas eu me importava com ele. Eu admirava aqueles livros e toda a carreira de sucesso que ele havia construído como escritor.

Além do mais, o que isso significaria para os meus pais e para a tia Amanda? Como a família ficaria se todos descobrissem que as acusações que assombravam o vovô durante todo aquele tempo eram verdadeiras?

— A gente tem que pensar em como isso pode afetar todo mundo — falei, organizando os pensamentos e tentando parecer mais interessado nas consequências financeiras do que nas de imagem. — Para o bem ou para o mal, o vovô é quem segura as pontas financeiramente quando as coisas ficam feias. A mamãe falou que ele ajudou quando a gente precisou se mudar, e eu sei que ele também ajudou a tia Amanda durante o divórcio. E dinheiro é importante.

Sofia ouviu minhas palavras e pareceu compreendê-las. Acho que isso a fez desacelerar um pouco em toda a sua empolgação.

— Entendo, mas... é justo? — perguntou ela. — Pensando de maneira fria, é claro que seria melhor deixar tudo isso para lá e torcer para o vovô ganhar essa droga de prêmio, lucrar bastante e fazer tudo ao nosso alcance para ele colocar nosso nome no testamento. Mas não consigo deixar de pensar nessa mulher. — Ela gesticulou com o livro fininho em mãos. — Pensar que a gente pode fazer o que é justo me conforta. Você leu a matéria que a Vitória publicou: a Ana Cristina não quer dinheiro, só quer ser reconhecida como a verdadeira autora dessa história.

— Será mesmo? No passado, ela já tentou provar que estava falando a verdade e não conseguiu. E se ela só estiver tentando chamar atenção usando o vovô para isso?

— Você realmente acha que alguém passaria a vida inteira tentando provar que está falando a verdade quando sabe que está mentindo? Não duvido que existam pessoas que queiram se dar bem em cima de outras, mas não consigo imaginar que alguém passe mais de cinquenta anos perseguindo outra pessoa a troco de nada. Pode ser ingenuidade da minha parte, mas acho que quem se aproveitou de outra pessoa aqui foi o vovô. Se a Ana Cristina está falando a verdade, tudo isso aqui — Sofia olhou ao redor, para as paredes altas e a decoração elaborada por um arquiteto e um designer de interiores que publicavam fotos em revistas de gente muito rica — foi construído em cima de uma mentira. Então o vovô não merece isso tudo, nem a gente. E odeio a ideia de ficarmos de braços cruzados quando podemos ajudar alguém.

— Você daria uma ótima advogada, sabia?

— Eu sei. Talvez eu tente ano que vem. Mas sem pressão, pelo amor de Deus! Já basta minha mãe me enchendo o saco sobre a faculdade.

Ouvimos os gritos no escritório silenciarem e o barulho do velho fone preto sendo enterrado no gancho com uma pancada. A maçaneta dourada girou e meu avô saiu do cômodo, o rosto suado e os olhos injetados.

— Não aguento mais lidar com gente incompetente! — gritou ele para ninguém em particular. — Sério, garotos, nunca escrevam *best-sellers* na vida de vocês! O estresse não vale a pena!

E, com pisadas fortes, desapareceu pelo corredor e escada abaixo, provavelmente em busca de uma bebida.

Esperamos mais dois minutos antes de nos mexermos. Sofia espiou pela escada e viu que nosso avô estava sentado em sua poltrona, fazendo anotações furiosas em um caderninho. Ele gritou pela minha mãe e perguntou quais flores ficariam bonitas naquela casa. Ela disse que não sabia e pediu ajuda do meu pai, que tinha experiência suficiente com decoração para saber que não, girassóis não eram uma boa opção. Muito menos rosas vermelhas.

Com passos leves, nos deslocamos até o escritório, abrimos a porta — xingando baixinho quando ela rangeu — e vimos como aquela festa estava tirando nosso avô dos eixos: havia papéis espalhados por toda a sua mesa de trabalho, com tabelas, orçamentos e fotos de decoração, e era impossível não ver o banner de três metros cobrindo uma das paredes, do teto ao chão. O banner trazia a capa de *De volta à casa azul* ao lado da foto profissional do vovô, com os braços cruzados e um sorriso que tentava parecer feliz, mas que para mim, naquele momento, só parecia muito forçado.

— Ele realmente gosta de se promover — comentei, olhando para a foto enquanto Sofia fechava a porta e seguia em direção ao cofre.

Ela abriu o livro de Ana Cristina e se agachou, olhando para os números anotados na dedicatória enquanto girava a combinação correspondente.

Quando terminou de girar em direção ao último número, ouvimos o clique da trava se abrindo.

— *Voilá!* — disse ela, um sorriso triunfante no rosto.

A gente realmente tinha conseguido.

Olhei para dentro do cofre: havia alguns maços de dinheiro — reais, euros e dólares — e um amontoado de papéis do outro lado, junto a um caderno de capa preta com folhas amareladas pelo tempo.

— O quê... — comecei a falar.

Mas, antes que pudéssemos analisar nosso achado, ouvi os passos pesados do nosso avô.

— Ele está vindo — sussurrei com urgência, e Sofia só teve tempo de pegar aquele caderno de capa preta. Ela o jogou sobre a mesa bagunçada, colocando as planilhas de orçamento e anotações por cima dele, escondendo-o da melhor maneira que podia em meio àquela bagunça.

Rapidamente, Sofia deu a volta na mesa e se sentou diante do computador, ao mesmo tempo em que vovô abriu a porta e entrou.

— O que estão fazendo aqui? — perguntou ele, desconfiado.

Eu estava diante do cofre, petrificado. A porta ainda estava entreaberta.

— Oi, vô! — cumprimentou Sofia, alto demais, denunciando seu nervosismo. — Eu só precisava... ver uma coisa na internet.

Dei um passo quase imperceptível para trás, colocando um dos pés na frente do cofre e fechando-o sutilmente. A porta fez um clique, mas talvez meu nervosismo tenha aguçado minha audição, porque meu avô pareceu não ter ouvido nada.

— Preciso fazer uma ligação — disse ele.

Então tentou avançar, mas minha cabeça estava a mil. O caderno ainda estava sobre a mesa, e se ele se sentasse e usasse o telefone, com certeza o veria e nos mataria bem ali, sem dar chance de defesa.

— Como estão os preparativos para a festa? — perguntei, tentando distraí-lo. — Esse banner... uau!

Nossa, eu era péssimo naquilo.

Tentei puxar nosso avô para que ele olhasse o banner junto comigo, mas ele parecia mais interessado em se livrar da gente o quanto antes.

— O senhor acha que essa é a sua melhor foto? — indaguei.

Aquilo chamou sua atenção.

— Por que não seria? — Ele se virou e encarou o banner, e de canto de olho vi Sofia puxar delicadamente o caderno e colocá-lo sobre o colo. — Você não acha?

— Já vi melhores — respondi. — Adoro a foto do senhor na orelha daquele livro... qual o título mesmo?

Puxei vovô para a estante que só tinha seus livros, obrigando-o a ficar de costas para sua mesa de trabalho.

— Aquele livro, sobre aquela mulher que... comete aquele crime!

Eu não fazia ideia do que estava falando.

— *A sombra da palmeira*? *O outro lado da morte*? *A garota que queria matar*?

Ele vasculhava os títulos e parecia falar palavras aleatórias.

Puxei o primeiro livro que vi na minha frente.

— Esse aqui — falei, abrindo a contracapa e encarando a foto dele na orelha do livro.

Era a mesma foto do banner.

Vovô me encarou, confuso.

— São iguais, Mateus — disse ele.

— Uau, então... boa escolha! — declarei.

Ele estava perplexo e eu, desesperado.

— Tenho muita coisa para resolver, meninos — disse ele, o tom de voz geralmente autoritário mudando para um que só parecia muito cansado. — Vocês precisam de mais alguma coisa aqui dentro?

— Não, só...

— Prontinho! — exclamou Sofia, levantando da cadeira com as mãos às costas. — A gente vai te deixar em paz, vô!

Ela saiu correndo, sem me dar tempo de segui-la antes de ouvir o vovô dizer:

— Mateus, sobre a outra noite...

Meu sangue gelou. Não queria falar nada que pudesse ser constrangedor, não quando meu corpo já estava funcionando em um pico de adrenalina por conta de toda aquela tensão.

Mas me mantive quieto, encarando-o em silêncio.

— Bebi além da conta e só... — Ele parecia tão sem graça quanto eu. Deu um passo na minha direção. — Quero que você seja feliz. Só isso.

Não havia muito o que responder. Não era um pedido de desculpas com todas as letras, mas sei que ele estava dando o seu melhor.

— Eu sou feliz, vô — respondi. — Mas obrigado. Significa muito vindo de você.

Ele assentiu.

— Se você puder... manter isso só entre a família durante o coquetel, eu agradeço. Tudo o que não preciso agora é de mais gente falando sobre assuntos que não sejam o meu novo livro.

— Lógico — respondi, sentindo uma súbita vontade de desaparecer.

Eu estava tão perto de acreditar que aquilo era um gesto acolhedor, mas ele só estava preocupado com o que seus convidados achariam.

Ele sorriu, talvez pensando que aquela maneira ridícula de guiar uma conversa era o suficiente para fazer tudo ficar bem de novo.

E eu sorri de volta, tanto porque não queria começar outra discussão quanto porque estava muito mais interessado em saber o que aquele caderno de capa preta guardava.

10

Trancamos a porta do quarto que eu estava dividindo com meus pais e colocamos o caderno sobre a cama. Peguei ele e o abri. As páginas amareladas e o cheiro de bolor me fizeram ter certeza de que aquele caderno era antigo, e foi só olhar a data grafada na primeira página para ter a confirmação.

— Isso é um... diário? — perguntei, olhando para o ano rabiscado. 1970.

Passei os olhos rapidamente pela página aberta, lendo a letra cursiva e inclinada para a direita que eu já conhecia há tempos.

Eu só queria desaparecer.
Hoje meu pai trouxe para casa o filho de um amigo dele. Um garoto esquisito, macilento, com um jeito caladão que me deixou em dúvida se era tímido ou se tinha algum problema de cabeça. Disse que o nome dele era José.
Papai mandou que conversássemos e fizéssemos companhia um ao outro, mas eu tinha um compromisso marcado com a Ana e tentei, de todas as formas que encontrei, fazer com que aquela conversa fosse o mais breve possível.

— É um diário da vovó — falei, folheando as páginas, cheias do início ao fim, com uma sensação estranha de que já conhecia aquelas palavras.

As datas do diário cobriam anos, às vezes com relatos imensos em um único dia, outros com apenas uma ou duas frases para resumir um período de meses. Também havia uma foto em sépia dentro dele.

Peguei a foto e mostrei para Sofia.

Eram duas mulheres, um homem entre elas: uma das mulheres definitivamente era nossa avó, em uma versão mais jovem que eu só tinha visto nos álbuns de família. Ela tinha os cabelos longos e volumosos, que desciam pelos ombros e escondiam a parte da frente do seu corpo. Usava um vestido que a fazia parecer uma estrela de cinema e seu sorriso ia de orelha a orelha. O homem do meio da foto, que obviamente era a versão mais nova do vovô, passava um dos braços por cima dos ombros da vovó.

A segunda mulher era mais alta, tinha uma estrutura física maior e parecia igualmente feliz. Mesmo naquela fotografia sem cores, dava para ver que sua pele era alguns tons mais claros do que a da minha avó. Seus olhos eram redondos e ampliados pelas lentes de um par de óculos com grau elevado e seus dentes eram meio tortos.

Ao fundo, era possível ver livros. Livros a perder de vista. Uma estante imensa atrás deles, e pessoas passando nas duas direções. Parecia que os três estavam no lançamento de algum livro.

Virei a fotografia na esperança de encontrar alguma anotação que pudesse indicar quem era a outra mulher, mas tudo o que encontrei foi um rabisco na parte de baixo: São Paulo, 1972.

Mostrei a foto para Sofia.

— Essa é a Ana Cristina! — exclamou ela.

— Como você sabe? — perguntei.

Sofia me passou um recorte de jornal que havia encontrado dentro do diário. Era dos anos 1970, e falava sobre as acusações de plágio que meu avô havia sofrido quando lançou seu primeiro livro. Ao lado do texto, uma outra foto de Ana Cristina: os óculos de lentes grossas, os cabelos curtos, o rosto arredondado e a estrutura física maior que a de vovó.

Era a mesma pessoa ao lado de vovô na outra foto.

Sofia lia o diário enquanto eu tentava encaixar as peças na minha cabeça.

Meu cérebro pareceu estalar quando Sofia confirmou o motivo de eu ter achado aquelas palavras do diário tão familiares.

— Isso aqui... — disse ela, erguendo o diário e chegando à óbvia conclusão muito mais rápido do que eu — ... é o livro do vovô.

Destranquei a porta do quarto e corri escada abaixo, deixando Sofia absorver aquela descoberta. Fui até a sala e peguei a edição de *A casa azul* que ficava exposta na mesa de centro, correndo de volta pela escada e trancando a porta.

Abri o livro pouco depois do começo, ainda nos relatos do ano de 1970. Quando finalmente encontrei o que procurava, deixei o livro aberto ao lado do diário.

Eu só queria desaparecer.

Hoje meu pai trouxe para casa o filho de um amigo dele. Um garoto esquisito, macilento, com um jeito caladão que me deixou em dúvida se era tímido ou se tinha algum problema de cabeça. Disse que o nome dele era Tadeu.

Papai mandou que conversássemos e fizéssemos companhia um ao outro, mas eu tinha um compromisso marcado com a Lu e tentei, de todas as formas que encontrei, fazer com que aquela conversa fosse o mais breve possível.

— Ele não copiou a história da Ana Cristina — disse Sofia, apontando para os nomes trocados.

Tadeu por José. Ana por Lu.

Lu era o interesse romântico de Joana, a protagonista que contava toda a história de *A casa azul*. Tadeu era o homem com o qual ela havia sido obrigada a se casar.

Meu coração estava a mil, porque havia tanta coisa que eu precisava colocar no lugar, tanta coisa que precisava entender.

— Ele plagiou o diário da vovó — falei. — Então a vovó era a Joana e a Ana Cristina era a Lu? Isso quer dizer que...

Sofia concluiu meus pensamentos:

— Elas eram apaixonadas uma pela outra.

2 de abril de 1970

Não sei por que decidi começar a escrever neste caderno. Talvez eu queira a emoção de contar todos os meus segredos para alguém imaginário e saber que, a qualquer momento, alguém pode esbarrar nessas páginas e descobrir quem eu sou de verdade. Talvez seja só uma forma de organizar meus pensamentos e de colocar para fora tudo o que está acontecendo dentro de mim, na tentativa de fazer as coisas ganharem algum sentido.

Talvez eu só não tenha mais ninguém com quem conversar.

Já me disseram que escrever diários nos ajuda a entender o mundo. A *nos* entender no mundo. Minha família não conversa, então acho que esse é o meu único recurso disponível. Papai é desses que não fala quase nada, e, quando fala, tem sempre um cinto dobrado nas mãos; mamãe tenta se aproximar, trocar confidências comigo, fingir amizade, mas tenho certeza de que ela só quer descobrir meus segredos e encontrar alguma forma de convertê-los em pecados, me mandar frequentar a Igreja com um sorriso no rosto, me fazer confessar, ajoelhar, rezar e pedir a Deus por um bom marido e uma vida tranquila.

Ah, se ela soubesse. Se *eles* soubessem quem é a filha deles...

3 de abril de 1970

Hoje papai me disse ter visto três mulheres com os peitos de fora.

Ele tinha ido à capital resolver algum problema com a documentação dos novos inquilinos da casa azul. Papai pintou toda a parte externa para chamar a atenção de possíveis locatários, e, por Deus, como fiquei feliz quando ele anunciou o interesse de uma família vinda da capital! Todos estávamos desesperados por conta da falta de dinheiro, e papai já andava de um lado para o outro com os cabelos para cima, pensando em todo o malabarismo que teríamos que fazer para pagar as contas caso não contássemos com esse aluguel.

Mas voltando às mulheres com os peitos de fora... Ele disse se tratar de três putas, dessas que ouvem Beatles, não raspam o sovaco e se acham no direito de fazer as mesmas coisas que os homens. "Tinha uma maior do que eu, com aquela cara de sapatão mal-comida", ele acrescentou de forma nada sutil. "Para mim, esse povo tinha é que morrer."

Nessas horas, meu coração se aperta. Enquanto papai falava, mamãe concordava silenciosamente, talvez sem prestar atenção às palavras dele, olhando para a televisão que transmitia informações sobre a monumental construção da Rodovia Transamazônica, estrada que finalmente ligaria as duas pontas do país.

Papai continuou falando como se houvesse uma plateia o ovacionando, e meu coração encolheu, como sempre faz quando ele fala coisas assim, como se seus comentários não passassem de senso comum. O que falaria se eu estivesse lá, no meio das mulheres, também com os peitos de fora e os sovacos cabeludos? Diria que eu era louca? Puta? Que eu merecia morrer?

Provavelmente sim.

Não sei definir o que sinto quando vejo algumas mulheres, mas queria não sentir. Peço a Deus para que eu encontre um bom marido, um que possa me fazer feliz a ponto de eu esquecer tudo isso que grita para se libertar. Sei que minha fé ainda está aqui, em algum lugar, rogando para Deus fazer essa coisa ir embora.

Eu queria conversar com alguém, como queria! Nem que fosse com mamãe. Queria pedir sua ajuda, mas isso significaria falar sobre meus sentimentos, falar que não me interessam os homens, mas sim as mulheres, e eu sei que isso a destruiria,

destruiria nossa família, faria meu pai entrar em um estado de fúria assassina e, por consequência, me destruiria também.

Não me admiraria se papai pegasse aquele cinto e o desferisse em mim até que só restasse minha carne exposta. Ele me mataria, com certeza mataria.

Não sei por que escrevo essas coisas. Preciso queimar este diário.

8 de abril de 1970

Não tive coragem de queimar o diário, mas decidi escondê-lo no fundo da gaveta de calcinhas, um lugar onde papai não ousa sequer olhar. Também disse para mamãe que posso arrumar minhas próprias roupas, pois se já sou adulta o bastante para conversarmos sobre casamento, o mínimo que posso fazer é treinar para me tornar uma boa esposa.

Mamãe sorriu, orgulhosa. Esse é seu único desejo: que eu seja uma boa esposa.

E é isso o que pretendo ser, pois esse sorriso estampado no rosto dela faz meu coração ficar aliviado, como se alguém o largasse depois de apertá-lo durante meses.

10 de abril de 1970

Hoje, pela primeira vez em muito tempo, fui à missa sem reclamar. Mamãe se surpreendeu quando me viu esperando de boa vontade, arrumada antes de todos, porque o compromisso dos domingos geralmente é regado por conflitos nessa casa. Sempre vou, mas faço questão de manter o cenho franzido e a cara amarrada. É minha forma de protesto, mesmo que mamãe me dê beliscões quando o padre passa por nós e estende a mão pedindo a paz de Cristo.

Papai não participa das missas. Diz que essa coisa de se ajoelhar é para mulheres e maricas e que Deus entende se ele não for declamar Pais Nossos e Aves Marias depois de ter trabalhado a semana inteira. Prefere passar o domingo ao lado de seus amigos, bebendo, fumando e jogando cartas, e sempre volta para casa cambaleando. Já nos acostumamos à versão agressiva dele, aos berros quando a comida está fria ou quente demais, às acusações sobre a casa bagunçada ou sobre os barulhos incômodos que fazemos quando lavamos a louça ou passamos a roupa. Mamãe diz que Deus conhece todos os caminhos, e aquela era a forma encontrada por Ele de nos testar.

Não acredito que Deus possa ser tão cruel. Prefiro deixá-Lo fora disso.

Depois da missa, pude enfim conhecer a família que estava de mudança para a casa azul. Ontem, ouvi papai falar para mamãe que achava que eles eram comunistas — e, que se ele descobrisse alguma coisa concreta certamente os denunciaria —, mas não reclamou do dinheiro que haviam depositado como garantia para o aluguel. Eles vieram se apresentar cheios de sorrisos, abraços e apertos de mão, e confidenciaram o alívio de finalmente poderem descansar os ouvidos e os pulmões da barulheira e da poluição que era São Paulo.

Ao menos, o pai e a mãe sorriram. Também havia uma garota, de cerca de quinze anos, como eu, ou um pouco menos, e ela não parecia tão feliz com a mudança. Mantinha o rosto fechado, um passo atrás do restante da família, e não fez questão de ser simpática quando sorri para ela. Vi que a mãe a empurrava com delicadeza e lhe dava beliscões por baixo dos antebraços, e não pude deixar de rir da semelhança de costume entre nossas famílias.

A única coisa que a menina falou, depois do silêncio constante, foi seu nome:

Ana Cristina.

15 de abril de 1970

Encontrei Ana a caminho da escola. Vestíamos o mesmo uniforme. Perguntei se poderíamos ir caminhando juntas para fazermos companhia uma à outra, e ela só assentiu, sempre calada.

Tentei puxar assunto enquanto passávamos pelas ruas enfeitadas com as cores da bandeira do Brasil, encarando o asfalto pintado com o desenho de um menino bochechudo e com um sombrero mexicano na cabeça, mascote da Copa do Mundo. Eu tentava encontrar alguma coisa que tivéssemos em comum, mas Ana parecia ter um mundo próprio, desses com muros altos e arames retorcidos no topo. Não falou muito. Disse que gostava da capital, da quantidade de museus, cinemas e teatros, e principalmente de bibliotecas. Olhei para o livro que tinha em mãos: *O segundo sexo*, de Simone de Beauvoir. Ela desfilava com aquele livro sem a menor vergonha da palavra estampada na capa, e me olhou como se me desafiasse a perguntar por que não escondia aquilo.

"Você gosta de ler?", perguntei, sem fazer alarde do título.

"É importante", afirmou ela, sem responder minha pergunta.

"Sobre o que fala esse livro aí? É um romance?"

Ela riu.

"É um livro feminista", respondeu.

Arregalei os olhos, olhando de um lado para o outro na esperança de que ninguém a tivesse ouvido. Mesmo estando em uma cidade pequena, eu já tinha ouvido falar sobre o que acontecia com pessoas subversivas. Só de estar ali, ao lado dela com aquele livro de título escandaloso em mãos, eu corria risco.

Mas não havia ninguém na rua além de nós duas.

Ouvi a risadinha nasalada que ela soltou no momento em que percebeu minha reação.

"Você deve achar que feministas são seres do inferno prontos para gerar o Anticristo", comentou ela.

"Meu pai acha mesmo", respondi. "Mas talvez você precise me dar mais crédito."

Ela arqueou uma sobrancelha e deu um sorrisinho.

"Pensei que essa cidade estaria repleta de gente atrás de um bom casamento."

"Você pode se surpreender", respondi, e continuamos andando em silêncio.

22 de abril de 1970

Hoje fomos oficialmente apresentados. Papai aproveitou o feriado e ofereceu um almoço aos novos vizinhos, assim, sem mais nem menos, o que obrigou mamãe a se apressar na preparação de um banquete elaborado. "Nada de carne de panela ou essas gororobas que você faz todo dia!", ameaçou ele. "Esse pessoal é da capital! É refinado!"

Então, pedindo ajuda para dona Josete, uma das amigas da paróquia, todas nós conseguimos colocar uma deliciosa mesa composta por arroz, feijão tropeiro, torresmo, bisteca, couve, ovos de gema mole, cuscuz paulista e goiabada caseira. Um almoço tipicamente paulistano para nossos tão nobres convidados.

Quando chegaram, os homenageados arregalaram os olhos com tanta hospitalidade: o pai de Ana, seu Bartolomeu, trazia consigo uma simples garrafa de cachaça, alguns limões e açúcar, que prometeu transformar em caipirinha para todos nós; a mãe, dona Iolanda, trouxe um empadão de frango tão tímido quanto ela, deixando evidente que não era uma grande cozinheira como mamãe; e Ana também veio, dessa vez com um livro diferente em mãos, um romance de Cassandra Rios que, graças aos céus, tinha capa decente e um título menos chamativo. Ainda bem que papai não gosta de ler e não sabe muito sobre literatura, mas com certeza já deve ter ouvido sobre os romances cheios de luxúria de Cassandra Rios.

Depois do almoço e das dezenas de elogios de Bartolomeu e Iolanda ao tempero de mamãe, os homens se esticaram na varanda, fumando seus cigarros fedorentos, enquanto as mulheres foram para a cozinha servir as sobremesas e organizar toda a bagunça de louças sujas e talheres engordurados.

"Por que vocês não vão conversar lá fora? Todos podem ajudar a arrumar a cozinha depois", disse Ana, explicitamente incomodada com alguma coisa que não consegui identificar.

"Ai, Ana, você e essas ideias!", reclamou sua mãe. "Aqui, somos convidadas!"

"Eu só estou falando que...", ela tentou responder, revirando os olhos com aqueles comentários, certamente cansada de ouvi-los.

Estendi minha mão e apertei a dela, pedindo para não falar mais nada.

Ela pareceu surpresa com o meu toque.

"Vamos todas colaborar que logo, logo estará tudo limpo", respondeu minha mãe, passando um pano de prato para mim e outro para Ana. "Maria Luiza, mostre para a Ana onde guardamos as louças e coloque tudo lá depois de secar."

Senti que Ana responderia, mas vi quando a mãe dela a encarou como se a desafiasse a ser rebelde na casa de seus anfitriões. Então ela sorriu, se levantou e começou a guardar a louça, como uma boa mulher deve fazer.

26 de abril de 1970

"Qual é o seu maior sonho?", perguntou Ana enquanto andávamos em direção à escola.

Havia se tornado um hábito entre nós: nos encontrávamos às seis em ponto e íamos juntas, conversando sobre o mundo, os livros que ela lia ou qualquer outra coisa que nos desse na telha. Ou às vezes nem falávamos, fazendo companhia uma à outra enquanto nossos passos eram o único som entre nós. Mamãe respirava aliviada quando via Ana do outro lado da rua, pronta para me acompanhar. Ela sempre me disse que andar acompanhada é dever de uma moça de respeito.

"Como assim?", indaguei, rindo para Ana, porque aquela havia sido uma pergunta feita no susto, sem nenhum contexto.

Ela riu também.

"Estou pensando muito nisso. Sobre quem quero ser quando for mais velha."

"Espero me casar com um médico", respondi. "Ou um advogado. Ter filhos, ser uma boa mãe e uma boa esposa, morar em uma casa tão bonita quanto essa onde estou hoje. Seria uma vida ótima."

Ana parou. Olhou para mim em dúvida, como se não pudesse acreditar no que eu estava dizendo.

"Você está brincando, não é?", perguntou ela.

"Não. Por quê?"

"O maior sonho da sua vida é ficar em casa, esperando seu marido voltar do trabalho enquanto faz o jantar dele?"

Dei de ombros.

Na verdade, eu nunca tinha pensado no que sonhava para a minha vida.

Não até agora.

27 de abril de 1970

O que eu realmente gostaria de fazer da minha vida? Como eu queria que fosse o meu futuro, se tivesse todas as possibilidades bem ali, diante de mim?

Conversar com Ana parece fazer alguma coisa dentro de mim entrar em estado de ebulição. Ela fala sobre São Paulo com os olhos brilhando: diz que lá mulheres não são apenas secretárias ou professoras, mas sim o que quiserem ser — médicas, engenheiras, advogadas, dentistas, filósofas, pensadoras. Parece haver um mar de possibilidades, todas prontas para serem agarradas por qualquer um que passe, homens ou mulheres.

"Eu vou ser escritora", disse ela certa vez, não com a divagação de um sonho distante, mas com a certeza de um objetivo. "Não sei como nem quando, mas é isso o que eu quero: usar minhas palavras para fazer minha voz ser ouvida."

Nunca pensei em ser ouvida. Nunca pensei em muitas coisas, na verdade, porque sempre me fizeram acreditar que uma vida sem um marido era uma aberração. Eu já sou uma aberração, mas sufoco dentro de mim todos os meus desejos.

"Você e suas ideias revolucionárias", murmurei, sabendo que aquelas palavras não eram minhas. Eram do meu pai, da minha mãe, de todas as pessoas que diziam que mulheres não podiam sonhar.

"Você devia revolucionar o mundo comigo", respondeu ela, me olhando com aqueles olhos aumentados pelas lentes dos óculos de aros vermelhos.

4 de maio de 1970

Eu só queria desaparecer.

Hoje meu pai trouxe para casa o filho de um amigo dele. Um garoto esquisito, macilento, com um jeito caladão que me deixou em dúvida se era tímido ou se tinha algum problema de cabeça. Disse que o nome dele era José.

Papai mandou que conversássemos e fizéssemos companhia um ao outro, mas eu tinha um compromisso marcado com a Ana e tentei, de todas as formas que encontrei, fazer com que aquela conversa fosse o mais breve possível.

Ele parecia tão desconfortável quanto eu. Perguntou do que eu gostava, e pareceu surpreso quando falei da minha recém-descoberta paixão por livros. Era algo que nos conectava, pois ele também se considerava um amante das letras, então passamos o tempo inteiro falando sobre Jorge Amado, Guimarães Rosa, Machado de Assis e Aluísio Azevedo — autores que eu só conhecia de nome, mas sobre os quais ele guardava opiniões na maior parte entusiasmadas. Ele gostava de romances do século XIX, alguns poucos do século XX, e comentou sobre seus próprios escritos, me pedindo para que nunca falasse sobre eles para outras pessoas. José estava cursando direito e pretendia seguir a carreira do pai, um advogado trabalhista com jeito bonachão. "Rabisco alguns textos só para me distrair", acrescentou ele, querendo fazer pouco caso de sua verdadeira paixão.

Guardei para mim os comentários que ouvia à boca pequena sobre o pai dele, um homem que, segundo as fofocas do bairro, só trabalhava para empresários ricos, tendo como único interesse convencer os trabalhadores a aceitar condições sempre precárias em troca de um salário miserável, enchendo-os de ameaças de desemprego e desdenhando do poder dos sindicatos de batalhar por benefícios condizentes com as jornadas de trabalho brutais e extenuantes nas fábricas.

Tinha para mim que José parecia uma boa pessoa. Meio lerdo, confesso, mas havia algo nele que me fazia torcer para que o sonho de sua vida não fosse se tornar uma versão mais nova de seu pai.

Depois daquilo que considerei um tempo razoável, me despedi e disse ter um compromisso marcado com uma amiga.

"Posso ir também?", perguntou ele, talvez porque não quisesse ficar ali, interagindo com pessoas estranhas em uma casa que mal conhecia, ou talvez porque realmente estivesse interessado em discutir mais sobre literatura comigo.

Ponderei minha resposta. Eu queria ficar a sós com Ana. Gostava dos nossos momentos particulares, de nossas conversas revolucionárias e de como falávamos sobre nosso futuro, e sabia que colocar um garoto entre nós — mesmo que fosse três anos mais velho, cheio de ideias potencialmente interessantes — alteraria o peso de uma balança muito bem equilibrada.

Ainda assim, concordei, e saímos rua afora. Mamãe fez uma expressão ao mesmo tempo preocupada e orgulhosa, e vi que papai parecia satisfeito com nosso passeio, dando tapinhas no ombro do pai de José como se dissesse "arranjamos a união perfeita". Evitei revirar os olhos na frente deles.

Ana nos esperava em frente à casa azul. Ao me ver acompanhada, ficou curiosa, então os apresentei e falei que aquele era o meu pretendente. O garoto riu sem graça, as bochechas vermelhas e o suor escorrendo pela testa como se estivesse mastigando um pedaço de pimenta, e nós duas rimos com seu desespero.

Andamos em direção à sorveteria, e em pouco tempo era como se fôssemos velhos conhecidos. Ana falava muito, mais do que José e eu juntos, e comentou sobre Mary Shelley, Jane Austen e Emily Brontë. Falava de suas escritoras favoritas como se fossem heroínas, e ficou surpresa quando José disse que, à exceção de *Orgulho e preconceito*, não se lembrava de nenhum livro escrito por uma mulher.

"Nem *Frankenstein*? O monstro mais famoso da literatura?"

"Pensei que o mais famoso fosse o Drácula", respondeu ele. "Mas não, nem *Frankenstein*. Mas pretendo corrigir o erro o quanto antes."

"Podemos passar na biblioteca", falei, me lembrando daquele espaço frequentado por mim durante a infância, agora esquecido enquanto eu era engolida pelas obrigações da escola e de casa.

"Por que você não me disse que havia uma biblioteca na cidade?", perguntou Ana, perplexa. "Vamos agora!"

E seguimos, lambendo nossos sorvetes de chocolate que escorriam pelos nossos dedos pegajosos naquela tarde calorenta.

A biblioteca era tão linda quanto eu me lembrava: ficava no alto de uma ladeira, um prediozinho tímido se comparado à majestosa igreja ao seu lado, rodeado por um jardim bem conservado onde algumas quaresmeiras desabrochavam suas flores violetas e formavam um tapete ao caírem no chão. Contrastando com elas, pedaços cortados de plástico nas cores da bandeira do Brasil esvoaçavam pendurados entre as árvores da rua e os postes, e o jardim estava repleto de decorações que não deixavam dúvidas sobre a empolgação de todos para a Copa do Mundo.

Ana olhou para aquela porta como uma criança vendo o Papai Noel: nunca a vi sorrir tanto. Entrou na frente de todos nós, e pude jurar que fechou os olhos quando inspirou, sentindo o cheiro do papel, da tinta e das histórias enclausuradas nas páginas dispostas nas estantes. Correu os olhos à procura de alguém que pudesse atendê-la e foi perguntar para uma moça de cabelos vermelhos onde podia encontrar a bibliotecária.

"Sou eu", respondeu a moça, nos surpreendendo.

Ela não parecia com a senhora que sempre me dava livros infantis e corria para me contar histórias quando eu era mais nova. A bibliotecária agora era uma mulher jovem, na casa dos vinte ou trinta, com uma roupa colorida que deixaria meu pai escandalizado. Também podia jurar que tinha uma tatuagem embaixo da manga da camisa, da qual só consegui enxergar uma pontinha.

Assim como Ana, eu tinha certeza de que aquela mulher era uma revolucionária.

"Como faço para pegar livros emprestados?", perguntou Ana, ansiosa. "Vocês têm *Frankenstein*? *O morro dos ventos uivantes*? *Jane Eyre*? *Mrs. Dalloway*?"

A bibliotecária riu, disse que todos esses estavam disponíveis no acervo e pediu que voltássemos com a documentação necessária para fazermos nosso cadastro. Não levaria nem cinco minutos e já poderíamos sair com os livros.

Prometemos voltar e olhei para o relógio na parede, preocupada com a hora. Mas Ana parecia hipnotizada: olhava para as lombadas como se estivesse frente ao maior tesouro do mundo, passava os dedos sobre os livros empoeirados, talvez na esperança de grudá-los em sua pele e passar as ideias daquelas páginas para sua cabeça, sorrindo e suspirando quando via um título inesperado, arrancando olhares de censura de uma senhorinha que se curvava sobre uma mesa e tentava ler o jornal do dia.

José também analisava as estantes. Parecia menos hipnotizado do que Ana, mas percebi que também se interessava pelos títulos e erguia as sobrancelhas frequentemente, tirando um ou outro livro da prateleira e folheando-o.

Observei os dois, tão empolgados com aquelas descobertas, e fiquei feliz por ter proporcionado aquele momento a eles.

"Você vai amar esse aqui", disse ela, me entregando um exemplar da Agatha Christie. Já tinha ouvido falar dos romances policiais dela, mas nunca tinha me aventurado em algum deles. "Duvido que consiga descobrir o final desse ou de qualquer um dos livros dela."

Sorri, encarando aquilo como um desafio. Fixei o título na memória, observando a estante dedicada apenas aos livros da autora, sabendo que voltaríamos ali no dia seguinte e que aquele livro seria o meu escolhido.

18 de maio de 1970

Não acredito que foi o juiz!

3 de junho de 1970

Hoje foi o primeiro jogo do Brasil na Copa do Mundo. Todos estavam em polvorosa. As fábricas dispensaram os funcionários mais cedo para todo mundo estar em casa antes das seis da tarde. Na frente da casa de Ana, as pessoas que não conseguiram entrar na sala se acotovelavam e se empurravam por um espaço na janela, na esperança de conseguir nem que fosse uma brechinha para assistir ao jogo pela TV gigante que seu Bartolomeu tinha trazido da capital. Todo mundo gritava, batia palmas e cantava o hino nacional, e eu não fazia ideia de como, mas quando vi havia copos de plástico, garrafas de cerveja e petiscos dentro de potes passando entre todos os convidados e penetras.

Quando o jogo começou, todos pareceram prender o fôlego. Eu estava espremida no chão ao lado de Ana, e vi que José parecia meio deslocado no meio de toda aquela gente. Seu pai não tinha aparecido, provavelmente porque não achava que um evento daqueles estava à sua altura, mas seu Bartolomeu tinha deixado de lado toda a sua prudência e chamado para dentro de casa todas as pessoas que quisessem assistir ao jogo.

Talvez ele realmente fosse comunista, com toda essa história de compartilhar riquezas.

Logo nos quinze minutos iniciais, o Brasil levou o primeiro gol da Tchecoslováquia. Meu pai gritou "comunistas de merda!" e deu um soco no braço do sofá, derrubando um pouco da cerveja de seu copo, o que arrancou risadas de alguns e sobrancelhas erguidas de outros. Se seu Bartolomeu *realmente* era um subversivo, preferiu não responder ao papai.

O placar logo empatou. Mesmo sem ter muito amor pelo futebol, respirei aliviada quando a rede balançou depois do chute de Rivelino, e no intervalo entre os dois tempos todos começaram a especular se venceríamos ou não aquele primeiro jogo. Até apostas começaram a ser feitas entre as pessoas.

No segundo tempo, o Brasil fez mais três gols, e a cada um deles parecia que a casa azul viria abaixo, tamanhos os gritos. Eu gritei também, contagiada pela empolgação, e quando o jogo acabou, todos começaram a se abraçar e a beber mais.

No calor do momento, abracei Ana, e, quando percebi o que estava fazendo, logo pensei em me afastar dela. Mas reprimi meu sentimento de culpa e, pela primeira vez na vida, aproveitei aquele abraço.

Espero que ela não tenha achado inadequado ou estranho.

25 de junho de 1970

Como nasce o amor? Já me perguntei mais de uma vez como esse sentimento, à primeira vista tão puro e sincero, pode se desenvolver dentro dos nossos corações a ponto de fazê-lo bater com tanta força. Parece que o amor é um sentimento grande demais para um coração: ele faz meu peito acelerar sempre que se manifesta, tão forte que às vezes chega a doer. E a pior parte é que tenho medo dele. Essa sensação atravessa meu corpo com velocidade, e só quero gritar para o mundo como me sinto, quero dizer para todos ao meu redor como esse sentimento é bom, como todos deveriam senti-lo ao menos uma vez na vida, e quero fingir que ele não existe, me comportar como a boa filha e a boa mulher que todos esperam que eu seja.

Quero sufocar o amor que cresce dentro de mim. Quero matá-lo porque não é por José que sinto meu coração bater mais forte, e sei que isso tem um preço alto a ser pago. Só consigo pensar em Ana. Ana, Ana, Ana. Quero gritar para o mundo que amo Ana, quero acordar todos os dias da minha vida apenas para ver o sorriso dela crescendo ao me ver chegar; quero nossos abraços se convertendo em beijos, em mãos dadas e em noites em claro; quero conversas varando a madrugada e terminando sem conclusão nenhuma; quero compartilhar sonhos e traçar planos e construir uma vida segura onde podemos ser felizes, e onde todos ao nosso redor digam que está tudo bem amar daquele jeito, pois o amor é o mais puro dos sentimentos, e quem poderia ser contra isso?

Mas não posso sentir essas coisas. O que papai diria? O que Deus diria? Como a cidade inteira reagiria se descobrisse meu segredo? Por que devo esconder esse sentimento que, ao mesmo tempo, me traz tanta felicidade e me faz sentir tão suja?

30 de julho de 1970

Está sendo tão bom estar de férias do colégio! Posso dormir até mais tarde e passar o dia inteiro sem pensar em cálculos ou regras de português, e fico aliviada ao saber que ainda tenho alguns dias sem precisar ouvir os sermões da professora Francisca sobre os pecados da alma e da carne durante as aulas de religião. Tenho ajudado mamãe nas tarefas domésticas, e me pergunto como ela pode se contentar com essa vida dia após dia, preenchendo sua alma com fofocas da vizinhança e histórias que papai tem para contar sobre o seu dia de trabalho.

Mas hoje minha rotina foi novamente quebrada por uma visita de José. Ele tem aparecido aqui em casa com cada vez mais frequência, motivado pelas suas próprias férias e abençoado pela empolgação de mamãe com meu provável futuro marido e pelo silêncio de aprovação de papai, que vez ou outra faz algum comentário ao mesmo tempo bem humorado e ameaçador. Hoje, por exemplo, ele disse para José que até poderíamos ir ao cinema, mas que se ele me engravidasse, era um homem morto. Depois disso, deu um sorriso e uma piscadela para mim. Minha mãe deu uma risada sem graça seguida de um tapa no ombro do meu pai, e José ficou mais vermelho do que os tomates da salada do almoço.

Perguntei para José se Ana poderia ir conosco ao cinema, mas dessa vez ele pareceu um pouco incomodado. Assim que perguntei, ele bufou e balançou a cabeça, impaciente.

"Sempre estamos com ela. Ana parece sua dama de companhia."

"Gosto da presença dela", respondi.

"E eu gosto da sua presença. *Apenas* da sua presença", disse ele, e entendi aquilo como a primeira negativa de José a alguma de minhas vontades.

Pensei em argumentar. Eu estava ficando boa em argumentação, graças às conversas com Ana, mas algo dentro de mim me segurou. Eu sabia que poderia fazê-lo ceder, mas isso o deixaria descontente. E o que será que ele poderia pensar se eu insistisse pela presença de Ana? Será que começaria a desconfiar de que eu nutria por ela sentimentos que iam além da amizade?

Não posso deixar meus sentimentos transparecerem para ele ou para qualquer outra pessoa. Se não quero nem que Ana saiba o que sinto, que dirá José.

Acho que obedecer já é tão natural para mim que apenas aceitei a condição como se a minha vontade fosse algo bobo, que não deveria nem mesmo ser considerado. Por isso só respondi "tudo bem" e sorri, fingindo que aquele ato de controle de José era uma forma de ele declarar o quanto gostava de estar junto de mim.

20 de setembro de 1970

Faz algum tempo que não escrevo nessas páginas, e isso porque estou tão mergulhada na minha rotina, nos livros e em Ana que me sobra pouco tempo para organizar os pensamentos e colocá-los no papel.

A felicidade que sinto nesse momento é indescritível. Parece que eu não sabia o que era ser feliz antes de Ana. Ela é a minha melhor amiga, dona dos meus segredos, minha maior confidente. Nossos risos enchem meu espírito de paz, nossas conversas sobre livros me deixam com dor de cabeça e me fazem aprender sempre um pouco mais, e quando ela me abraça ou toca meu braço ou simplesmente anda ao meu lado e me permite sentir o cheiro dos seus cabelos, sinto tudo aquilo que pedi a Deus para não sentir vindo com uma força avassaladora.

Falamos muito sobre o futuro nesses últimos meses. Ana trouxe à tona uma quantidade considerável de novas perspectivas que eu nunca tinha levado em consideração. Agora, quando penso em meu futuro, penso que não devo deixá-lo completamente nas mãos de um homem, seja meu pai ou meu marido. Quero poder construir minha própria vida, trilhar meus próprios passos e buscar maneiras de ser livre. Não é que eu tenha desistido de me casar. Ainda preciso demonstrar para todos que cumpri as obrigações esperadas pela minha família, tendo um marido e filhos que possam levar adiante meu sangue e meus ensinamentos. Do contrário, qual o propósito de tudo isso?

Tenho tantas dúvidas. Tantos medos. Tantos sentimentos confusos. Por vezes, penso que devo desafiar as convenções e viver uma vida com Ana e apenas com Ana; ao inferno para os que me olharem diferente, para os que disserem que não dei certo por não ter me casado, para os que me considerarem uma mulher seca e infeliz. Outras vezes, tenho certeza de que essas vontades são apenas ilusões, porque seria impossível passar toda uma vida assim.

Também me pego pensando, às vezes, se Ana não apareceu em minha vida como uma provação. E se tudo isso for um plano de Deus para me testar? E se Ele estiver jogando dados comigo, avaliando minhas ações para definir se mereço mesmo o Paraíso quando essa vida terminar?

Mas que provação é essa, onde Deus plantaria um amor tão profundo em mim para dizer que é errado? Não acredito que Ele possa ser tão cruel assim.

Estou mentindo para mim mesma. Sei que estou, e isso me enche de tristeza. Até mesmo aqui, nessas páginas, ainda não consigo perder o medo de dizer todas as verdades porque sei que, a partir do momento em que eu as colocar para fora, elas deixarão de ser abstratas e se tornarão reais.

E a verdade é que eu não me casaria com José ou nenhum outro homem, não se pudesse escolher. Mas não posso. Não posso dizer para Ana que devemos largar tudo e fugir para São Paulo, primeiro porque destruiria minha família, e segundo porque não sei se ela sente o mesmo por mim. Não consigo decifrar Ana, e queria ter a segurança de decifrá-la sem colocar nossa amizade em risco. Queria ter coragem suficiente para lhe dar um beijo e, caso ela desse um passo para trás, acionar um relógio que voltasse no tempo para desfazer todo o mal-entendido.

Mas isso é impossível.

Eu amo Ana, e estou perdida.

Por que Deus me fez assim? Por que eu não posso me contentar apenas com nossa amizade? Por que minha cabeça vive imaginando situações em que confidencio para Ana o que sinto e tenho como resposta a rejeição dela?

4 de novembro de 1970

Olho para José e tudo o que vejo é um garoto doce, mas pelo qual só consigo nutrir um carinho imenso. Meu corpo se retrai quando ele me abraça e o percebo me apertando por mais tempo, como se quisesse extrair à força o amor que não sou capaz de oferecer a ele. Mas, ainda assim, tento me convencer de que ele é a minha saída desta cidade. Ele é meu amigo, um que se tornou importante para mim ao longo do tempo.

Posso aprender a amá-lo.

20 de dezembro de 1970

O Natal está chegando, então preparei uma surpresa para Ana. Convidei-a para vir aqui em casa, aproveitando que papai está na rua, bebendo com seus amigos, e mamãe está no mercado, onde gasta pelo menos uma hora nas conversas com a vizinhança.

A caixa está embrulhada e enfeitada com um laço amarelo, em cima da mesa de centro da sala. Consegui juntar algumas moedas e comprei uma edição especial em inglês de um livro da Jane Austen. Ele estava na vitrine de um sebo, com uma capa de couro e letras douradas como se estivesse me chamando. Não tenho ideia se Ana sabe ou não inglês, mas era uma edição tão bonita, com ilustrações preenchendo suas páginas, que não pensei duas vezes antes de desembolsar quase todas as moedas acumuladas dentro do meu cofre para fazer aquela surpresa para ela.

Espero que ela goste. Daqui a pouco volto com mais informações.

Ana não consegue ler em inglês, mas amou o presente! Me encheu de beijos e abraços depois de rasgar o embrulho e abrir a caixa sem cerimônias, se desculpando por não ter comprado nada para mim.

"É um presente. Não precisa me dar nada em troca", falei, porque realmente não desejava nada além dos sorrisos e beijos que ela me deu de tão bom grado.

Sozinhas em minha casa, comecei a imaginar como seria ter uma vida com Ana: ela seria uma grande escritora, passaria a maior parte do tempo enfurnada em casa, inclinada sobre a máquina de escrever enquanto xingava seu cérebro por não lhe dar palavras boas o bastante para colocar no papel. E eu a acalmaria, leria seu texto e diria que estava ótimo, e ela se convenceria e me daria um abraço, e o abraço se tornaria um beijo, e eu seria a mulher mais feliz do mundo.

Escrevo essas palavras olhando pela janela para o outro lado da rua. Consigo ver Ana entretida com aquele livro, admirando suas ilustrações e tentando entender as palavras estrangeiras que o preenchem.

O livro é um mistério para ela, e Ana é um mistério para mim.
O que seria de nós se eu dissesse para ela tudo o que sinto?

26 de dezembro de 1970

Na noite de Natal, papai chamou José e sua família para celebrarmos a ceia juntos. Conheci a mãe dele, Rita, uma mulher baixinha e gorda, com olhos apertados que pareciam atravessar minha alma. Ela tinha um ar azedo, os lábios crispados com toda a movimentação da casa, e foi imediatamente à cozinha ajudar mamãe e eu com os preparativos do jantar.

"Meu filho será um grande advogado", disse Rita. "A mulher que se casar com ele será muito sortuda."

E olhou para mim, sabendo dos planos de papai para nos unirmos em matrimônio. Rita não parecia me aprovar, não porque eu não estivesse à altura de seu filho — ela sequer me conhecia —, mas porque parecia ter tendência a não aprovar ninguém.

"Maria Luiza será uma ótima esposa um dia", disse mamãe, nada sutil, depois de checar se o pernil já estava assado e sorrindo para mim.

"O que você pretende fazer para se tornar uma boa esposa?", perguntou Rita.

Aquilo parecia um interrogatório. Eu estava extremamente desconfortável.

"Quero que meu marido seja feliz", respondi. "Mas também pretendo buscar minha própria felicidade."

"Se seu marido for feliz, isso significa que você também será."

"Na verdade, também penso em estudar", falei, porque aquela era uma ideia que crescia à medida que o tempo passava. Ver Ana com seus sonhos e seus projetos para o futuro me dava uma nova perspectiva de vida, uma em que eu pudesse trabalhar para ganhar meu próprio dinheiro.

"Para quê?", perguntou Rita. "Eu completei o colégio e estou muito bem, obrigada. Estudar é para essas mulheres que pensam estar ao mesmo pé dos homens. Coisa horrível de se pensar. Nosso trabalho é para com a casa, nosso marido e nossos filhos. Não é, Dalva?", disse ela, olhando para mamãe, que balançava a cabeça em concordância.

"E não estamos no mesmo patamar dos homens?", questionei.

Mamãe olhou para mim com olhos de censura. Tanto eu quanto ela sabíamos que eu deveria estar encontrando formas de conquistar dona Rita e transformá-la em uma amiga, alguém que apoiasse minha futura união com José, mas alguma coisa dentro de mim gritava para ter minhas próprias opiniões.

"Do que você está falando, Maria Luiza?", perguntou mamãe. "De onde você tirou essa ideia?"

"É só que... no que os homens são melhores?", perguntei. "Tenho minhas próprias ideias assim como outras pessoas. Não penso ser melhor ou pior do que qualquer um."

Rita olhou para mim escandalizada, como se gafanhotos estivessem saindo da minha boca para trazer novamente uma das pragas do Egito.

"Deus fez a mulher para apoiar o homem", disse ela, o ar ainda mais azedo depois de minha resposta. "Não cabe a nós competir com eles, não quando o mundo já nos dá tantas obrigações com nossas famílias."

Mamãe me olhou de esguelha, e seus olhos ordenaram que eu ficasse quieta e concordasse com Rita.

Mas não fiz isso.

"Deus nos deu a obrigação de carregar os homens em nossos ventres. Não de carregá-los pela vida inteira."

"Nossa obrigação é de sermos boas mulheres para nossos maridos", retrucou dona Rita, ácida. "Se você não compreende isso, não acho que se tornará uma boa esposa um dia."

E, ofendida, pegou um assado de bacalhau e desapareceu em direção à sala, os lábios ainda mais crispados.

"O que você está fazendo, Maria Luiza?", perguntou minha mãe, chocada com minhas respostas. "Está querendo virar uma dessas feministas que queimam sutiãs em praça pública?"

Ela me olhava com censura.

"E se eu quiser?", questionei, desafiando-a. "Se o fato de eu querer ter um emprego e minha independência for sinal de que sou como aquelas mulheres, acho que posso me considerar uma delas."

"Ai, Luiza...", a voz de minha mãe não parecia enraivecida. Apenas decepcionada. "Largue essas ideias. Não quero te ouvir falando mais sobre isso, entendeu? Não mate a mim e a seu pai de desgosto."

Emudeci, porque eu sabia ser uma discussão inútil.

Mamãe cresceu à sombra dos homens, como todas as mulheres que nos rodeavam. Casou-se aos dezesseis, engravidou aos dezessete, e chorou quando descobriu que não poderia ter mais filhos depois das complicações do meu parto. Papai não parecia insatisfeito. É claro que ouvia os murmúrios da vizinhança sobre não ser viril o bastante para trazer outro filho ao mundo, principalmente um menino que pudesse dar continuidade ao seu nome, mas havia nele uma paz de espírito sobre esse assunto, um riso solto que dizia "Não é minha culpa, o médico disse que Dalva teria problemas para gerar outros filhos". Como se culpá-la fosse a solução óbvia para demonstrar que sua masculinidade não havia sido afetada.

E eu via o quanto aquilo feria mamãe. Ela não falava, nem comigo ou com papai, mas eu a via encarando as mulheres com seus filhos correndo pela vizinhança, os comentários sobre as diferenças entre os mais novos e mais velhos, o semblante triste com a lembrança da casa cheia em sua própria infância, a sexta dos nove filhos que vovó gerou ao longo dos anos.

Eu não queria aquilo para mim. Não queria ficar triste pelos cantos porque não fui capaz de fazer o que os outros esperavam. Estava cansada de viver minha vida à sombra das expectativas dos outros. Queria ser livre, sair daquela vizinhança, fugir daqueles comentários, pois sabia que, se me casasse com um amigo de papai, invariavelmente moraria perto dele, vítima dos mesmos comentários maldosos à boca pequena.

Na hora da ceia, fizemos nossas orações (guiadas por Rita, veemente ao pedir a Deus que seu filho tivesse juízo enquanto estivesse estudando na capital e, de modo nada sutil, sugerindo a ele que encontrasse uma boa mulher para fazê-lo feliz enquanto desbravava a nova fase de sua vida) e comemos.

Durante todo o tempo, olhei para José esperando que Deus me desse algum sinal positivo sobre ele. Eu o admirava. Ele era ambicioso, tinha um riso fácil. Seu jeito calado, à medida que nos conhecíamos melhor, dava lugar a comentários engraçados e surpreendentes. Mas, ainda assim, não havia nada nele que fizesse meu coração acelerar. Eu o tinha guardado em um lugar especial, mas um que se referia apenas à amizade, não ao amor.

Naquela noite, com a barriga cheia de comida, embrulhada pelos meus sentimentos conflitantes, ajoelhei na beira da cama e pedi a Deus que me fizesse amar José com a mesma intensidade que eu amava Ana.

Carta de José Guimarães para Maria Luiza
19 de janeiro de 1971

Maria Luiza,

Espero que esteja bem. Cheguei em São Paulo há uma semana, e devo confessar que não esperava sentir tanta falta de você. É estranho pensar que nossa amizade começou por causa de nossas famílias e continuou por conta dos livros. Mas gosto de pensar que não seremos apenas amigos, caso você me dê a honra de ter contigo algo a mais do que nossas meras conversas.

Essa cidade é incrível! Há tanto para se fazer: tantos parques, praças, passeios e cafés. Há bibliotecas, livrarias, teatros e museus a perder as contas, e as pessoas daqui parecem muito diferentes das de nossa cidade: pode-se usar cabelos compridos e barbas que descem até o umbigo, ouvir música alta, gritar a plenos pulmões no meio da madrugada, e ainda assim ninguém parece dar importância. Aqui, as pessoas são livres.

Estou morando em um alojamento estudantil próximo à universidade e longe do centro comercial, mas sempre que posso tomo um trem com destino ao coração da cidade. A Estação da Luz é magnífica! A maior que já vi na vida, com lojas de frutas e castanhas, padarias e bares onde todos parecem perder a noção do tempo, mesmo que, tradicionalmente, todos aqui pareçam sempre ter pressa. É um paradoxo que me faz rir. Ah, Maria Luiza, como você iria gostar desse lugar!

Estou inebriado pela cidade. Não sei se desejo voltar para o interior depois de me formar. Talvez esteja cedo para dizer, mas neste momento tenho certeza de que este é o meu lugar, de que nasci para passar a eternidade neste caldeirão de gente, sons e oportunidades.

Sei que ainda é cedo para conversarmos sobre isso, mas decidi mandar ao inferno toda a minha reticência: o que acha de vir para cá? Sei que você tem o desejo de estudar, e sei que seus pais — e os meus — não se empolgam com a ideia. Mas posso te ajudar. Estando aqui, talvez consigamos convencê-los de que você pode tentar uma prova para a USP. Fiz uma cadeira opcional em um curso de literatura, e não perdi você de meus pensamentos em nenhum momento. Você amaria todas essas ideias!

Então, o que acha? Posso convencer seus pais, posso fazer isso ser possível para você, se assim o desejar. Tudo o que quero é te ver feliz, e fazer parte dessa felicidade.

*Daquele que só quer seu melhor,
José Guimarães*

25 de março de 1971

    Volto a escrever aqui depois de tempos ausente. E volto pois finalmente encontro razões para escrever.

    Deus, como estou dividida!

    José me manda cartas regulares de São Paulo: fala sobre a grandiosidade da capital, sobre os prédios tão altos que a vista não alcança, sobre os parques, os museus, as bibliotecas, os cinemas e os teatros. Gasta um tempo considerável tecendo comentários sobre a saudade que sente de mim, talvez em uma tentativa de afirmar a si mesmo que possui uma ligação com alguém para construir uma vida quando seus estudos acabarem. Quando me telefona, sinto que ele sente minha falta de maneira genuína, e isso me deixa tão empolgada para levar adiante a ideia de também estar lá, junto com ele, estudando e aprendendo mais sobre os livros e a literatura.

    Ele compartilha comigo seus sentimentos mais profundos. E me encho de medo ao lê-los, porque sei que deveria correspondê-los. Então minto. Faço cartas tão apaixonadas quanto as dele, escrevo sobre a falta inexistente apertando meu peito e converso ao telefone com uma voz trêmula, sempre olhando para o outro lado da rua, para a casa azul, na esperança de ver Ana na poltrona da sala, as pernas esticadas enquanto o nariz está enfiado em algum livro.

    Meu sentimento por ela só cresce. Como me decidir entre viver uma vida de paz ao lado de José — uma vida sem amor, mas ao lado de um grande amigo, onde o tempo pode fazer sua mágica e me convencer a encará-lo com olhos apaixonados — e viver outra onde me declaro para Ana e luto contra tudo e todos em busca daquilo que verdadeiramente me completa?

    Sei que é absurdo. A solução correta seria me casar com José. Ele me quer. É um jovem educado com um futuro brilhante pela frente, e entende meu desejo de ser independente. Ele apoia meus estudos quando meus pais tentam me desestimular e faz juras de amor como alguém em busca de um porto no qual se agarrar. Ele é a segurança que mamãe pediu para Deus, é o marido ideal que papai sempre imaginou para mim e é alguém de quem me agrada a companhia.

Mas não há nada no meu peito que se acelere quando o vejo. Pois há Ana. Ana, que sequer sei se gosta de mim. O que ela diria quando eu confessasse que a amo? Fugiria? Me abraçaria e diria que também me ama? Embarcaria na loucura de lutar contra o mundo ou me olharia com desprezo, dizendo que confundi as coisas e que ela nunca beijaria outra mulher, pois isso seria se voltar contra Deus?

Preciso de respostas. Preciso encontrar uma forma de dizer para Ana como me sinto sem arriscar perder a nossa amizade, e preciso parar de fazer promessas para José, caso me decida por não investir na nossa relação.

Devo me decidir.

3 de abril de 1971

Decidi que hoje é o dia. Não há mais nenhuma maneira de adiar o inevitável.

Ontem, enquanto passeava com Ana pelas estantes da biblioteca municipal, ela me confidenciou que seus pais estão preocupados.

"Eles vivem perguntando de você. Os dois querem fazer um almoço para a minha melhor amiga."

Dei um sorriso sem graça, mas não falei nada. Deixei-a continuar.

"Eles nunca deram muita bola para as minhas amizades lá em São Paulo, mas aqui estão admirados em como estamos unidas. É lógico que perguntam sobre os rapazes, mas sempre desconverso. Como se eu quisesse ter algo a ver com rapazes."

As palavras dela encheram meu coração de esperança.

"Você realmente não quer?", perguntei.

"Céus, não! Quero ser livre."

"Eu também", respondi.

Então ela segurou minha mão e a levou aos lábios, fazendo meu coração acelerar.

"Então sejamos livres juntas", sussurrou antes de beijar o dorso da minha mão.

Isso tem me consumido. Aquele gesto, os lábios dela contra a minha pele, suas orelhas vermelhas quando soltou minha mão e continuou encarando os livros como se eles pudessem escondê-la. Mas eu sentia. Havia algo que precisava ser dito entre nós, e eu queria ter coragem o bastante para falar, e queria que Ana falasse e acabasse com aquela tensão eterna entre nós duas.

Mas ela não falou.

E eu também não.

Mas de hoje não passa. Estou determinada a bater na porta da casa azul e dizer como me sinto.

Que se danem as consequências.

Meus planos foram por água abaixo com o barulho de alguém batendo na porta de casa. Mamãe, intrigada, correu para atender, os cabelos ainda despenteados pelo esforço de deixar a casa impecável para quando meu pai chegasse do trabalho.

Quem batia era José.

Olhei-o da porta do meu quarto: ele estava diferente. Tão pouco tempo havia se passado desde que ele havia voltado para a faculdade, mas ainda assim parecia que uma eternidade havia se estendido entre nós dois. Ele usava uma camisa social bem alinhada, sapatos engraxados, e trazia consigo um buquê de rosas e um início de bigode. Os cabelos estavam penteados para trás, brilhosos com o uso de algum produto cosmético, e seu sorriso estava maior do que nunca.

Mamãe fez festa quando o viu. Abraçou-o e mandou que entrasse, murmurando graças aos céus por não o ver transformado em um cabeludo de roupas coloridas com *O manifesto comunista* embaixo do braço. Pediu desculpa pela bagunça (a casa estava impecável), disse que não tinha nada a oferecer (havia um bolo inteiro de fubá com erva-doce à mesa) e perguntou o que ele estava fazendo ali, aparecendo assim de surpresa. José riu da exasperação, me encarou da soleira da porta e sorriu.

"Decidi deixar a prudência de lado", disse ele. "Mas preciso que o senhor Alberto chegue. Tenho uma pergunta importante para fazer a todos vocês."

Mamãe finalmente perdeu qualquer traço de compostura e se largou no sofá, os joelhos moles como gelatina, enquanto senti meu peito apertar.

Ela sabia o que aquilo significava, e eu também.

Olhei por cima do ombro de José, ainda de pé diante da porta aberta, e encarei a casa azul na esperança de ver Ana, de fazer um sinal para que ela irrompesse pela rua e viesse me salvar.

Mas ela não estava lá.

"Como você está, Maria Luiza?", perguntou ele, acenando para mim. Mamãe me encarava com os olhos arregalados de empolgação, e estou certa que, se tivesse superpoderes, me puxaria para o meio daquela sala apenas com a força de seu pensamento, além de obrigar meus lábios a se partirem em um sorriso sincero. Mas permaneci parada, muda, os olhos arregalados como se estivesse em uma emboscada.

Ao perceber que eu não me movia, José tomou a iniciativa e veio até mim, me envolvendo em um abraço apertado.

Ele sentiu meu corpo rígido e sussurrou ao meu ouvido: "Vem comigo para São Paulo. Você vai ser minha esposa."

E como eu teria amado ouvir aquelas palavras se estivesse tão apaixonada por ele quanto ele estava por mim! Eu me derreteria nos braços de José e o beijaria bem ali, na frente de mamãe, porque era a minha melhor oportunidade de ir embora daquela cidadezinha. José me entendia, me amava, e não se importava com meu desejo de buscar meu próprio mundo, minhas próprias ideias e minha liberdade. Ele estava ao meu lado, não acima de mim, me puxando para a frente e não me empurrando para trás.

Mas eu não o amava. Eu o queria bem, admirava sua inteligência e sabia do futuro brilhante que ele tinha pela frente. Mas eu não queria fazer parte disso, não como esposa.

Sentamo-nos na sala e mamãe largou os afazeres para conversar com José: como era São Paulo? Como estavam os estudos? Era verdade o que diziam sobre o número de pessoas, a quantidade de lojas, o tamanho dos prédios? José respondia a tudo com um brilho no olhar, o mesmo brilho daquela carta tão apaixonada pela cidade, e falou sem parar até o sol ir embora e a tarde dar lugar à noite. Então papai chegou depois de mais um dia de trabalho, estranhando as risadas exageradas de mamãe e meus olhos arregalados, em pânico, encarando a porta como se suplicasse por socorro.

Papai e José se abraçaram, e ele explicou o que estava fazendo ali.

"Não quero tomar mais do tempo de vocês", disse José, olhando fixamente para mim. "Senhor Alberto, dona Dalva, desde a primeira vez em que vi a filha de vocês, eu soube que havia algo de especial nela. E, por mais que as circunstâncias não sejam favoráveis por conta da distância entre nós dois, eu sei que quero passar o resto da minha vida ao lado dela. Então, se assim for da vontade de vocês, estou aqui humildemente pedindo a sua bênção para pedi-la em casamento."

Mamãe abanou o rosto com as mãos, fazendo cair lágrimas de emoção de seus olhos. Papai olhou de José para mim, e de volta para ele, com a expressão séria, como se fazer suspense fosse parte daquele teatro para o qual todos já sabíamos a resposta. Ele estava tão empolgado quanto mamãe, aquilo era óbvio, mas precisava interpretar o homem rígido, o que não deixaria sua filha nas mãos do primeiro vigarista que visse pela frente.

Eu também estava prestes a chorar. Mamãe olhou para mim e estendeu a mão para segurá-la, e eu só queria sair correndo.

Ela sorriu e eu me obriguei a sorrir de volta, fazendo parecer que aquelas lágrimas eram de felicidade e não de desespero.

"Eu sabia que você se tornaria um bom homem, José", disse meu pai. "Seu futuro será brilhante assim que completar seus estudos, e me enche de felicidade saber que minha filha tem lugar na sua vida. Mas você ainda é jovem. Como pretende fazer enquanto passa noites em claro estudando para se tornar um advogado?"

José sorriu, pensando que teria que responder a alguma pergunta mais difícil.

"Meu pai me garantiu renda enquanto estudo, senhor", disse ele. "Como o senhor sabe, ele é bem-sucedido e está organizando tudo para eu coordenar a filial da empresa dele, que será aberta na capital a tempo de eu me formar. Está tudo planejado: papai vai alugar um apartamento na cidade para mim, e, se o senhor conceder sua permissão, quero que Maria Luiza more comigo tão logo nos casemos. Quero construir um futuro na cidade, e sei que faria dela a mulher mais feliz do mundo."

Papai balançava a cabeça.

"Pois bem", respondeu. "Tem a minha bênção. Mas minha filha só sai dessa casa com uma aliança na mão esquerda."

José sorriu, olhando para mim.

Tudo havia corrido como uma negociação feita bem ali, na minha frente, sem que eu tivesse direito a voz. Era como se eu fosse uma mercadoria e não uma pessoa, como se não pudesse dar minha opinião sobre meu próprio futuro. Eles discutiam as estratégias como se tentassem traçar um plano para um time de futebol vencer a final de um campeonato.

"E então, Maria Luiza? Você aceita se casar comigo?"

Minhas lágrimas aumentaram, despencando dos meus olhos como cachoeiras. E José alargou o sorriso, tomando por certo que eu estava emocionada.

Dei a única resposta que poderia oferecer:

"Sim, aceito."

11

O barulho de vidro quebrando nos fez parar de ler o diário. Estávamos lado a lado, Sofia e eu, espremendo nossos olhos para tentar ler o máximo que podíamos daquelas páginas escritas à mão — e Sofia reclamava o tempo todo, porque seu ritmo de leitura era muito mais rápido que o meu, e ela queria virar para a próxima página quando eu ainda estava na metade. Enquanto entendíamos o passado dos nossos avós, era impossível não sentir o estômago se revirando com a constatação de que aquele diário não era apenas parecido com o primeiro livro de vovô — ele *era* o primeiro livro de vovô.

Havia algumas diferenças, lógico: o romance eliminava algumas partes, acrescentava outras, dava um ar mais leve em alguns momentos e mais pesado em outros. Vovô vivia explicando que o processo editorial tinha muitas intervenções, e como todos acreditavam que aquele texto tinha sido escrito em forma de ficção, se sentiram livres para acrescentar ou retirar momentos de acordo com a carga dramática que a história pedia.

Mas aquilo não era uma ficção. Aquilo era a vida da minha avó, bem ali, descrita em seus detalhes mais pessoais bem à nossa frente. E milhões de pessoas tinham lido essa história ao longo dos anos.

Fechamos o diário e o escondemos dentro do armário, correndo porta afora para ver o que estava acontecendo.

A casa estava um caos: vovô havia contratado um bufê para organizar todos os preparativos do coquetel, e conseguíamos ver pelo menos vinte pessoas andando pra lá e pra cá, cheios de louças e bandejas de comida em mãos, decorando o jardim e cercando a piscina para ninguém cair nela por acidente. Meu avô gritava com um rapaz de uns vinte anos, agachado enquanto recolhia os cacos do que provavelmente havia sido uma travessa cheia de canapés.

— Incompetentes! Até quando vou ter que lidar com tantos incompetentes?! — berrava ele, exaltado, demonstrando todo o seu desprezo por aquelas pessoas prontas a servi-lo com um simples estalar de dedos. — Onde está seu chefe? Quero você fora daqui! FORA DAQUI!

Engoli em seco, me perguntando onde aquele garoto descrito por vovó, que fazia juras de amor e prometia um futuro brilhante pela frente, tinha ido parar. Talvez tivesse se perdido ao longo dos anos, ou quem sabe ela só conseguia enxergar a parte boa dele no passado. Nós só descobriríamos quando terminássemos de ler o diário.

Vovô deu as costas para o rapaz com passos pesados, e nos adiantamos para ajudar o funcionário. Ele se manteve em silêncio, amedrontado com os gritos, e assim que recolheu todo o vidro e a comida esparramada pelo chão, desapareceu em direção à cozinha, segurando as lágrimas.

— O que a gente vai fazer? — perguntou Sofia, encarando meu avô enquanto ele falava com a mulher que chefiava toda a equipe do bufê. — A gente precisa mostrar esse diário para a Vitória.

— Shhh, fala baixo! — censurei. — Vamos conversar em outro lugar.

Estávamos nos preparando para ir até o jardim, longe de onde qualquer um pudesse nos ouvir, quando nossos passos foram interrompidos pelo meu pai.

— Garotos, até que enfim apareceram! — Ele trazia um jarro imenso de flores abraçado junto ao corpo. — Preciso descarregar um caminhão dessas belezinhas aqui. Podem dar uma mãozinha, por favor? — E apontou para o lado de fora.

Sem ter para onde correr, andamos lado a lado, abraçados aos pesados arranjos enquanto tentávamos conversar da melhor maneira possível.

— A gente não pode mostrar isso para todo mundo — sussurrei, ofegando com o peso do vidro enquanto procurava mesas livres montadas em toda a sala para colocar os arranjos grandes e cafonas demais.

— Por que não? — Sofia também sussurrava, exasperada. — O vovô não merece toda essa consideração!

— Eu sei, mas... — Coloquei o arranjo sobre a mesa e alonguei os braços, recuperando o fôlego. — A gente precisa saber de toda a história antes de se precipitar.

Aquela informação ainda não parecia real: vovó apaixonada por outra mulher. Isso desmontava completamente a imagem que eu havia criado dela na minha cabeça. Para mim, vovó sempre tinha sido a mulher educada para casar e ter como objetivo principal de sua vida cuidar da casa e da família. Sempre acreditei que esse era o papel dela, um exercido muito bem.

Pensar que havia outros sonhos dentro dela me surpreendeu.

Sempre vi minha avó como uma figura muito simples: ela apoiava o sucesso do marido, falava pouco sobre os próprios problemas e não parecia ter uma personalidade muito mais complexa do que a de uma mulher amável e sempre disposta a nos contar histórias ou brincar com a gente. Perceber muito mais nela do que eu era capaz de observar me fazia pensar sobre como às vezes a gente decide ver alguém apenas por um ponto de vista, uma parte exposta e evidente sufocando todas as outras tão importantes, também ali.

Que outras partes vovó guardava e eu nunca fui capaz de enxergar?

Então pensei na foto que tirei e na postagem onde mostrei para todo mundo uma faceta óbvia de mim — gostar de garotos.

Talvez as pessoas simplesmente não tivessem percebido essa parte de mim por conta de suas vidas corridas, ou só decidiram fingir que ela não existia porque essa era a maneira mais fácil de lidar com a situação. Mas foi tão fácil. Tão... sem consequências. Pensar em como posso me assumir para o mundo e ter como penalidade mais grave alguns resmungos do meu avô e uma ligação do colégio me fez perceber como eu estava em uma posição muito diferente da minha avó.

Será que ela pensava sobre esse futuro alternativo em que teria batalhado para estar junto de Ana? Quais seriam as consequências em sua vida se ela fosse em busca da sua felicidade, sem se importar com a opinião alheia?

A pior parte era que eu sabia a resposta: seria terrível. Se ainda hoje eu era obrigado a presenciar notícias sobre filhos e pais que não se falavam mais, sobre gente sendo agredida e até mesmo morrendo por tentar ser quem era, eu tinha certeza de que, no passado, tudo era ainda pior. Então, por mais surpreendente que fosse para mim aquela nova peça do quebra-cabeça que era vovó, eu a entendia. Entendia por que ela havia dito sim para o vovô, principalmente depois de ler todos os seus anseios sobre o que Deus, a cidade e seus pais pensariam sobre ela. Era uma situação em que lutar seria difícil demais, e eu queria tanto que ela ainda estivesse viva para eu poder abraçá-la.

Mas ainda havia outras peças que Sofia e eu precisávamos encaixar: como ela, Ana e meu avô tinham tirado aquela foto onde apareciam juntos e sorrindo, tendo como pano de fundo uma livraria? Como meu avô havia deixado de ser o homem gentil descrito por vovó e passado a afirmar que Ana Cristina era louca e que ele nunca a tinha visto na vida? Em que momento a aparente amizade entre os três deu lugar a essa briga interminável, da qual vovô parecia orgulhoso de ter levado a melhor?

Onde tudo deu errado?

Terminamos de descarregar os arranjos de flores e passamos o resto da tarde ajudando com outros preparativos: confirmamos a lista de convidados com mamãe — e Sofia talvez tivesse colocado o nome de Vitória entre eles —, ajudamos tia Amanda a tirar fotos para postar nas redes sociais do vovô por meio do computador do escritório, indicamos aos garçons onde poderiam se trocar e, quando dei por mim, o dia tinha dado lugar ao fim da tarde e já estava na hora de nos arrumarmos para o início do coquetel.

Tomei um banho rápido na esperança de conseguir ler mais algumas páginas do diário de vovó, e percebi que Sofia também tinha sido veloz e, por insistência de tia Amanda, se enfiado em um vestido que não tinha nada a ver com sua personalidade, além de fazer uma maquiagem rápida e improvisada. Estávamos prontos, mas ouvimos os gritos de vovô nos mandando descer, pois os primeiros convidados já estavam estacionando na entrada da casa.

Vovô estava uma pilha de nervos: enfiado em um terno caro com corte perfeitamente alinhado, secava o suor da testa com um lenço, parecendo muito diferente da imagem sorridente estampada na foto ao lado da capa de seu novo livro, colocada logo à entrada da casa. Acompanhamos a extrema transformação dele: assim que as primeiras pessoas começaram a chegar, seu sorriso se alargou, seus gestos se tornaram mais calculados e sua voz, mais suave.

Talvez o verdadeiro talento de vovô estivesse na atuação e não na literatura.

Logo, a casa estava cheia: as mesas todas ocupadas, o burburinho de conversas sobrepondo-se à música instrumental que tocava baixinho, os garçons indo e vindo com taças cheias de espumante e vinho tinto. Percebi que Sofia olhava ao redor, se perguntando quando Vitória chegaria e se havia conseguido burlar a segurança e se camuflado entre as dezenas de pessoas que enchiam aquele casarão.

— Vou lá fora ver se a Vitória chegou — disse ela, impaciente, uma das pernas subindo e descendo sob a mesa onde estávamos sentados.

— Vou com você.

Sem dizer mais nada, nos levantamos e desviamos das rodas de conversa, mas não a tempo de escapar dos olhos de águia de nosso avô, que interrompeu nossos passos.

— Meninos, venham aqui! — chamou ele. Havia um homem conversando com ele, e eu tentava me decidir se vovô ria exageradamente dos comentários do homem ou se o homem era de fato uma pessoa divertida. Provavelmente a primeira opção. — Esse é o Israel, meu agente durante toda essa jornada enlouquecedora. Você não conhece meus netos, conhece, Israel?

Paramos para fazer o papel de família orgulhosa e feliz com todo o reconhecimento que vovô estava recebendo. Israel era um homem ainda mais baixinho e mais gordo do que vovô, com uma cabeça calva em cima e alguns fios raros e grisalhos dos lados, penteados para trás com uma quantidade absurda de gel. Ele parecia ter entrado em uma perfumaria e tentado usar todas as fragrâncias ao mesmo tempo, e seu cheiro nauseante exalava do terno menos extravagante que o de vovô. Ao nos ver, sorriu e estendeu as mãos para apertarmos.

— Ah, sim, é claro! — exclamou ele com a voz rouca de quem fuma um maço de cigarros por dia. Quando Sofia estendeu a mão, ele a puxou para um abraço e um beijo em cada lado do rosto. — Você deve ser a Sofia! Seu avô me fala muito de você, só não disse que tinha uma neta tão bonita assim.

Sofia sorriu, sem graça. Em qualquer outra oportunidade, tenho certeza de que teria revirado os olhos até que eles descolassem de seus globos oculares, mas aguentou o elogio desnecessário sem muitas reclamações.

— O que estão achando da festa, meninos? — perguntou vovô.

Sorrimos, sem saber muito bem o que responder.

— Ah, aposto que esse monte de gente velha não é nem um pouco interessante para eles, José — brincou Israel, como se dizer aquilo pudesse deixá-lo mais jovem. — Todo mundo discutindo livros como se fosse a única coisa importante do mundo. Lembra como a dona Maria Luiza odiava essas festas?

— Ah, lembro! — respondeu vovô. — Sempre reclamando que eram chiques demais, preocupada com os garçons e com o pessoal da segurança. Eu vivia dizendo para ela: "Luiza, essas festas são importantes. A gente precisa firmar as amizades e fazer contatos." Mas ela era tão teimosa! Vivia inventando desculpas para ir embora antes da hora.

— Você arranjou uma mulher com personalidade, José. Esse é o tipo mais perigoso.

Sofia olhava para os dois conversando como se não conseguisse acreditar no que estava ouvindo.

— Você a conheceu? — perguntou ela.

Eu sabia que o maior desejo de Sofia era se livrar daquele homem perfumado além da conta, mas percebi a vontade de extrair alguma informação relevante dele.

— Mas é lógico! Quem você acha que revisava os originais do seu avô? — Ele riu. — Eu sempre disse para José: se não fosse pela Maria Luiza, ele não seria absolutamente ninguém. Você lembra, José, daquele romance que você insistiu em me entregar sem que ninguém mais visse? Rá! O pior livro que já li na vida!

Vi o rosto de vovô mudar de cor, mas ele fingiu rir com o agente, mesmo com aquela pequena alfinetada em seu ego.

— A gente tentou consertar, mas as mãos da Maria Luiza eram o milagre de que você precisava. Esse livro foi o último que ela revisou, não foi? — indagou ele, olhando para o painel com o novo e badalado lançamento de vovô. — Por Deus, espero que ainda exista alguma carreira para você no futuro próximo, meu amigo.

— Se não existir carreira para mim, você também está afundado, Israel. Não esqueça que você recebe vinte por cento dos meus ganhos.

— Eu sei, eu sei! Rá! Você acha que eu não vou aprender a fazer milagres para o seu próximo romance? Mas não vamos discutir negócios hoje, não quando viemos celebrar essa indicação que caiu tão bem para as vendas. Sabe... — Israel olhou para Sofia. — Você me lembra muito da sua avó. Linda como ela. Aposto que um dia vai encontrar um marido tão bom quanto José, então poderá ajudá-lo a se tornar um homem incrível.

Vovô olhou para Sofia como se a desafiasse a respondê-lo da mesma forma que ela costumava responder àquele tipo de comentário. E vi uma resposta presa na garganta dela, uma que minha prima engoliu com um sorriso sem graça.

Mas Israel parecia se esforçar para tirá-la do sério.

— É o que sempre digo para as meninas da sua idade: cuidem-se bem para encontrar um homem adequado. Do contrário, vocês começam a enlouquecer. A única forma de fazer com que nós, homens, sejamos alguém, é ao lado de vocês, em um casamento estável. Veja só tudo o que seu avô conquistou! E você, rapaz... — disse ele, apontando para mim. — Tenho certeza de que vai encontrar a mulher ideal para te ajudar da mesma forma que sua avó ajudou o José aqui!

— Na verdade... — começou Sofia, e percebi que ela não aguentaria mais ficar de boca fechada.

Mas nosso avô a interrompeu.

— Na verdade, já estamos tomando muito tempo desses garotos, Israel. Olha quem está ali, se não é a Alícia Silva! Alícia! — gritou ele, puxando seu agente para a outra ponta da sala e lançando a Sofia um olhar fulminante, satisfeito consigo mesmo por ter evitado um vexame.

— Meu Deus do céu... — falei, porque ainda não tinha conseguido processar o que havia acabado de acontecer. — Será que todo mundo nesse lugar é assim?

— Espero que não — respondeu Sofia. — Mas isso diz bastante sobre quem é o vovô.

Sofia andou em direção à saída, pisando forte enquanto eu a seguia.

— Por que você ficou calado? — perguntou ela. — Você já disse para o mundo inteiro que não gosta de garotas, mas quando a primeira pessoa presumiu, sabe-se lá por quê, que sim, você ficou em silêncio.

— É só... mais fácil fazer isso — respondi. — E aquele cara era terrível. Se eu fosse falar alguma coisa, só iria gerar constrangimento.

— Ele já estava gerando constrangimento o bastante! *Você* estava constrangido — retrucou ela, atravessando a porta em direção ao jardim. — Você poderia ter falado alguma coisa.

— Só eu? Ele também ficou enchendo seu ouvido e falando sobre encontrar o homem ideal, e eu não ouvi você falar nada!

— É diferente.

— Não é, não.

— Lógico que é. Você não entenderia.

— Então me explica.

Sofia revirou os olhos.

— Se eu falasse qualquer coisa, ele diria que eu preciso encontrar um marido para me acalmar. Ou que, sei lá, eu estou na TPM. É a única saída que os homens encontram quando não têm mais argumentos: apontar o fato de a gente ser mulher e, por isso, não merecer atenção. Já ouvi esse discurso mais de uma vez, e, sinceramente, estou cansada de lidar com gente desse tipo. Ele é só uma versão mais nova do vovô.

— Mas o vovô...

— Meu Deus, Mateus, para de defender o vovô! — Ao perceber que havia falado um pouco alto demais e chamado a atenção de alguns convidados, ela me puxou para perto de um banco de pedra, longe de toda a aglomeração. Diminuiu seu tom de voz e continuou: — Eu sei que você está tentando pensar em alguma justificativa para apagar a culpa do vovô em toda essa história, e a gente ainda precisa terminar de ler o diário para entender o que realmente aconteceu, mas você não pode esquecer que ele roubou algo que não pertencia a ele e ganhou milhões com isso! E talvez a Ana esteja errada em acusá-lo de roubar o romance dela, mas não está errada em dizer que ele roubou a *história* dela e da vovó. Não importa o quanto você tente pensar em formas de justificar o que ele fez, ele está errado.

Sofia respirou fundo depois daquele pequeno discurso, finalmente colocando para fora tudo o que pensava a respeito daquela situação.

Não era justo.

— Não estou defendendo ele! — exclamei, exasperado. — Só estou tentando entender tudo o que aconteceu. Quero mostrar esse diário para a Vitória e esclarecer tudo, mas não quero agir e depois descobrir que a vovó mudou de ideia, se esqueceu da Ana e se apaixonou pelo vovô. Que ela permitiu que o vovô publicasse esse livro no nome dele.

— Tudo bem — respondeu Sofia, erguendo as mãos em um gesto de rendição. — Vamos encontrar a Vitória e contar que achamos esse diário, mas não vamos entregar nada nem dizer que se parece com o livro do vovô antes de terminarmos de ler e entender tudo o que está acontecendo. De acordo?

— De acordo.

— De que diário estamos falando? — Ouvimos uma voz perto demais de nós.

Nos viramos e encaramos Vitória, que nos observava, curiosa com toda a conversa que tinha ouvido.

12

Ah, merda.
Nós éramos horríveis em guardar segredos.

Vitória estava diferente de quando a tínhamos visto anteriormente: não usava óculos de grau, estava com os cabelos vermelhos soltos em um penteado volumoso e usava um vestido muito diferente de suas roupas confortáveis e surradas. Parecia uma estrela de cinema, deslizando pelo jardim como se estivesse acostumada a coquetéis chiques e risadas falsas.

— Você teve problemas para entrar? — perguntou Sofia, olhando por cima do ombro da jornalista e encarando o segurança na entrada. Ele estava rindo enquanto conversava com a mulher que checava os convidados, pouco interessado em quem entrava ou saía. — Coloquei seu nome na lista de convidados.

— Ah, você é um amor, mas não foi necessário. Foi só ler um nome na lista que ainda não tinha sido marcado e pronto. É impressionante como essas pessoas são descuidadas e nem pedem identidade quando você está bem-vestida e faz uma cara de superioridade.

Olhei ao redor, preocupado com vovô. Ele poderia vê-la bem ali, no meio do jardim, e começar um escândalo.

— E eu trouxe uma convidada — complementou Vitória, dando espaço para uma mulher logo atrás dela entrar em nosso campo de visão.

Eu já tinha visto aquela mulher em algum lugar.

Ah, não...

— Meninos, essa é a Ana Cristina Figueiredo. Ana, esses são a Sofia e o Mateus.

Eu não conseguia acreditar naquilo. Não bastasse o fato de já ser arriscado estar ali e ser descoberta, Vitória também havia trazido a pessoa que mais tirava o vovô do sério à simples menção de seu nome?

Ana Cristina também estava bem-vestida: usava um terno cinza bem alinhado ao seu corpo magro e alto, os cabelos curtos e grisalhos penteados para o lado cobrindo metade da sua testa. Em seu rosto, os óculos de aros vermelhos descritos por vovó pareciam fazer parte de sua personalidade. Ela tinha uma expressão dura, como se a qualquer momento fosse avançar em alguém, mas ao mesmo tempo havia um tipo de mistério em seus olhos e seus lábios crispados.

— Onde consigo uma bebida por aqui? — indagou ela, com a voz rouca, olhando para um garçom e o chamando. Pegou um copo de uísque com gelo e o ergueu como se fizesse um brinde.

— Então vocês são os netos da Maria Luiza?

A mulher não era nada como eu imaginava. As descrições de vovó a faziam parecer uma garota empolgada, sorridente e tagarela, doce nos seus gestos e na sua forma de falar. No entanto, o que vi foi uma pessoa mal-encarada, pronta para começar uma briga sem a menor cerimônia.

— Então... — Vitória retomou. — De que diário estamos falando?

Ana Cristina riu.

— Isso é inútil, Vitória. Eu sabia que não era uma boa ideia confiar em adolescentes quando nem meus advogados conseguiram desfazer toda essa farsa.

Sofia também parecia estupefata com a presença de Ana Cristina, mas conseguiu organizar seus pensamentos e falou:

— A gente achou uma coisa que pode ajudar vocês. — Nosso plano de ler o diário até o fim antes de decidir revelá-lo já tinha ido por água abaixo, então Sofia preferiu a estratégia de ser cem por cento sincera. — Mas, primeiro, a gente precisa saber se isso tudo é ou não verdade. Por que você nunca revelou que já foi amiga íntima do vovô e da vovó?

Vitória arqueou uma sobrancelha, olhando para Ana Cristina enquanto ela dava um gole em seu copo e colocava metade da dose do uísque para dentro, usando aquele pouco tempo para nos enrolar.

Parecia que estava elaborando uma resposta adequada.

— Faz muito tempo — declarou ela simplesmente, secando os lábios com a ponta da língua, sem responder à pergunta de Sofia.

— Mas aconteceu — devolveu Sofia.

Ana Cristina deu um longo suspiro.

— É, aconteceu. Como vocês sabem disso?

— A gente encontrou um diário que a vovó escreveu quando era adolescente — falei, entrando na conversa. Quando percebi que Ana Cristina estava prestes a me responder, acrescentei rapidamente: — Ele não roubou sua ideia, mas *A casa azul*, ao que tudo indica, é uma cópia do diário da vovó. Ele certamente roubou uma história em que era apenas um coadjuvante. Uma que não pertencia a ele.

Ana Cristina balançou a cabeça, concordando com o que eu tinha dito e trazendo um pouco daquela descrição feita por vovó sobre a garota interessante e bem-humorada que havíamos conhecido em seu diário.

— Então o José Guimarães usou o diário da sua avó como base para o romance dele? — perguntou Vitória, a voz uma oitava mais alta. Depois, voltando-se para Ana Cristina, acrescentou: — E você... sabia disso? Isso muda tudo.

— Ele não se baseou no diário da vovó — repliquei. — Ele copiou, letra por letra, tudo o que estava lá, e só alterou os nomes e alguns fatos pontuais.

Vitória parecia estupefata.

Ana Cristina não parecia nada surpresa.

— Ana, isso é... isso é algo grande! — exclamou Vitória. — Por que você nunca me falou sobre isso? Você conhecia a avó deles e o José Guimarães *antes* do primeiro livro dele ser publicado? Você está lutando há décadas para ter seus direitos reconhecidos, mas não achou prudente contar sobre esse detalhe crucial?! — Ela parecia irritada, mas ao mesmo tempo empolgada. Virou o olhar para nós e continuou: — Se eu tiver acesso a esse diário, com certeza consigo pedir para alguém fazer as comparações e...

— Não — cortou Ana. — Esse não é o plano. O plano é a gente continuar lutando para fazer o José admitir que nunca criou aquela história.

Encarei Sofia, preocupado. Eu sabia o que Ana Cristina estava fazendo, mas Vitória parecia estar empolgada demais para enxergar qualquer coisa além de como aquele diário facilitaria sua matéria.

— Ana, isso não faz o menor sentido! Com esse diário, a gente vai conseguir trazer toda a verdade à tona!

— Não! — repetiu Ana, dessa vez em um tom de voz mais alto, chamando atenção de quem estava ao nosso redor. Olhei para trás, com medo de vovô ter nos visto, mas ele estava distante, do outro lado da piscina. — Não desse jeito, Vitória. Quero provar que o José é uma fraude tanto quanto você, mas a gente precisa encontrar outra solução.

— Outra solução? Ana, qual o seu problema? Primeiro tenho que descobrir por outras pessoas que você e o José já foram amigos, e, agora que a gente tem literalmente todos os elementos necessários para fazer dessa uma grande história, você está dizendo que não quer? O que está acontecendo?

— Você leu os livros, Vitória! — respondeu ela, perdendo completamente a paciência. — Você sabe que ele conta a história de duas mulheres apaixonadas e um homem ciumento, e uma dessas mulheres é a avó desses meninos! Você realmente quer colocar o nome de uma mulher morta no seu jornal só para ter uma *grande história*? Será que você não pensa na Maria Luiza e no que *ela* gostaria de fazer? Se ela foi casada por tanto tempo com o José e nunca o impediu de publicar o livro como sendo dele, você acha que ela estaria confortável com o fato de gostar de outra mulher? Meu Deus!

Vitória olhou para nós dois. Eu não sabia o que responder.

A vovó não estava mais entre a gente. Ela nunca havia mencionado Ana Cristina sequer como uma amiga, e aquela nova carga de informações era pesada demais para mim. Sofia parecia tão perdida quanto eu, dividida entre querer que a justiça fosse feita e se preocupar com a memória da nossa avó.

Afinal, por que ela nunca havia falado para ninguém que era a verdadeira autora de um dos livros de maior sucesso da história da literatura brasileira? Por que preferiu manter silêncio durante toda a vida e levou esse segredo para o túmulo?

— Não sei o que a vovó gostaria de fazer — falei, quebrando a tensão que pairava no ar enquanto Ana Cristina respirava fundo e Vitória tentava encontrar alguma resposta para rebatê-la. — E a gente não tem como perguntar. Mas ela devia ter seus motivos.

— Exato — concordou Ana Cristina. — E não sou eu quem vai destruir o que ela acreditava ser uma boa vida por conta de um imbecil que não merece nem um pingo do meu respeito.

Vi, por trás da fachada durona de Ana Cristina, uma vulnerabilidade maior do que qualquer um de nós poderia imaginar.

A mulher secou as lágrimas.

Aquilo parecia ser difícil demais para ela.

— Tudo bem — disse Vitória, mais calma. — Ainda preciso juntar umas peças, mas a descoberta desse diário prova para todos o que você vem dizendo desde sempre: José Guimarães é uma fraude.

— Isso nunca foi uma dúvida para mim — rebateu Ana Cristina.

Havia tanto que eu queria perguntar para aquela mulher: como era a vovó na adolescência? Elas haviam de fato se relacionado da maneira como o livro retratava? Elas tinham mesmo ganhado algum tipo de final feliz, mesmo que não tivesse nada a ver com o final otimista do livro do vovô? Como era saber que sua história estava ali, com as veias abertas para qualquer um ler, com pessoas discutindo seus rumos como se tudo não passasse de ficção?

Tudo que eu queria perguntar foi interrompido pela voz potente e ameaçadora do meu avô:

— O que essa mulher está fazendo aqui?

13

Senti meu sangue gelar quando me virei e dei de cara com meu avô olhando para Ana Cristina com os olhos injetados de fúria. Sua voz tinha soado alta, a ponto de fazer a maior parte das pessoas no jardim virar a cabeça para saber o que estava acontecendo.

— Meus parabéns pela indicação ao prêmio — disse Ana Cristina, irônica, erguendo seu copo no ar e terminando de beber o conteúdo. — Espero que toda essa farsa tenha valido a pena, José.

— Quem deixou você entrar? — questionou ele, olhando para Vitória e então para Sofia e para mim. — Por que vocês estão conversando com ela?

Sofia encarava o vovô silenciosamente, ao mesmo tempo com medo daquela postura agressiva e com vontade de questioná-lo sobre tudo bem ali, no meio de todo mundo.

— Eu estava conversando com os seus netos sobre a avó deles. Uma mulher incrível, não acha? Me lembro perfeitamente dela.

— Fora daqui! — berrou ele, descontrolado. — Seguranças! Tirem essa louca daqui!

— Covarde! — gritou Ana Cristina, chamando a atenção de toda a festa. — É isso que você quer, não é? Uma cena? Ser o centro das atenções? Pois aí está! — Ela esticou as mãos e empurrou meu avô, fazendo-o derrubar seu charuto fedorento e seu copo de uísque. — Por que você continua mentindo desse jeito? Por que não respeita a memória da Maria Luiza?

Ela estava enfurecida.

— Sua louca! Do que está falando?! — rebateu ele, lívido. Vi meus pais e minha tia correndo para ver que confusão era aquela, completamente perdidos. — Por que você continua me perseguindo?

Os seguranças correram em nossa direção e, educadamente, colocaram as mãos nos ombros de Ana Cristina, pedindo aos sussurros para que ela se retirasse dali.

— Por que não conta para todos a farsa que você é? — continuou ela, falando alto. — Para você é só um livro, José, a porra de um livro que te deixou milionário, mas essa é a minha vida! Você arruinou a minha vida, e a troco de quê? Dinheiro? Fama? Você é desprezível!

— Saia daqui! Agora! — Os seguranças foram mais veementes dessa vez, segurando Ana Cristina pelos ombros e empurrando-a gentilmente em direção à saída.

Ana Cristina manteve a compostura.

— As pessoas ainda vão descobrir que você não passa de uma fraude, José. Tenho certeza de que a Maria Luiza tinha vergonha da pessoa que você se tornou.

Dizendo isso, ela se desvencilhou dos seguranças e saiu enquanto meu avô a encarava, respirando pesadamente e com a face empalidecida.

Todos o encaravam, perplexos.

— Bem... — Meu avô recuperou a compostura, mas não a cor natural da pele. Ainda assim, sorriu por trás de toda a raiva estampada em seus olhos injetados e realinhou seu terno amarrotado depois do empurrão. — Dizem que uma festa memorável não termina sem alguém vomitando, chorando ou brigando. Temos menos uma obrigação até o final da noite, meus queridos!

Todos riram, erguendo suas taças enquanto meu avô chamava um garçom com um estalar de dedos.

— E você... — sussurrou ele, aproximando-se de Vitória. — Saia daqui antes que eu chame a polícia ou ligue para o seu chefe e conte que você invadiu uma festa particular. Não me faça te destruir, garota, porque você sabe que posso fazer isso em um piscar de olhos.

Olhamos para Vitória, querendo defendê-la, mas o jeito como vovô falou com ela fez um arrepio percorrer meu corpo e me deixou sem palavras. Sofia também parecia estarrecida, mas pude ver que encarava o vovô com uma expressão decepcionada.

Vitória fez menção de falar alguma coisa, mas pareceu pensar melhor e só fechou a boca. Parecia um peixe fora d'água. Deu dois passos para trás e depois nos deu as costas, desaparecendo pelo jardim.

— O que aconteceu, pai? — perguntou minha mãe, olhando para a jornalista que ia embora. — Aquela era a mulher que o acusa de copiar o livro dela?

— Seu marido está certo quando diz que, às vezes, a fama e o sucesso têm seu preço, minha filha — respondeu ele, sem tirar os olhos de mim e de Sofia. — Mas já está tudo resolvido. Continuem aproveitando a festa.

Vovô tentava fingir que nada daquilo tinha acontecido, mas foi só meus pais e tia Amanda darem as costas para ele nos perguntar:

— O que vocês estão fazendo? Por que estavam conversando com aquela mulher?

Tentei manter a calma. Apesar de aquele tom de voz estar entre as coisas que mais me assustavam no mundo, eu queria respondê-lo à altura, dizer que tínhamos encontrado o diário da vovó.

— Ela veio falar com a gente — respondeu Sofia rapidamente, se fazendo de desentendida. — Eu não sabia quem era até ela começar a gritar com o senhor.

Olhei para minha prima enquanto meu avô me encarava, procurando uma confirmação.

— Isso, ela... ela disse que estava aqui porque gostava das suas histórias e trabalhava em uma editora com um livro também indicado ao Maria Firmina — menti. — Quem é ela, afinal de contas? É aquela mulher que vive acusando o senhor de ter roubado o livro dela?

Vovô engoliu minha resposta como se fosse uma colher de farinha.

— A própria — murmurou ele, desgostoso. — Ela e aquela jornalista estão fazendo tudo o que podem para me difamar.
— Jornalista? Eu sabia que conhecia aquela mulher de algum lugar! — exclamei, dando mais uma camada à mentira.
— É a mesma que veio aqui quando eu cheguei, não é?
Vovô assentiu.
— Fiquem longe dessas pessoas, vocês dois. Se alguma delas ou qualquer outra pessoa se aproximar de vocês e começar a fazer perguntas sobre mim, se afastem imediatamente. Não aguento mais esses abutres! Se soubesse que ia ter tanta dor de cabeça, nunca teria publicado essa merda de livro!
Ele nos deu as costas e saiu resmungando, mas logo voltou a sorrir quando foi interceptado por um dos convidados.

— Quase falei do diário — confessei quando já estávamos dentro da casa, subindo a escada em direção aos nossos quartos.
— Percebi. Mas a gente não pode falar sobre isso agora, não enquanto não terminarmos de ler tudo. E a gente tem que encontrar um jeito de falar com a Ana Cristina e entender toda essa história antes de fazer alguma coisa.
— Você acredita nela, não é?
— Quando um homem usa a desculpa de que a mulher está louca e perseguindo ele, é muito provável que ela esteja falando a verdade. Só quero entender como eles deixaram de ser amigos e como o vovô se transformou nesse ser humano horrível.
— Quer continuar lendo o diário antes de dormir?
Sofia não conseguiu mascarar o sono, colocando uma das mãos na frente do rosto enquanto bocejava.
— Pode ficar à vontade. Preciso dormir, mas amanhã vai ser a primeira coisa que vou fazer. Você é mais devagar lendo, então vai ser bom ter o diário só para mim e não ter que ficar te esperando.
Nos despedimos e, depois de tomar um banho rápido, me deitei e voltei a mergulhar na história do passado da minha avó.

4 de abril de 1971

Assim que José foi embora, de volta para a capital e para os seus estudos com a promessa de voltar para nos casarmos, me tranquei no quarto e chorei.

O que estava acontecendo com a minha vida? Eu deveria estar feliz, não deveria? Finalmente um homem aprovado por papai, com um futuro brilhante pela frente e gentil o bastante para acreditar em meu futuro tinha me considerado uma esposa em potencial! Isso deveria ser motivo de celebração! Eu deveria estar andando de um lado para o outro, dando pulinhos de alegria e cantando pela rua.

Mas por que tudo o que sinto é esse vazio no peito, essa tristeza me consumindo tão intensamente? Por que não consigo ficar feliz com a ideia de que vou ser tudo aquilo que as pessoas esperam que eu seja?

5 de abril de 1971

Hoje mamãe bateu à porta do quarto quando não saí para jantar, e sequei as lágrimas, mascarando-as como de felicidade. Ela se sentou na beirada da cama, as mãos postas sobre o colo, e estendeu uma delas para tocar os meus cabelos e colocá-los atrás da orelha.

"Estou tão feliz por você, minha filha", disse ela. "Você não sabe o quanto rezei para que esse dia chegasse logo."

"Estou com medo", respondi, deixando a sinceridade fluir pelas minhas lágrimas e palavras. "E se ele for ruim para mim?"

"Ele já foi ruim alguma vez?", perguntou mamãe. Quando balancei a cabeça em negação, ela apenas sorriu. "Pare com essas preocupações, minha filha. Se concentre em fazer todo o possível para que ele seja feliz. Assim, você também será feliz."

"Como a senhora conheceu o papai?", perguntei repentinamente, e aquela pergunta pareceu tê-la deixado surpresa e, ao mesmo tempo, pensativa.

Ela sorriu.

"Ah, faz tanto tempo! Seu pai era o homem mais bonito da rua onde cresci, acredite se quiser. Nada daquela careca e daquele bigode que ele insiste em cultivar, nada disso! Ele montava feiras com os pais, toda quinta-feira, e sempre que mamãe me mandava comprar algo, eu dava uma desculpa para ir até a banca dele. Uma banca de abacates, por sinal, fruta que odeio! Sempre conversávamos, e ele vivia se oferecendo para me ajudar com as compras, talvez na intenção de descobrir onde eu morava. Quando descobriu, juntou coragem e bateu na minha porta, pedindo permissão ao meu pai e aos meus irmãos para me conhecer melhor. Lógico que eles não permitiram! 'Filho de feirante!', disseram. 'Não tem onde cair morto!'. Mas continuávamos nos encontrando às quintas-feiras, e ele trabalhava duro com a família, até que conseguiram abrir um pequeno comércio. Isso chamou atenção de papai, porque ele sempre acreditou que um homem precisava ser ambicioso para ficar comigo. Como se eu me importasse com isso! Mas então seu pai voltou à minha casa, alguns meses depois, vestido com uma roupa impecável e cheio de presentes, e isso foi o que conquistou todos. É óbvio que, antes da permissão de papai, eu o encontrava às escondidas, devo confessar. Eram outros tempos, então tudo o que fizemos antes dessa conversa foi andar de mãos dadas. Mas, ainda assim, eu me sentia a maior pecadora da cidade!"

Mamãe riu com sua história, olhando pela janela do quarto para uma árvore lá fora, que balançava ao vento. Era uma história tão comum, tão corriqueira e tão feliz. Ela fazia parecer tão simples: ver uma pessoa, conversar e conhecê-la, e então decidir se casar. Eu queria que minha vida também pudesse ser assim. Queria poder falar de José com a mesma paixão que penso em Ana, mas não consigo. Não sei se posso dar esse passo e me casar sem amor.

"E o que você faria se o vovô não aprovasse o casamento?", perguntei.

Mamãe procurou pelo significado daquela pergunta nas entrelinhas.

"Está querendo dizer alguma coisa, Luiza?"

Suspirei.

"Estou com medo", repeti. "Com medo de ter cometido um erro ao dizer sim."

"Ah, minha filha, não pense que não tive medo. Se seu avô não tivesse de acordo com o casamento, eu com certeza arranjaria um jeito de sumir e arrastar seu pai junto. E provavelmente haveria dias em que eu me arrependeria amargamente dessa decisão, porque casamento não é uma tarefa fácil. Conviver com outra pessoa é complicado, ainda mais quando a gente ama alguém que é tão diferente da gente. Mas o amor a gente cultiva. Ele é um jardim que a gente planta, molha, arranca as ervas daninhas e colhe bons frutos. Em alguns anos, a colheita é melhor do que em outros. Há anos em que não colhemos nada porque alguma praga aparece e destrói tudo o que vê pela frente. E há anos em que colhemos mais do que esperávamos. Casamento é assim, e tenho certeza de que seus medos quanto ao José são só nervosismo de primeira viagem. Ele é um bom rapaz, Maria Luiza. Seu pai gosta dele. Pense nisso sempre que estiver com medo. Você terá o casamento mais bonito da cidade, vai embora para a capital e vai voltar para ver sua velha mãe quando tiver uma penca de crianças gritando e correndo para todos os lados. A vizinhança inteira vai te ouvir chegando e perceber como você é feliz."

Não parece complicado para ela. Todas as peças estão encaixadas em seu lugar, e só depende de mim fazer com que funcionem.

Enquanto sorri, mamãe acha que tenho as mesmas preocupações que ela quanto à vizinhança e às pessoas que nos cercam. Gostaria de dizer que não me importam os olhares e comentários alheios, mas a verdade é que me importam, sim. Se não me preocupasse, é claro que atravessaria aquela rua e diria para Ana como me sinto. Faria como mamãe pensou em fazer com papai: pegaria Ana pela mão e correria para longe, sem olhar para trás, sem me importar de ser a maior pecadora da cidade. Mas é diferente. É diferente saber que meu amor pode machucar minha família, pode envergonhá-la e fazer com que momentos como esse, onde mamãe passa a mão pelos meus cabelos e me aconselha, nunca mais possam acontecer.

Mamãe fala sobre lutar pelo amor porque o amor para ela é mais simples. Para ela, o amor é um jardim a ser cultivado, um onde flores e frutos nascerão independentemente do tempo ruim. Mas o meu jardim, se cultivado com Ana, já está fadado ao fracasso.

Não sei se consigo cultivar um jardim com sementes que, desde o princípio, estão secas e sem vida.

6 de abril de 1971

Mesmo com todas as dúvidas que passam pela minha cabeça, decidi manter o anel de noivado na minha mão, orgulhosa por fazer as pessoas na minha casa e no meu bairro comentarem sobre a mais nova noiva da vizinhança.

Os sentimentos se confundem dentro de mim.

É estranho repetir para mim mesma que não me importo com os comentários alheios quando alguém repara nesse anel e sorri como se eu tivesse ganhado na loteria. Na igreja, as amigas de mamãe se juntaram ao meu redor e comentaram sobre seus próprios filhos, seja os felizes em casamento, seja os que ainda amargavam na busca eterna por um grande amor. Eu vestia a máscara de garota feliz, tímida com os comentários, falando pouco sobre José ou sobre todas as perspectivas para o meu futuro.

Por dentro, eu só conseguia pensar em como falaria sobre aquilo com Ana.

O tempo estava se esgotando. Ana e sua família tinham ido visitar alguns parentes na capital e voltariam para a casa azul naquela tarde, o que me fez ficar com a janela aberta, à espreita da movimentação do outro lado da rua. Ouvi quando o carro do pai dela virou a esquina, correndo à janela para ver Ana debruçada sobre o portão, abrindo-o para entrarem na garagem. Meu coração disparou e acariciei o anel em meu dedo, ensaiando mil maneiras diferentes de falar sobre o meu noivado.

Mal entraram na casa, respirei fundo e tentei avançar em direção à porta, mas alguma força me mantinha presa ao chão. Eu não queria falar para ela. Não queria vê-la sorrir com a novidade, porque destruiria qualquer esperança que eu tinha de ela sentir por mim o mesmo que eu sentia por ela. Então continuei ali, parada, olhando pela janela.

E a vi atravessar a rua.

Ela estava abraçada a um embrulho. Quando tocou a campainha, senti meu coração ainda mais acelerado, e vi quando mamãe abriu a porta e a abraçou, dizendo que eu estava em meu quarto. Fechei a cortina rapidamente, me jogando na cama e pegando o primeiro livro que vi pela frente, abrindo-o na metade e fingindo lê-lo.

Ela bateu de leve na porta entreaberta e então a empurrou.

"Ana!", falei com falsa surpresa, um sorriso inevitável preenchendo meu rosto. "Já está de volta? Como foi a viagem?"

Ana sorriu de volta.

"Mas que escuridão! Como consegue ler nesse breu?", perguntou ela, avançando para a janela e abrindo as cortinas, deixando o sol da tarde bater no meu rosto. "Trouxe um presente", acrescentou, estendendo o embrulho na minha direção. "Sua mãe disse que você tem uma novidade. O que aconteceu enquanto eu estava fora?"

Rasguei o embrulho com lentidão, tentando ao máximo adiar a notícia. Ana olhava para mim com curiosidade, não sei se pela expectativa de descobrir a minha novidade ou pela minha reação ao seu presente.

Eu sabia, pelo formato e pelo peso, que se tratava de um livro. Quando o abri, fiquei maravilhada ao ver a edição com a obra completa de Jane Austen. Era imenso, de capa dura e bordas douradas nas páginas, fazendo-o parecer mais uma caixa de joias do que um livro.

"Ah, Ana!", exclamei, colocando o livro de lado e avançando para um abraço. "Isso deve ter custado uma fortuna!"

"Jane Austen é a nossa autora, Luiza. Pelo menos agora você terá todas as histórias dela em um só lugar, e poderá se lembrar de mim sempre que pegar esse livro. Abra, leia o que escrevi na primeira página."

Curiosa, obedeci ao pedido dela e li a dedicatória.

Para a garota mais bonita da rua.
Minha vida seria imperfeita demais sem você.

Ana Cristina Figueiredo

Corei, sentindo o rosto esquentar quando li aquelas palavras. Ergui o olhar e encarei Ana, que me observava com um enorme sorriso no rosto.

"Gostou?"

"Amei."

Eu queria perguntar se aquelas palavras eram apenas de amizade ou se havia alguma outra intenção nelas (*a garota mais bonita da rua! A vida seria imperfeita sem mim!*), mas o momento mágico foi quebrado quando senti o metal frio do anel envolvendo meu dedo anelar.

"Agora me conte a novidade, garota! Vai me deixar nervosa com tanto suspense!", disse ela, arrancando o livro das minhas mãos, me deixando sem nada que pudesse esconder meu dedo.

Então o estendi e mostrei para ela, forçando um sorriso para tentar convencê-la de que eu estava feliz.

Ana arregalou os olhos, surpresa, e percebi uma sombra passar por seu rosto. Foi rápida, e logo substituída por um riso com muitos dentes e pouca empolgação.

"Eu... o quê... quando...", balbuciou ela, buscando as palavras corretas e falhando em encontrá-las.

"Faz só três dias", respondi. "José me pediu em casamento e disse que está disposto a me levar para a capital assim que nos casarmos. Ele disse que posso estudar, se esse for o meu desejo."

Ana arqueou uma sobrancelha.

"Você sabe muito bem que pode estudar se quiser, Luiza. Você não precisa da permissão dele para nada."

"Eu sei, mas... não é perfeito? Papai o aprova, e José é um ótimo homem! Ele não quer que eu me torne uma dessas esposas que passam o tempo inteiro dentro de casa. Ele entende meus sonhos, Ana. Ele quer me fazer feliz. Isso não é incrível?"

Ana me observava como se estivesse analisando todas as minhas palavras e tentando entender se eram minhas ou apenas reproduções das palavras da minha família.

"Você o ama?"

A pergunta me pegou desprevenida.

Encarei Ana, boquiaberta, tentando assimilar a relevância daquela questão.

"Eu…", comecei.

"Ele pode ser o melhor homem do mundo, Luiza, mas nada vai valer a pena se você não o amar."

"Posso aprender a amá-lo", respondi.

"Então você não o ama."

"Não é tão simples assim."

"Claro que é. Quando você o vê, seu coração bate mais forte? Você esquece tudo o que está pensando e só consegue imaginar a vida ao lado dele? Você consegue se concentrar em qualquer outra coisa que não seja ele?"

Não, queria responder. *Só me sinto assim com você.*

Mas, ao invés disso, falei:

"Isso não é amor. É loucura."

Ana suspirou, deu um sorriso pouco contente e colocou uma de suas mãos em meu ombro, apertando-o.

"Quero que você conquiste o mundo, Luiza, mas não às custas da sua felicidade."

"Ana, o José é a minha única chance de sair desta cidade! Quando nos casarmos, eu poderei ir à universidade! Meus pais não são como os seus. Eles nunca me deixariam sair daqui para viver uma aventura sozinha. Essa é a minha oportunidade!"

"Você fala de oportunidades e chances, mas ainda não respondeu minha pergunta: você o ama?"

Não havia mais nenhuma forma de enrolá-la.

"Não como…", *não como amo você*, eu quis dizer, mas engoli as palavras no último segundo. "Não como um marido. Mas estou disposta a aprender a amá-lo."

"Ai, Luiza…" Havia decepção no tom de voz de Ana, uma que ela tentou mascarar quando avançou em minha direção e me envolveu em um abraço. "Fico feliz que ele esteja de acordo com os seus estudos, mas não consigo ficar completamente em paz com esse casamento. Espero que você esteja tomando a decisão correta."

Ela se demorou mais no abraço do que normalmente demorava. Fechei os olhos e senti o corpo quente dela, o coração pulsante, o cheiro de cidade grande e perfume de alfazema, e tudo o que eu queria era ficar ali para sempre.

"Eu também espero, Ana. Casar com José pode me garantir que ao menos estaremos juntas quando formos para a capital. É esse o nosso plano, não é?"

"Sim, esse é o nosso plano", respondeu ela, com um tom de voz entristecido que, acima de qualquer coisa, me deixou com o coração descompassado, como se houvesse dentro dela o mesmo amor que havia em mim.

20 de maio de 1971

O noivado estava de pé, e eu precisava encarar o motivo principal para ter dito sim para José: meu processo de admissão na universidade.

Sempre me convenci de que estudaria de qualquer forma, pois acabaria encontrando alguma solução para convencer papai a me deixar prestar o exame de admissão para o curso de letras. Então, desde que coloquei essa ideia na cabeça, vim me empenhando, revisando matérias, prestando mais atenção nas aulas e passando mais tempo do que o habitual enfurnada na biblioteca, três ou quatro volumes de enciclopédias abertos ao mesmo tempo enquanto a bibliotecária me explicava pela centésima vez como funcionava o sistema de fichas e a classificação de Dewey.

Agora, o que antes era apenas um sonho distante estava se materializando como uma realidade. E eu tinha que agarrar o meu futuro com unhas e dentes, porque aquela era a única decisão da qual eu estava certa de que não me arrependeria.

16 de julho de 1971

Os dias se dissolveram. Parece que os meses se embaralharam na minha frente, sendo pautados unicamente pelas ligações e cartas de José e pelo olhar de Ana, me acompanhando como se tentasse extrair de mim todas as verdades que eu evitava dizer até para mim mesma.

Ela me acompanhava na maratona de estudos, nós duas caladas em nossos universos de cadernos, canetas e conceitos, tentando enfiar em nossas cabeças o máximo de informações possível. Nós sabíamos que não seria fácil: não apenas pelo processo, difícil por si só, mas também por sermos duas mulheres entrando em uma universidade que formava majoritariamente homens. Eu compartilhava com Ana os meus medos, assustada com as informações sobre o governo oprimindo com cada vez mais veemência os estudantes dos cursos de ciências humanas. Ela tentava me tranquilizar, mas eu também via a sombra de incerteza estampada em seu rosto.

Aqui, em uma cidade de interior e sem muita agitação política, era fácil acreditar que o mundo era tranquilo e pacífico. Ligar o noticiário não ajudava em nada, porque as notícias passavam por um filtro governamental antes de serem veiculadas, então tudo o que me restava era perguntar para José e esperar que suas cartas trouxessem versões diferentes daquelas que ouvíamos no rádio e na TV. E ele me parecia sincero, falando sobre militares infiltrados nas salas de aula, sobre grupos de estudo sendo desarticulados a torto e a direito com o argumento de subversão e terrorismo, das bombas explodindo pelas ruas e do terror instaurado pelo *campus* desde a intervenção militar. Ele dizia estar longe das confusões, e me frustrava um pouco saber que não havia nele a chama revolucionária de lutar contra aquele sistema autoritário.

"Papai diz que o comunismo vai destruir nosso país", falei para Ana certa vez, atolada em mais uma lista de exercícios de matemática. "Ele disse que, se virarmos um país como Cuba, estamos acabados."

"Não sei, não", disse Ana, subitamente olhando por cima do ombro para ver se alguém nos ouvia. "Papai diz que o comunismo não é tão ruim quanto a televisão e o rádio fazem parecer. É simplesmente uma outra forma de pensar. O mundo é um lugar desigual e o Estado tem a responsabilidade de diminuir essas desigualdades."

"E desde quando você é comunista?", perguntei, também diminuindo o tom de voz. Estávamos em uma cidade pequena, e a bibliotecária provavelmente não estava dando muita atenção à conversa de duas meninas estudando, mas ainda assim eu me sentia uma espiã trocando segredos.

"Papai gosta da filosofia", respondeu ela. "A gente conversa muito sobre isso. *A liberdade só virá através da igualdade*, ele fica repetindo sempre que começa com os seus discursos."

Então riu, e me perdi naquele sorriso.

Queria tanto que meus pais pudessem acreditar em liberdades maiores do que as de um casamento.

30 de agosto de 1971

Eu não quero amar Ana. Não quero amar ninguém. Por que o amor tem que ser tão complicado?

Meus sonhos estão à minha frente, tão perto que posso senti-los na ponta dos dedos. Mas, ainda assim, mantenho meus braços colados junto ao corpo, com medo de estendê-los e descobrir que os sonhos são só miragens, fumaça se esvaindo no momento em que eu os tocar.

Eu quero Ana, quero tanto! E preciso falar com ela, pois sei que ela também me quer. Não consigo explicar *como* sei, mas tudo ao meu redor pulsa quando estou perto dela. Não é algo que eu consiga controlar, nem algo saindo apenas de mim em direção a ela. Estamos em uma estrada de mão dupla, dois carros prestes a colidir se formos corajosas o bastante para continuarmos acelerando.

Hoje José me telefonou. Continua empolgado, zeloso, falando sobre a capital como se ela fosse o maior sonho existente no Brasil. Falou que um grupo de alunos de seu curso tinha sido preso sob suspeita de conspiração, mas não parecia infeliz ou preocupado com o destino de seus colegas.

Sua voz estava mais alta do que o normal, um pouco enrolada. Achei que ele havia bebido antes de me ligar, e quando perguntei, ele deu uma risada e confidenciou que aquela era a única forma de reunir coragem e me ligar para dizer o quanto me amava.

"Você também me ama?", perguntou ele, fungando, carente por conta do álcool. Ouvi o barulho de algo descendo pela garganta, provavelmente mais bebida, sobreposto à sirene de um carro de polícia. "Diz que também me ama, Luiza."

"Eu..." O peso daquela declaração era muito grande para mim. É claro que eu poderia dizer, mas seria só da boca para fora.

Mastiguei as palavras, sabendo que eu era a maior hipócrita do mundo, sabendo que aquela era uma mentira que ele conseguiria identificar mesmo a tantos quilômetros de distância.

Mas, ainda assim, falei:

"Eu também te amo."

"Nós vamos ser muito felizes juntos, meu amor!", exclamou ele, extasiado, dando uma gargalhada alta demais, me obrigando a tirar o fone de perto da orelha. "Ela disse que me ama!", gritou para alguém, provavelmente um transeunte que passava próximo ao orelhão. "ELA DISSE QUE ME AMA!"

Eu aprenderia a amá-lo.

Teria que aprender.

5 de novembro 1971

Não consigo dormir, tamanha minha ansiedade. Finalmente estou prestes a fazer a prova de admissão para a universidade. Ana está ao meu lado, dormindo ruidosamente, e o sol mal nasceu, mas minha empolgação é tão grande que não consegui pregar os olhos durante a noite.

Não, isso não é verdade. Não consegui pregar os olhos porque não consigo parar de pensar na conversa que tive com o pai de Ana ainda há pouco, antes de me deitar.

Viemos para a capital na noite passada. Mesmo que a distância entre nossa cidade fosse de menos de três horas, estávamos receosas de que o trânsito ou algum imprevisto pudesse nos atrapalhar para chegar à sala onde a prova seria aplicada pontualmente às sete da manhã. O senhor Bartolomeu, pai de Ana, nos trouxe de carro, mesmo sob os protestos de papai, com a promessa de que cuidaria bem de mim.

Céus, como fiquei empolgada! Uma viagem com Ana para a capital, um prelúdio de todos os sonhos que construiríamos na maior cidade do país!

Durante a viagem, o carro ruidoso de seu Bartolomeu impediu nossas conversas, mas mal chegamos ao quartinho alugado para o pernoite e começamos a falar sobre o futuro. Seu Bartolomeu parecia satisfeito com a jornada da filha, e eu me perguntava como era crescer com pais tão legais quanto os de Ana.

Ele parecia confiar tanto na filha, parecia entender que não havia espaço na vida de Ana para um futuro ligado unicamente ao casamento, onde ela não estudasse para buscar as melhores oportunidades.

Enquanto Ana tomava banho, perguntei inocentemente, sem prever o rumo que aquela conversa tomaria, nem o peso que ela teria sobre mim:

"Como consegue depositar tanta confiança em Ana, seu Bartolomeu?"

Ele enrolava um cigarro, sentado perto da janela do quarto. Havia tirado o chapéu, o que fazia seu cabelo castanho ficar desarrumado, e os suspensórios por cima da camisa branca pareciam frouxos dada a sua postura encurvada, os cotovelos pousados sobre os joelhos, as pernas abertas e a língua levemente para fora enquanto concentrava seus esforços em não deixar o tabaco rolar do papel e sujar o chão.

"Ela nunca me deu motivos para pensar diferente", respondeu, sem tirar os olhos de seu cigarro quase pronto.

Sorri.

"Não é assim que papai pensa. Ele quer a todo custo me proteger do mundo."

"Ora, eu faria o mesmo se pudesse. Mas cobrir os olhos de Ana para o quão cruel o mundo pode ser nunca foi uma opção para mim ou para Iolanda. Nós conversamos, falamos sobre as mazelas desse país, mas ela tem que viver a própria vida para saber se estamos ou não certos em nossos cuidados."

Assim como Ana, seu Bartolomeu fazia tudo parecer tão simples.

Ele continuou:

"Me responda, Luiza, o que é mais injusto: um filho desconsiderar a opinião de um pai, ou um pai desconsiderar a opinião de um filho?"

Eu não sabia se era uma questão filosófica, retórica ou simplesmente uma curiosidade genuína. Pensei por um tempo, formulei meus pensamentos e então respondi:

"Acho que a segunda opção. Os pais já tiveram sua chance de serem filhos, mas os filhos ainda precisam aprender para se tornarem bons pais."

"Mas a experiência dos pais não indica que eles sabem o que estão fazendo?"

Minha risada foi imediata.

"Eles acham que sabem, mas não são donos da verdade. Ninguém é."

Ele acendeu o cigarro. Parecia realmente interessado na minha linha de pensamento.

"Tenho pensado muito no futuro que desejo para Ana, Maria Luiza, e fico muito feliz de saber que ela tem em você uma amiga com quem possa contar. Não faço ideia do que vai ser desse país enquanto os militares estiverem no poder, mas de uma coisa eu sei: não vai ser fácil. Principalmente para pessoas como a Ana. Então, se eu pudesse te pedir uma coisa, só uma coisa em toda a minha vida, seria isso: proteja a Ana. Proteja-a do mundo, proteja-a dela mesma, proteja-a de todas as pessoas que possam querer o mal dela. Você tem o seu noivado, mas tudo o que Ana tem, neste momento, é a sua amizade. E não preciso ser nenhum gênio para perceber que ela valoriza demais o que existe entre vocês duas."

Fiquei calada enquanto ele levava o cigarro aos lábios e sugava o ar com força, acendendo a ponta que refletia em seus olhos marejados.

"Vou tomar conta da Ana como se minha vida dependesse disso", respondi, sorrindo, porque sabia que minha vida realmente dependia de Ana.

Porque sabia que, sem ela, eu nunca conseguiria ser completamente feliz.

6 de novembro de 1971

Depois de fazermos a prova, minha cabeça estava fervilhando. Não conseguia pensar em nada — era como se todos os conteúdos despejados nas folhas do exame tivessem subitamente desaparecido da minha mente. Seu Bartolomeu nos esperava na porta da universidade, junto a outros pais apreensivos, a maior parte com seus filhos homens, mas vi uma ou outra mulher que, assim como eu, estava desbravando um novo mundo de possibilidades.

Ana já tinha saído quando atravessei o portão, as pernas bambas pelo esforço mental e pela fome das quatro horas ininterruptas de prova, as quais utilizei por completo, revisando mil vezes cada questão com a esperança de não ter errado nada. Ao lado dela e do pai, uma surpresa me aguardava: José, com um buquê de margaridas em uma das mãos, enfiado em um terno preto como se fosse um príncipe encantado, tentando não transparecer seu incômodo e suor com aquela gravata apertada e aquela roupa abafada, muito mais adequadas aos filmes europeus do que aos sul-americanos.

Arregalei os olhos quando o vi, entrando automaticamente no meu melhor modo de noiva surpresa. Abracei-o e até deixei que ele tocasse seus lábios nos meus, rápido o bastante para nenhum olhar de censura pousar sobre nós. Ele riu e disse que ali não era o interior — podíamos nos beijar, andar de mãos dadas e ir ao cinema sem ninguém nos observando como Poirot em busca de pistas que levassem ao assassino do crime investigado.

"Vem comigo?", convidou ele. "Quero te apresentar a cidade."

Olhei para Ana com uma expressão triste. Aquele final de semana era para ser destinado a nós duas, à nossa amizade e às nossas descobertas, mas como eu poderia dizer não ao meu noivo? Então aquiesci.

"Vocês não querem vir com a gente?", perguntei, na esperança de manter Ana o mais próximo possível de mim. Não me importava que isso significasse levar o pai dela junto, nem com a falta de intimidade entre José e eu.

Mas meu noivo não pareceu gostar da ideia.

"Vamos só nós dois, Luiza. Há tanto que quero te mostrar!", exclamou ele, e percebi que seu tom de voz era, mais do que urgente, um pouco autoritário. Não gostei, mas não faria uma cena bem ali, na frente de Ana e de seu pai. "Vocês compreendem, não é?", acrescentou ele, olhando para Ana e seu Bartolomeu.

Ana apenas sorriu, certamente pouco satisfeita, e seu Bartolomeu pareceu medir José da cabeça aos pés, mas por fim não fez muito caso. Deve ter visto a joia no meu anelar, refletindo a luz do sol, ou simplesmente se convenceu do sorriso caloroso de José.

"Traga-a inteira antes das seis", disse seu Bartolomeu. "Ela ainda está sob minha responsabilidade."

José assentiu.

"Nos vemos no fim da tarde?", perguntei para Ana, fingindo animação.

"É claro", respondeu ela em voz baixa.

Sem maiores despedidas, José me pegou pela mão e eu o segui para longe de Ana, querendo apenas estar ao lado dela, me perguntando com cada vez mais frequência se todo aquele sacrifício de me casar valia a pena.

Sequer consigo listar tudo o que José me apresentou: tomamos o trem que nos levava do *campus* para o centro da cidade, e finalmente entendi por que São Paulo é considerado um lugar assustador por muitos que o visitam. Os prédios vão até onde a vista não pode alcançar, as ruas são apinhadas de gente de todo tipo, os becos cheiram a urina e concreto, as árvores são sufocadas pelo asfalto, os carros buzinam, os panfletos voam pedindo por democracia, as pessoas correm de policiais, os moradores de rua se ajeitam como podem embaixo de marquises, e há tanta vida no meio de todo aquele cinza, tanta gente naquele lugar inóspito, tanta poluição e sons e gritos e movimento e caos... Fico tonta só de lembrar. A única coisa que não me esqueci foi de José me segurando junto a ele, não porque quisesse mostrar ao mundo que andava lado a lado com sua noiva, mas para afugentar cinco moleques que andavam em bando um pouco atrás de nós, à procura de algum distraído que pudessem roubar.

Passamos a tarde perambulando pela cidade. Almoçamos um virado à paulista em uma padaria que José jurava ser ótima, apesar do aspecto decadente (e a comida era, de fato, magnífica!), fomos à catedral da Sé, ao Mercado Municipal e paramos na praça da República, dividindo espaço com outros casais que passavam o sábado preguiçoso em meio às árvores e à grama macia, um nódulo de natureza no meio da cidade. Quando eu estava distraída, José me roubou um beijo, me pegando de surpresa e rindo da minha expressão chocada. Olhei para os lados com medo dos olhares repreensivos, mas ninguém pareceu se importar.

"São Paulo é assim, meu amor. Aqui poderemos ser livres", disse ele.

Ah, como eu queria que aquilo fosse verdade.

Ainda estou tonta. Não consigo parar de suar, meu coração está batendo como um tambor e minhas mãos tremem demais. Mal consigo segurar a caneta enquanto escrevo estas palavras.

Depois do nosso passeio pela cidade, José me levou até o hotel onde Ana, seu Bartolomeu e eu estávamos hospedados, dessa vez beijando apenas a minha mão quando viu uma senhora na porta, varrendo a calçada como se esperasse por fofocas que pudesse compartilhar com seus amigos. Ele prometeu que estaria ali na manhã seguinte, antes de partirmos de volta para o interior, mesmo que isso significasse acordar antes de o sol nascer.

Eu queria estar empolgada com aquele homem. José é tão correto, gentil e amável. O que lhe falta em beleza física é compensado pelo seu sorriso, seus bons modos e seu amor por mim. Ele será um excelente marido!

Ainda energizada pelo passeio e pelo beijo roubado na praça, subi correndo a escada para contar a Ana e seu Bartolomeu tudo o que tinha visto em meu passeio. Quando entrei no quarto, no entanto, encontrei Ana com as pernas esticadas sobre a cama e as costas repousadas na cabeceira, com a cara enfiada em um livro, enquanto sua expressão de mau humor parecia se propagar pelo quarto, iluminado apenas pelo pôr do sol.

"Por que você está nesse breu, Ana?", perguntei, acendendo a luz. "Onde está o tio Bartolomeu?"

"No bar do outro lado da rua. Não aguentou ficar cinco minutos a sós com a própria filha."

Havia alguma coisa estranha nos modos de Ana. Ela parecia irascível, como se alguma coisa tivesse acontecido no meio tempo em que terminamos a prova de admissão e voltei do passeio com José.

"Por que vocês não saíram para desbravar a cidade?", perguntei. "Há tanta coisa, Ana! José me levou para conhecer lugares incríveis!"

"Que graça teria?", retrucou ela, confirmando minhas suspeitas quanto ao seu mau humor. "Você pode sair por aí com seu noivo e explorar todos os lugares incríveis dessa cidade, mas para onde eu iria com papai? Comprar carne defumada ou garrafas de pinga? Andar dois passos e ter que parar porque ele não aguenta me acompanhar depois de tantos cigarros acabando com seus pulmões? Preferi voltar para o quarto."

Minha empolgação para contar a ela tudo o que tinha conhecido se esvaiu na mesma hora.

"Era para ser um fim de semana só nosso, Luiza", acrescentou ela, aumentando meu sentimento de culpa, sem desviar o olhar do livro aberto, mesmo que eu tivesse certeza de que ela não estava mais lendo nada.

"Eu sei", respondi. "Mas o José apareceu sem avisar. Eu não podia dizer não. Ele é meu noivo, Ana."

"É assim que vai ser, não é?", perguntou ela. "Sempre que ele chamar, você vai largar tudo e sair correndo atrás dele."

"Lógico que não! Ana, nós vamos entrar juntas na universidade! Mas não posso ignorar o fato de que ele é meu noivo e nada disso seria possível sem o nosso casamento!"

"Você o ama, Luiza?"

Novamente aquela pergunta. A mesma que ela havia feito meses antes e eu havia me esquivado.

"Já falei que posso aprender a amá-lo", respondi, impaciente.

"E você quer aprender?"

"Por que você insiste nesse assunto?"

"Porque acho que você está cometendo um erro, Luiza. Esqueça o José! Vamos juntas para a universidade, só nós duas."

"Como seria possível, sem o José?"

"Seria possível se você tivesse coragem!"

"Você não entende, Ana. Não posso decepcionar os meus pais."

"Por que não? Eles não vivem te decepcionando? Sempre te dizendo o que fazer, como se só eles soubessem o que é melhor para a sua vida? Você tem que trilhar seu próprio caminho, Luiza, mesmo que isso signifique deixar para trás tudo aquilo que te impede de dar o próximo passo."

"É fácil dizer isso quando seu pai faria qualquer coisa para garantir suas vontades, Ana. Você tem muita sorte de ter o tio Bartolomeu como pai, porque ele é uma exceção à regra."

"Ele sabe que eu não tenho jeito", disse ela, o tom de voz mais baixo. Ana parecia segurar as lágrimas. "Acho que preferiu se conformar a mentir para si mesmo e dizer que serei uma mulher brilhante. Não se engane, Luiza: quanto mais longe eu estiver, melhor para ele. É por isso que ele me quer na universidade."

"Ele conversou comigo ontem à noite", falei, mesmo sabendo que aquele deveria ser um segredo entre mim e ele, mesmo sabendo que as palavras trocadas entre nós ainda ecoavam dentro de mim e me faziam questionar a possibilidade de Ana sentir o mesmo que eu. "Pediu para eu cuidar de você."

"Você tem um noivo para cuidar. E vai ter filhos no futuro. Vou ser só uma amiga para a qual os outros ligam uma vez por ano, parabenizando por mais um ano de vida."

"Você também vai encontrar alguém, Ana. Também vai ter filhos. Não está destinada à solidão. Você é incrível demais para isso."

Ana riu, balançando a cabeça.

"Você não poderia estar mais errada, Luiza."

Ela ergueu o olhar e viu quando estendi minha mão para segurar a dela. Ana finalmente fechou o livro e colocou-o de lado, apertou minha mão e me puxou com delicadeza, me fazendo sentar na beirada da cama, perto demais de seu rosto.

Tão perto que nos entreolhamos apenas por um breve momento antes de unirmos nossos lábios.

Foi rápido e assustador. Meu coração disparou como uma bala. Assim que nossos lábios se tocaram, ela apertou minha mão com mais força, como se algo a tivesse despertado de um sonho, e recuou imediatamente, largando minha mão e arregalando os olhos.

"Desculpa, Luiza, eu…"

Estava prestes a respondê-la, a dizer que aquilo era tudo com o que sempre sonhei desde que a vi pela primeira vez, mas ouvimos o barulho da chave na porta e, como um ímã nos puxando de volta à realidade, vimos seu Bartolomeu irromper pelo quarto, um sorriso frouxo de quem havia bebido alguns tragos a mais de cachaça, além de um cigarro apagado entre os dedos, pronto para ser aceso novamente.

Ele se balançou um pouco para a frente e para trás, bêbado, nos observando com os olhos semicerrados.

"Como foi o passeio, Luiza?", perguntou ele, e eu não sabia dizer se seu Bartolomeu tinha percebido o que havia acontecido entre mim e a filha dele e arranjava uma maneira de desconversar, ou se ele não estava pensando em absolutamente nada e eu estava fantasiando cenários na minha cabeça.

"Foi… ótimo", respondi, desviando o olhar de Ana enquanto ela pegava seu livro novamente e o abria em uma página qualquer, fingindo lê-lo. "Acho que vou amar estudar nessa cidade."

"Tenho certeza de que vai…", respondeu seu Bartolomeu, andando com dificuldade até a janela e tateando o bolso da camisa em busca do isqueiro. Assim que o achou, acendeu o cigarro e me observou com uma expressão ao mesmo tempo intrigada e satisfeita, então sorriu, semicerrando os olhos avermelhados enquanto dava um trago em seu cigarro.

10 de novembro de 1971

Na minha fantasia, Ana e eu dividimos um apartamento de dois quartos no centro de São Paulo, mesmo que estejamos longe da universidade. Temos um gato e um cachorro, porque ela é amante de felinos e eu preciso equilibrar as coisas. Também temos uma sacadinha cheia de plantas, um espaço onde colocamos frutas para os passarinhos e um bebedouro de água doce para os beija-flores, que sempre aparecem empolgados e com sede.

E meus pais vêm nos visitar uma vez por mês. Os dois abraçam Ana, perguntam como anda a escrita do livro novo e se empolgam quando ela fala que já terminou o primeiro rascunho e agora, com mais tempo sobrando, está orientando alunos de ensino médio e ajudando-lhes a escolher qual carreira seguir. Também me perguntam como anda meu trabalho, escrevendo meu primeiro romance, traduzindo um importante livro acadêmico e também uma história voltada para o público louco por mistérios e assassinatos, ao mesmo tempo que pesquiso sobre a vida de mulheres extraordinárias que foram esquecidas pela história (gosto de me dedicar a mais de uma coisa ao mesmo tempo). Não há julgamento nas perguntas, nem pressão para ganhar dinheiro, ser bem-sucedida ou parecer agradável ao olhar dos vizinhos. Eles estão satisfeitos com a minha felicidade.

E temos um grupo de amigos que vai na nossa casa todo fim de tarde de sexta-feira, cada um trazendo uma comida ou bebida, mas sabendo que a estrela é meu bolo de fubá com erva-doce e meu café passado no coador de pano. Eles se sentam ao redor da mesa, colocamos um disco para tocar na vitrola, talvez o mais recente do Caetano, trocamos o café por vinho enquanto o sol se põe, rimos até o cair da noite e discutimos assuntos profundos e irrelevantes para qualquer um que não faça parte do nosso mundo.

Na minha fantasia, ando de mãos dadas com Ana na rua, beijo-a sem medo, abraço a cintura dela enquanto ela abraça os meus ombros, porque só tenho um metro e meio e não acho que vou crescer muito mais que isso.

Não precisamos lutar contra o mundo porque ele não se importa com o nosso amor. Não que o despreze, longe disso. Ele só não o vê como uma aberração. O mundo nos permite ser quem somos e amar quem quisermos, nos deixa em paz, não nos olha como se fôssemos atrações de circo, não nos aponta o dedo como se houvesse uma doença nos consumindo por dentro, não ri de nós, não pergunta qual é o nosso problema e não diz que estamos confusas ou erradas ou que nos falta um bom marido para sabermos o que significa, de fato, ser mulher.

Minha vida é regida pela paz. Ainda há violência e desigualdade, inveja, fome, raiva e todos os sentimentos ruins que constituem o ser humano, mas nenhum deles é usado como justificativa para querer minha morte, minha correção, minha adequação ao que os outros esperam de mim.

Na minha fantasia, eu sou feliz.

Feliz ao lado de Ana.

10 de dezembro de 1971

Hoje Ana bateu à minha porta antes das sete da manhã com um jornal em mãos.

"Fui aceita! Fui aceita!"

Estávamos distantes desde aquele beijo. Mamãe e papai estranharam minha presença mais constante em casa, mas culpei a ansiedade pelo resultado da prova, então eles não me encheram tanto a paciência.

Fui pega de surpresa, ainda meio sonolenta enquanto começava a tomar o café da manhã. Ouvir a voz de Ana do outro lado da porta, tão repentinamente, me fez lembrar daquele quarto de hotel.

Mamãe franziu o cenho com todo aquele êxtase assim que abriu a porta, perguntando onde era a confusão. Ana se desculpou e sorriu, mostrando tanto à minha mãe quanto a mim a lista de aprovados que havia sido publicada no jornal daquele dia. Eu estava sem palavras, mas Ana parecia tão entusiasmada com a novidade que havia esquecido qualquer assunto mal resolvido entre nós. Ela só queria comemorar.

"Nem acredito que fui aceita! Vou estudar na capital!"

Sorri com a alegria dela, pegando-a pela mão e puxando-a para um abraço. Mamãe também lhe deu os parabéns, mas estava mais interessada em continuar passando os olhos pela lista para ver se o meu nome também estava ali ou não.

"E tem mais uma coisa!", exclamou Ana, virando uma página do jornal e apontando para outro nome, sublinhado entre tantos outros. "Olha aqui! Você também foi aceita!"

Arregalei os olhos, puxando o jornal para mais perto e tentando entender se aquele nome era mesmo o meu. Li uma, duas, três vezes, tentando processar a ideia de que meu futuro havia mudado completamente naquela manhã.

Eu havia sido aceita!

Mamãe me deu um abraço menos efusivo do que o do dia de meu noivado, mas ainda assim fiquei feliz por isso. Papai já tinha ido para o trabalho, mas ela disse que telefonaria para lá e contaria a novidade.

Decidimos comemorar tomando um sorvete de pistache na sorveteria que ficava na frente da biblioteca. Eu estava uma confusão de sentimentos. Ao mesmo tempo que estava feliz por saber que nós duas iríamos para a mesma universidade, meus nervos estavam me matando. Eu queria conversar com Ana sobre nosso beijo, esclarecer aquele assunto de uma vez por todas e não deixar nenhum mal-entendido pairando no ar, mas não sabia se ela se faria de desentendida ou se mencionar nosso beijo acabaria com seu bom humor.

Porém, Ana tocou no assunto assim que saímos de casa, em direção à sorveteria.

"Eu queria te pedir desculpa por ter passado tanto tempo sem falar com você. E pelo que aconteceu daquela vez", disse ela, tentando ser vaga, mesmo que nós duas não tivéssemos nenhuma dúvida sobre o que ela estava falando.

"Não precisa se desculpar, Ana. Está tudo bem", respondi, querendo na verdade dizer para não apagarmos aquele beijo, não transformarmos ele em um mal-entendido, mas sim o encararmos como o início de algo novo.

"Preciso sim", insistiu ela. "Não quero que você pense que eu sou louca nem que se distancie de mim. A nossa amizade é a melhor coisa que já me aconteceu."

"Deixa de ser boba!", falei. "Eu nunca me afastaria de você. Não quero que você saia da minha vida, mesmo eu me casando com o José."

"É só que...". Ela deixou o ar escapar com um suspiro cansado. "Ando tão confusa, Luiza. Não sei o que deu em mim naquele dia, mas não começou ali. Não começou com você. Estou com tanto medo de tudo o que sinto, mas não consigo evitar esses sentimentos."

Seus olhos estavam marejados. Aquele deveria ser um dia de comemoração, mas lá estávamos nós, andando lado a lado, nossos pés levantando poeira no caminho de terra batida, o sol quente em nossas nucas, a cabeça dela baixa, evitando meu olhar.

"Finjo ser essa pessoa forte, mas estou cansada de lutar contra o mundo", continuou. "E eu sei que viver de acordo com o que sinto será uma luta diária contra tudo ao meu redor. Estou tão exausta de me pegar pensando no futuro e em todas as maneiras que ele pode dar errado..."

Era a primeira vez que ela dizia tudo aquilo. A primeira vez que verbalizava o que eu já compreendia através dos seus gestos e das suas expressões.

"Ana, eu estou aqui", falei, pegando-a pela mão e obrigando-a a parar. Ela usou a mão livre para secar os olhos por baixo de seus óculos de aros vermelhos e continuou com a cabeça baixa. Segurei o queixo dela, erguendo-o e fazendo com que ela me olhasse nos olhos.

Seus olhos eram lindos.

"Eu também tenho medo do futuro, Ana", continuei. "Tenho medo principalmente de estar cometendo o pior erro da minha vida ao me casar com José. Queria tanto que fosse mais fácil. Queria que nós duas pudéssemos ser felizes juntas, do jeito que queremos, sem que o mundo nos olhasse atravessado."

Os olhos dela se arregalaram em surpresa.

"Então você…"

"É claro", interrompi-a, tirando coragem não sei de onde para admitir que eu era como ela. "Isso nunca tinha me passado pela cabeça antes de você. Antes de te conhecer, eu tinha por certo que me casaria para me tornar uma réplica da minha mãe. Só que eu quero mais que isso, Ana, e você me ajudou a enxergar. Sem você, eu nunca saberia o que é ansiar por um futuro com objetivos concretos."

"Não é disso que eu estou falando", disse ela, um pouco decepcionada.

"Estamos falando da mesma coisa, sua boba. Porque quando você me fez perceber que eu poderia ser mais do que uma boa esposa, eu me apaixonei por você."

Pronto. Eu havia falado em voz alta o que havia apenas rabiscado insistentemente neste diário.

Encarei-a, esperando que ela dissesse que tudo não passava de um mal-entendido.

Mas ela não disse.

Apenas sorriu.

E era o sorriso mais lindo do mundo.

Puxei-a para um abraço ali mesmo, no meio da rua, e ouvimos dois garotos passando de bicicleta, assobiando e nos provocando antes de desaparecerem na curva que dava para a rua principal. Eu não me importava. Não queria nada além de abraçar Ana pelo resto da minha vida.

"Por que tem que ser tão complicado?", perguntei, deixando o peso daquele segredo sair dos meus ombros, me agarrando a Ana para que não saísse flutuando pelos céus, pois me sentia tão leve.

"Você ainda vai se casar com o José, não vai?", indagou ela, dessa vez não em tom de censura ou de cobrança. Apenas como a constatação de algo inevitável.

Desfiz o abraço e assenti.

"Preciso fazer isso, Ana. Ele é a minha chance de sair desta cidade."

Um sorriso triste brotou nos lábios dela.

"Eu sei."

Voltamos a andar em silêncio, até ela quebrá-lo.

"Mas você pode me prometer uma coisa?"

"Lógico."

"Se você continuar apaixonada por mim quando estivermos mais velhas, independentes e morando em uma cidade onde ninguém nos conhece, você volta para mim?"

Sorri.

"Até lá você já amará outra pessoa, Ana. Não quero que você se prenda a uma possibilidade de futuro que a impeça de ser feliz."

"Vou te esperar, Luiza."

"Então vamos combinar assim: busque o amor de todas as maneiras possíveis. Busque amores maiores e mais intensos do que o meu. Se você o encontrar, seja feliz; se não, prometo estar junto de você assim que for possível."

"Me parece uma promessa justa", disse ela. "Mas vou te esperar, mesmo que você me diga para fazer o contrário. Eu te amo, Maria Luiza."

"Eu também te amo, Ana Cristina", respondi, segurando sua mão com força, querendo arrancar um beijo dela, mas suspirando porque dar as mãos era tudo o que podíamos fazer naquele momento.

31 de dezembro de 1971

Sou uma mulher casada.
 É estranho pensar assim, nesses termos. Casada. Parece tão adulto, tão maduro, tão diferente de ser apenas uma garota com sonhos abstratos e sem nenhuma conquista. Estranho pensar que, antes dos dezoito anos, já tenho o compromisso de um marido, de uma casa, de prováveis filhos e de um futuro incerto pela frente. Meu estômago se revira ao divagar sobre o que me aguarda nos próximos anos: talvez uma carreira brilhante, talvez novos amigos, talvez professores, talvez alunos, talvez filhos...
 Meu casamento aconteceu ontem, na última quinta-feira do ano, única data disponível na igreja, em uma manhã ensolarada. Não havia nuvens no céu nem vento para aliviar um pouco o calor. O suor escorria pela minha testa, a cabeça enfiada naquele véu sufocante, e as costelas esmagadas pelo espartilho enquanto as mulheres da família, todas juntas na sala onde eu era maquiada e vestida, tagarelavam e riam, todas com seus vestidos pomposos e seus leques abanando as caras suadas, sussurrando que eu provavelmente estava grávida e por isso estava casando às pressas, pois iria morar na capital assim que estivesse com a aliança no dedo e recebesse a aprovação de Deus para ter um homem ao meu lado.
 Ana estava em meio às mulheres, mas se mantinha em silêncio. Apenas sorria em reação aos comentários, sem querer se intrometer na conversa guiada principalmente por uma tia que só mudava de assunto quando mamãe ou a mãe de José, minha futura sogra, apareciam e perguntavam do que tanto conversavam.

Senti tanta coisa ao mesmo tempo: a felicidade por finalmente ter condições de sair daquela cidade era ofuscada sempre que eu olhava para Ana e percebia que ir embora significava perdê-la. Eu me torturava tanto por querer estar junto dela, mas ao mesmo tempo afastava aqueles pensamentos, pois estava na morada de Deus, e certamente seria punida caso não tirasse aquelas ideias pecaminosas da cabeça.

O sino da igreja tocou, anunciando as dez horas da manhã. Mamãe olhou para mim e veio ao meu encontro, perguntando se estava tudo bem, se eu precisava de mais tempo e se faria o charme de noivas que atrasam a entrada.

Fiz que não. Só queria acabar com aquilo de uma vez.

"Só preciso conversar com a Ana antes de entrar", falei, olhando para mamãe com um crescente pânico no olhar.

"O que você tem para falar com ela que ainda não falou comigo?", questionou ela.

"Mãe." Peguei-a pelas mãos e olhei-a no fundo dos olhos. "Vai ser rápido, prometo."

Mamãe sorriu, tomando meu desespero por simples nervosismo de noiva, e como não queria que aquele dia pudesse de alguma forma ser arruinado, apenas balançou a cabeça e chamou Ana para perto de mim, para só então mandar que todas as mulheres saíssem e nos esperassem do lado de fora.

Ana me encarava em silêncio.

"Estou com medo", confessei.

"Você não precisa fazer isso", disse ela, sentando-se na cadeira à minha frente, passando o dedo pela minha bochecha e secando a lágrima que escorria, tomando cuidado para não arruinar minha maquiagem.

"É claro que preciso", respondi.

Queria que minha história fosse como a dos livros em que a heroína tem a coragem necessária para lutar contra o mundo pelo seu grande amor. Em que ela foge no dia de seu casamento, com véu e tudo, e sobe em um cavalo em direção ao pôr do sol.

Mas nenhum dos livros que li me mostraram mulheres lutando pelo amor de outras mulheres, então eu não sabia como agir.

Meu amor por Ana era tão complicado que nem mesmo os livros eram capazes de me mostrar que era possível amar daquele jeito.

Então não saí correndo, não arranquei o véu nem beijei Ana, não na morada de Deus. Só apertei as mãos dela, me odiando por sentir o que sentia, pedindo ao Senhor que, em Sua infinita misericórdia, me iluminasse quando eu olhasse para José em cima do altar.

"Só prometa que não vai desaparecer da minha vida", pedi, segurando as mãos de Ana com medo de que, quando as soltasse, ela me desse as costas e nunca mais voltasse.

"Não vou", disse ela, a tristeza evidente em sua voz. "Estou nessa com você. Depois de tudo isso, vamos ficar juntas, não vamos?"

"Não se prenda a um futuro incerto, Ana. Encontre sua própria felicidade."

"Ah, Luiza, eu a encontrei no dia em que me mudei para aquela casa azul."

Puxei-a para um abraço, lutando contra o impulso de beijá-la. Não sei quanto tempo fiquei ali, apenas tentando fazer meu coração desacelerar, mas ouvi o barulho de alguém à porta e me afastei imediatamente, me recompondo.

Mamãe enfiou a cabeça pela porta, checando se estava tudo bem e encarando, impaciente, o relógio de parede do outro lado da sala. Quando olhei para ele, vi que já estava dez minutos atrasada.

Saímos da sala com mamãe e as mulheres se movimentando para me levar à entrada da igreja, onde papai esperava para me guiar até o altar. Ao ouvir a marcha nupcial, todos se levantaram, virando o rosto para a entrada na esperança de me ver. E o salão da igreja estava lindo, com flores brancas colocadas em todos os bancos, tecidos esvoaçando com a brisa fraca que corria na manhã, as mulheres em vestidos coloridos e os homens em ternos bem alinhados, e Deus pintado no teto, um homem de barba longa e de braços abertos, com uma manta azul e vermelha cobrindo-lhe os braços. E tinha Jesus, seu filho, morto na cruz com os braços abertos, só uma túnica cobrindo seu corpo, suas feridas expostas como se dissesse "Estou aqui, em carne viva, para lhe mostrar que somos iguais". E José, as mãos cruzadas diante do corpo, o cabelo cortado e penteado com brilhantina, o sorriso satisfeito ao descobrir que eu não havia fugido — estava ali, andando em direção a ele, ao lado de papai, prestes a ser entregue para uma nova vida.

Então começou.

As tias entraram primeiro, sorridentes, e se acomodaram nos bancos da frente. Ana foi com elas. Quando meu pai me levou até o altar e José ergueu meu véu e me olhou com um sorriso bobo, desviei o olhar e encarei Ana uma última vez, vendo-a chorar em silêncio. Ela abaixou a cabeça quando percebeu que eu a encarava, e me obriguei a olhar novamente para José, tentando aliviar a cabeça de todos os pensamentos que me afligiam. Respirei fundo enquanto o padre fazia suas reflexões e murmurei um "sim" quando ele me perguntou se eu aceitava me casar com aquele homem aos olhos de Deus, para estar junto na saúde e na doença, na riqueza e na pobreza, até que a morte nos separasse.

Era uma promessa a Deus, uma que eu sabia, desde o momento em que coloquei os pés naquela igreja, que nunca conseguiria quebrar.

14

Li até meus olhos começarem a arder. Só percebi que já era quase dia quando ouvi os pássaros cantando lá fora, pouco antes de o sol nascer, e só por isso me obriguei a desligar o abajur, largar o diário de vovó e colocar a cabeça no travesseiro. Dormi imediatamente.

Acordei quase às dez da manhã, perdido pelas poucas horas de sono, agitado por sonhos confusos e pelo barulho dos funcionários limpando a bagunça da festa no andar inferior. Percebi que o diário não estava ao lado do abajur e me levantei assustado, apenas para ver Sofia me encarando do outro lado do quarto, encolhida em uma poltrona e lendo silenciosamente.

— Você foi até que parte? — perguntou ela. Eu sabia, pelo seu tom de voz, que ela já tinha passado pelos momentos que partiram meu coração.

— Até o casamento — respondi. — Última coisa escrita em 1971. E você?

— Estou quase lá.

Fiquei em silêncio enquanto observava o olhar dela percorrer as páginas, as imagens do que eu havia lido voltando à tona.

— Vou parar no mesmo ponto que você — disse Sofia, fechando o diário. — O que achou?

— Triste — respondi, porque não conseguia pensar em nenhuma outra palavra que pudesse resumir tudo aquilo.

— Será que a minha mãe ou a tia Paola sabem alguma coisa dessa história?

— Duvido. Se minha mãe soubesse que a vovó era apaixonada por outra mulher, com certeza teria falado alguma coisa quando me assumi.

— Faz sentido. — Sofia mordeu o lábio, pensando. — E a Ana Cristina? Em que momento elas se distanciaram?

— Não sei. — Levantei da cama e peguei o diário das mãos de Sofia, procurando pela fotografia em que nossos avós e Ana Cristina posavam no que aparentava ser uma livraria. — Aqui parece que eles ainda eram amigos.

— Será que elas deixaram de se amar?

Dei de ombros.

— É possível. Muito tempo se passou desde que a vovó tinha dezessete anos. Às vezes a vida é muito mais difícil do que a gente imagina.

— Você já se apaixonou? — indagou Sofia.

A pergunta me pegou de surpresa. Sofia e eu não éramos melhores amigos. Não falávamos de nossos sentimentos. Tudo o que eu sabia sobre ela era o que postava no Instagram.

— Não — respondi, porque aquela era a mais pura verdade. Já achei alguns garotos bonitos e alimentava uma obsessão pelo Harry Styles havia quase cinco anos (sem previsão para ter fim), mas me apaixonar... não. — E você?

Ela não respondeu.

— Ler o diário da vovó está me fazendo pensar em muita coisa, até demais para o meu gosto — disse ela.

— Ela não teve a oportunidade de fazer um post no Instagram — falei, sorrindo.

— Pois é. E fico pensando o que teria acontecido se ela tivesse essa oportunidade, sabe. Se tivesse feito o que queria, e não o que os outros esperavam dela.

— Com certeza nós não estaríamos aqui — respondi. — Porque ela nunca teria tido a mamãe e a tia Amanda.

Sofia suspirou.

— Tem razão. Mas ao menos ela teria sido, sei lá... mais feliz?

Sofia parecia perdida em pensamentos.

— No que está pensando, Sofia? — perguntei, tentando tirá-la daquele estado de torpor enquanto ela encarava a foto de vovó, vovô e Ana Cristina.

Alguma coisa parece ter estalado dentro dela, fazendo-a erguer a cabeça e sacudi-la.

— Nada. Só estou com sono — respondeu. — Vamos voltar a nos concentrar no diário. Você percebeu que ele não é exatamente como o livro do vovô, não é?

Assenti.

Ela continuou:

— Quando comecei a ler, tinha certeza de que ele havia pegado o diário e transcrito a história só mudando alguns nomes, mas algumas das partes que li ontem são muito diferentes. Tipo quando a vovó e o vovô estão passeando em São Paulo... a cena no livro é muito maior, dá muito mais destaque ao vovô. E todas as cenas em que a Ana aparece... É como se aqui, no diário, ela fosse uma mulher muito mais complexa, que pede que a vovó largue tudo e viva com ela, mesmo que isso signifique que a vovó seja mal vista pelos pais dela e pelas pessoas da cidade. Isso sem contar com o final feliz do livro do vovô, que a gente já sabe que não aconteceu.

— É como se esse diário fosse um esboço do livro que o vovô publicou, não o livro em si — falei. — O que só aumenta minha dúvida: será que a vovó contou a história dela para o vovô e ele a transformou em um romance? E se ela o ajudou a escrever o livro e não queria ser identificada?

Sofia balançou a cabeça, negando minhas especulações.

— Mateus, sei que você admira o trabalho do vovô, mas precisa começar a encarar os fatos. Se ele não tivesse nada a temer, por que fingiria que não conhece a Ana Cristina? Por que taxaria ela de louca quando tudo poderia ser resolvido com uma conversa, já que eles se conhecem desde a adolescência? O estilo de escrita é igualzinho ao da vovó.

Eram tantas perguntas sem resposta. Havia tanto que eu queria indagar ao vovô, mas sabia que não podia, porque ele nunca toleraria a ideia de alguém ter invadido seu escritório e aberto seu cofre sem sua autorização.

— A gente precisa terminar de ler o diário — falei. — Só aí, sabendo de todo o conteúdo, vamos poder pensar em como agir. Não quero ser responsável por acusar o vovô de algo que ele não fez.

— Justo — respondeu Sofia, um pouco a contragosto, porque eu sabia que ela não confiava na palavra do vovô. — Vamos terminar hoje, sem falta.

Ouvimos uma batida à porta. Sofia se sentou em cima do diário, olhando para a frente enquanto a cabeça de tia Amanda surgia pela porta entreaberta.

— Meninos — disse ela. — O avô de vocês quer dar uma palavrinha.

Ela não usava seu costumeiro tom de voz divertido. Parecia realmente incomodada por ser a portadora de más notícias, mas se certificou de dar um sorriso amarelo antes de deixar a porta aberta e desaparecer escada abaixo.

Colocamos o diário embaixo do meu travesseiro e seguimos para a sala de jantar, onde vovô nos esperava.

Toda a família estava à mesa. Meu estômago roncou diante do café da manhã posto, mas não me atrevi a encostar em nada enquanto sentia o olhar intenso de vovô em mim e Sofia.

— O que aconteceu? — perguntei, me fazendo de desentendido.

Eu sabia exatamente sobre o que ele queria falar.

— Por que vocês estavam conversando com aquela mulher ontem? Foram vocês que convidaram ela para a *minha* comemoração?

Seu tom de voz era ressentido e autoritário. Senti um nó na garganta.

Quem respondeu foi Sofia.

— Do que o senhor está falando?

Ela se manteve inexpressiva, atuando como se estivesse concorrendo a um Oscar com a Meryl Streep.

Tia Amanda, que já estava sentada do outro lado da mesa, gesticulou perigosamente com uma faca repleta de manteiga.

— Não falei, pai? O senhor estava vendo coisas!

— Sei muito bem o que vi — retrucou ele, desviando o olhar de Sofia e me encarando. — Mateus?

— Ela simplesmente apareceu e... perguntou se éramos seus netos — respondi, tentando ao máximo me apegar à ideia de que uma boa mentira contém o máximo possível da verdade. — Mas eu não sabia quem ela era até vocês começarem a brigar.

Vovô massageou as têmporas, talvez porque estivesse com dor de cabeça por causa do assunto, talvez por conta da ressaca.

— Essa mulher está acabando com o meu juízo — resmungou ele. — E o que ela perguntou para vocês?

— Pai — interviu minha mãe. — Deixa isso para lá.

— Não estou falando com você, Paola — esbravejou ele. Depois nos olhou novamente. — E então?

Sofia encolheu os ombros.

— Ela não perguntou nada. Só nos parabenizou e disse que aquela história era muito importante para ela — mentiu Sofia. — Parecia mais uma fã do que qualquer outra coisa.

Vovô suspirou.

— Não quero ver nenhum de vocês conversando com jornalistas, leitores ou qualquer outra pessoa que venha aqui até o resultado do prêmio ser anunciado.

— Ela também disse uma coisa curiosa... — acrescentou Sofia. — Disse que vocês se conheciam quando o senhor lançou seu primeiro livro.

Olhei rapidamente para Sofia, sabendo que ela estava entrando em um terreno perigoso.

Vovô estreitou os olhos.

— Nunca vi aquela mulher na vida antes de ela aparecer falando que eu tinha copiado uma história dela. — Apesar de seu tom de voz continuar com a mesma nota raivosa, havia alguma coisa diferente no timbre, uma nota trêmula de quem parecia, se não com medo, ao menos preocupado de que pudessem descobrir algo que não deveriam. — O que mais ela falou?

Sofia parecia aproveitar aquele momento. Olhou para o teto, fingindo tentar se lembrar de alguma coisa. Eu agarrava a toalha de mesa com as mãos suadas, temendo que ela falasse mais do que deveria.

— Ela disse alguma coisa sobre... vocês terem crescido na mesma cidade?

Sofia estava indo longe demais. Antes que vovô pudesse responder qualquer coisa, derrubei a caneca de café sobre a mesa e me levantei, arrastando a cadeira para fazer o maior barulho possível e desviar a atenção de todos daquela conversa.

— Meu Deus do céu, Mateus! — reclamou minha mãe, puxando guardanapos e jogando-os sobre o líquido derramado, tentando amenizar o estrago.

— Desculpa, desculpa! — pedi, meu estômago em um misto de nervosismo e fome porque eu não tinha conseguido sequer passar manteiga em um pedaço de pão. — Vem, Sofia, me ajuda a limpar.

Puxei minha prima em direção à cozinha e fechei a porta.

— Você enlouqueceu — sussurrei, querendo berrar. — Por que provocar ele desse jeito?

— Ele está mentindo, Mateus. Você viu! — exclamou ela. — Não tem como ele não se lembrar da Ana Cristina! Ela era vizinha da vovó e eles se encontraram no dia que as duas prestaram vestibular. Ele não se esqueceria de uma foto com ele, a vovó e a Ana Cristina.

— Você não tem como saber, Sofia! Ele pode ter tirado a foto e nem lembrar! Quantas fotos com gente que ele não conhece você acha que ele tirou ao longo da vida?

Segui com ela até a área de serviço e abri o armário de produtos de limpeza, procurando um pano para limpar a mesa.

—Acorda, Mateus! Você está arranjando qualquer desculpa para inocentar o vovô! Por que ele guardaria justo aquela foto? Por que usaria logo a data rabiscada atrás dela como senha da merda do cofre? Essa foto é importante por algum motivo! Por que você não quer ver isso?

— Porque eu não quero me decepcionar com ele! — gritei, me arrependendo no segundo em que as palavras saíram da minha boca.

— Está tudo bem? — Tia Amanda apareceu atrás de nós, curiosa. — Me dá isso aqui. Deixa que eu limpo a mesa, Mateus.

Estendi o pano para ela, que desapareceu em direção à sala de jantar, enquanto Sofia me puxava pela outra porta da cozinha, saindo direto na área da piscina.

— Então é isso, não é? — perguntou ela.

Suspirei.

— Sempre vi o vovô como um exemplo, Sofia. Você não entenderia — murmurei, desviando o olhar e encarando meus próprios pés.

Aquilo era estúpido. Nutrir aquela admiração pelo vovô era irracional, mas eu não conseguia evitar.

— Você lembra como a vovó falava dele? — indaguei. — Porque eu lembro. Ela sempre se enchia de orgulho quando falava da carreira dele, de quantas pessoas ele tinha tocado com a sua história, de como era amado por todo mundo que lia seus livros. Pensar que tudo isso é uma farsa, que na verdade tudo só existe por causa da vovó e ela nem teve a chance de ser reconhecida por tudo o que fez... é tão injusto.

— Nós éramos crianças, Mateus — disse Sofia, andando em direção a um banco de pedra perto de alguns arbustos. — As pessoas são complicadas. Você leu o diário. A vovó se preocupava tanto com o que os outros iriam pensar dela! Ela faria de tudo para as pessoas acreditarem que ela tinha uma vida perfeita. — Ela suspirou. — Ela não era como você.

— Como eu? — perguntei.

— Ela não iria fazer uma postagem no Instagram com as cores do arco-íris e gritar para o mundo que, não importa o que achassem, ela iria amar quem bem entendesse. Ela não foi criada dessa maneira. E tenho certeza de que o vovô se aproveitou disso o máximo possível. — Sofia deu um suspiro cansado. — Olha só, Mateus, não quero acusar ninguém injustamente. Também não quero desrespeitar a memória da vovó, por mais que eu saiba que o correto seja contar para todo mundo toda essa farsa que o vovô arquitetou. Então vamos terminar de ler essa história e decidir o que a gente vai fazer. Tudo bem?

— Tudo bem. Será que a gente consegue acabar até a hora do almoço? — perguntei.

— Se você não ficar me atrasando e ler rápido, a gente consegue. Já está quase acabando. Vamos ler juntos?

— Juro que vou me esforçar para ler mais rápido — prometi, levantando do banco. — Vamos terminar de ler esse diário.

1 de janeiro de 1972

Nunca estive tão ansiosa com o começo de um novo ano. É difícil acreditar que tudo está mudando tão rápido: não estou mais na minha antiga casa, não tenho mais a companhia dos meus pais, estou prestes a entrar na universidade e tudo que sei é que estou com medo do futuro. Não sei o que ele me reserva, não sei se vou conseguir ser a pessoa que espero me tornar, não sei se meus sonhos e planos se concretizarão, simplesmente não sei. O futuro é um quadro distorcido, uma arte abstrata, um túnel de luzes cegantes, me impedindo de ver o que está do outro lado. Tenho medo de tanta claridade.

Eu era só nervosismo assim que saí da igreja, e continuei da mesma forma durante a festa de casamento, sorrindo automaticamente para o fotógrafo, acenando e dando abraços em quem se aproximava, agradecendo aos que deixavam presentes na entrada ou que, como mafiosos, deslizavam envelopes com dinheiro para José. Ele parecia exultante — feliz e bêbado —, suando com um sorriso largo e a camisa desalinhada, os cabelos grudados na testa e caindo nos olhos. Queria que a empolgação crescesse dentro de mim, queria achá-lo tão lindo quanto ele merecia, mas meu sorriso era só uma fachada, e meus olhos inevitavelmente iam até a mesa de Ana. Eu a observava encarando seu prato de salgadinhos como se eles fossem a única coisa interessante de todo aquele lugar.

Quando consegui me livrar das obrigações sociais e todos já se divertiam por conta própria, fui até a mesa dela. Ana estava sozinha, olhando para seus pais transitando entre os convidados e rindo ocasionalmente quando seu Bartolomeu começava algum discurso inflamado sobre política, receosa de que ele pudesse deixar escapar com mais veemência suas tendências comunistas.

"Está se divertindo?", perguntei, me sentando da melhor maneira que conseguia com aquele vestido volumoso. Me sentia uma das heroínas de Jane Austen, obrigadas a usar roupas espalhafatosas em eventos sociais.

"Ninguém pode negar que o José sabe dar uma festa", respondeu ela, olhando para ele, que dançava com o rosto colado ao de sua avó, uma senhorinha tão enrugada quanto um maracujá. "Acredito que *ele* esteja se divertindo muito mais que eu."

"Ah, ele está se divertindo mais que qualquer uma de nós", respondi, sorrindo.

"Vocês serão muito felizes, Luiza."

Ela disse aquilo sem o menor rancor na voz. Era uma afirmação verdadeira, um desejo até, mas um que fez meu coração se apertar.

"Eu queria que pudesse ser diferente", falei.

Ela sorriu.

"Eu também."

"Mas nós ainda vamos à universidade!", falei, tentando animá-la. Tentando *me* animar. "Pense só: você, José e eu, juntos na maior cidade da América Latina, prontos para desbravar os segredos da educação superior!"

Coloquei as mãos sobre a mesa e segurei as de Ana, apertando-as.

"Vamos conquistar tudo o que sempre desejamos, Ana", falei. "Nosso plano, lembra?"

Ela apertou minhas mãos e depois as largou, desfazendo o sorriso.

"Será mesmo?", devolveu ela, melancólica, e por mais que eu soubesse que aquela era uma pergunta justa, me machucou que ela a tivesse feito ali, naquele momento.

Senti quando as mãos de José pousaram nos meus ombros.

"Me concede uma dança, querida esposa?", perguntou ele, sorrindo com aqueles olhos ébrios.

Desviei o olhar de Ana, evitando começar uma discussão bem ali, no meio de todos.

"Lógico, querido marido", respondi, também me forçando a fazer graça, querendo apenas que Ana entendesse que aquele casamento era minha única forma de alcançar o que me faria feliz de verdade.

E então o casamento passou, e percebi que estava em pânico porque finalmente estaria a sós com José. Tinha uma leve esperança de que a festa e a bebedeira o deixassem cansado o bastante para ele cair direto na cama e dormir até o dia seguinte, assim eu ainda teria algum tempo para preparar a minha cabeça.

Eu tinha medo de sexo. Mamãe já havia conversado comigo, tão mortificada quanto eu, e me falou sobre as obrigações da esposa para com seu marido. E eu não era ignorante no assunto: já tinha pegado sorrateiramente um livro das estantes da biblioteca e lido a respeito, tentando absorver o máximo de informação possível. Mas a teoria não é a mesma coisa que a prática. Então não sabia se seria boa naquilo, se José ficaria satisfeito quando me visse nua, se só uma noite seria suficiente para eu engravidar e, antes de começar a minha vida na universidade, já ter que lidar com o fato de ser mãe. Minha cabeça girava com tantas possibilidades, e em nenhuma delas eu me sentia confortável.

Assim que José fechou a porta do quarto de hotel em que estávamos passando a noite de núpcias, senti meu estômago revirar. Ele me deu um sorriso de canto, se balançando como se uma brisa leve soprasse e tirasse seu equilíbrio, e avançou em direção aos meus lábios. Eu não teria tempo para me acostumar à ideia, porque ele me beijava com ansiedade, e talvez pensasse que, assim como ele, eu também esperava por aquele momento.

"Eu não...", falei, afastando os lábios dos dele. "Eu não quero ficar grávida."

Ele riu.

"Há maneiras de evitar isso."

E continuou me beijando, avançando até me jogar contra a cama, ficar por cima de mim, sussurrar palavras que diziam o quanto eu era bonita, o quanto ele era sortudo por ter alguém como eu ao seu lado, como ele me faria a mulher mais feliz do mundo.

E eu só conseguia pensar em como tudo aquilo era errado. Em como estar com ele, ou com qualquer outra pessoa que não fosse Ana, era errado.

Então o empurrei e me afastei, me encolhendo em um lado da cama enquanto ele me olhava, confuso.

"Eu não... estou pronta", falei, procurando por alguma saída racional e não encontrando nenhuma.

"Luiza...", disse ele, tentando me acalmar, diminuindo seu tom de voz para um sussurro. "Você é minha esposa agora."

"Eu sei, mas..."

Ele me encarava, esperando pelos meus argumentos.

Eu não te amo.

Cometi um erro.

Preciso ir embora daqui.

As palavras ficaram presas na minha garganta.

Eu não tinha nada para falar.

"Não se preocupe, Luiza. A primeira vez é sempre desconfortável. Mas vou tomar cuidado", garantiu ele, como se seu trabalho fosse tirar a virgindade de mulheres amedrontadas.

"José, não! Não hoje", pedi, à beira das lágrimas.

Ele suspirou, frustrado.

"Luiza, você é minha esposa!" Ele elevou o tom de voz. "O que você esperava que fosse acontecer dentro desse quarto?"

"Desculpa, José, mas eu... não consigo."

Ele balançou a cabeça, as narinas dilatadas, o rosto contorcido de raiva.

E eu tive mais medo dele que do sexo.

"Não vou te forçar a fazer nada que você não queira", disse ele, desfazendo o nó da gravata com violência, ainda me encarando como se não conseguisse acreditar que havia acabado de se casar comigo. "Não sou como os outros homens, Luiza, e você deveria se sentir sortuda por isso. Mais cedo ou mais tarde, você vai descobrir que, para esse casamento funcionar, você precisa fazer concessões. Já estou permitindo que você frequente a universidade, e talvez para você essa aliança só signifique sua liberdade, mas não se esqueça de quem te proporcionou isso."

As lágrimas desciam sem parar pelo meu rosto. Ele tirou a camisa social, os sapatos, a calça e a cueca, ficando completamente nu enquanto eu desviava o olhar. Se enrolou em uma toalha que estava sobre a mesinha ao lado da cama, e eu sentia que, mesmo bêbado, ele exalava um ar de violência que estouraria a qualquer momento.

Mas ainda assim, quando ele cerrou o punho direito e socou a parede, me assustei.

"Você é minha esposa e vai se comportar como tal", declarou. "Espero que esteja dormindo quando eu sair do banho, porque não quero mais olhar para a sua cara até amanhã."

Ele fechou a porta do banheiro com força e me deixou encarando a mancha de sangue na parede e as roupas espalhadas pelo chão, com a certeza de que eu não tinha a menor ideia de quem era o verdadeiro José.

Não até aquele momento.

18 de fevereiro 1972

Me ajustar à vida de casada tem sido mais difícil do que eu imaginava. E morar em São Paulo, com todas essas possibilidades, toda essa gente e todos esses perigos, também não é tão maravilhoso assim.

Tenho passado muito tempo em casa, encarando as estantes com alguns livros que consigo achar em um sebo que fica a duas ruas daqui. Leio muito, olho pela janela do nosso apartamento e mal consigo ter coragem de colocar os pés para fora daqui. Todos os dias, o rádio e a TV mascaram a violência, mas sempre escuto os carros da polícia passando com as sirenes ligadas, fazendo meu coração pular.

A distância de Ana não tem me feito bem. Ela também já se mudou, mas não me disse onde está morando porque falou que pretende se organizar antes de receber visitas. Também não aceitou a minha ajuda ou a de José para a mudança, e não consigo me empolgar quando sei que a minha melhor amiga — a mulher que amo — está tão longe de mim, apesar de estarmos fisicamente tão perto uma da outra. Vez ou outra, pego o telefone e ligo para ela, e nossas conversas são superficiais: ela me pergunta sobre José, sobre a cidade, sobre minha empolgação com a universidade e sobre meus planos, mas parece estar fora de sintonia, ouvindo minhas respostas apenas com murmúrios de quem parece prestes a cair no sono do outro lado da linha.

Em uma das únicas vezes em que consegui fazê-la falar, Ana me disse que está escrevendo um livro.

"Todo esse tempo ocioso antes do início das aulas tem me feito refletir muito sobre a minha história. Sobre a nossa história", disse ela, em um tom melancólico. "Então decidi começar a escrevê-la."

Aquilo me preocupou.

"O que tem de interessante na nossa história que valha um livro?", perguntei.

"Quero que o mundo conheça toda a paixão que senti. Que ainda sinto", respondeu ela. "Mas não se preocupe, vou mudar os nomes."

Paixão.

A palavra fez meu peito se apertar.

"É assim que você se sente?", perguntei.

"Ah, Luiza, não vamos voltar a falar desse assunto. Agora você é uma mulher casada." Ela suspirou. "Mas não se esqueça do que prometi. Eu vou te esperar. E, enquanto isso, escrevo essa história boba pela qual provavelmente ninguém vai se interessar."

"Eu me interesso", falei. "Quero ler quando você tiver terminado."

"Escreva a sua", disse ela, em tom desafiador, rindo com a sugestão e também me fazendo rir.

"Já escrevo em meus diários", respondi. "Isso me basta."

"Então transforme o seu diário em sua história", disse ela, dessa vez mais séria.

"Deixe de ideias, Ana."

"Estou falando sério! Depois podemos mostrar uma à outra nossas histórias e ver se nossos sonhos são parecidos."

Desconversei e entramos em outros assuntos, mas aquela ideia continuou martelando na minha cabeça.

Contar a minha própria história. Ter o poder de manipulá-la e, se quisesse, escrever um final feliz, mesmo que apenas nos meus sonhos, ao lado da mulher que eu amo.

Talvez essa decisão tenha sido apenas uma forma de me manter conectada com Ana. Talvez as palavras dela só tenham despertado algo há muito tempo existente dentro de mim, mas, no fim das contas, é isso o que estou fazendo: escrevendo.

Depois de preparar o jantar de José e limpar a casa, esperando-o chegar tarde da noite, na maior parte das vezes cheirando a álcool e cigarros, me debruço sobre a mesa e escrevo. Primeiro para mim mesma, mas também para o mundo. Olho para os livros comprados no sebo e penso: por que um deles não pode ter sido escrito por mim?

Então passo horas a fio sentada à mesa da sala, rabiscando páginas e mais páginas, decidida a contar a história que eu gostaria de viver com Ana. Vou e volto para as palavras já escritas neste diário, tomando minhas próprias anotações como a voz de minha protagonista, mas quero uma vida diferente para ela: quero um final feliz.

2 de março de 1972

Finalmente consegui encontrar Ana, mesmo que por acaso. José e eu estávamos no *campus* da universidade, andando pelo lugar depois de deixarmos minha documentação no departamento de letras e literaturas.

Era tão estranho estar em um ambiente como aquele. Ao mesmo tempo que cada canto parecia repleto de gente, a grandiosidade do lugar fazia parecer que não eram tantas pessoas. Mas eram. Em sua maior parte homens, andando sozinhos ou em grupos com suas conversas adjetivadas e seus olhares enviesados em minha direção, uma exceção à regra, como se eu fosse uma alienígena. Mas eu pertencia àquele lugar. Tinha sacrificado muito para estar ali, então valorizaria cada momento.

Vi Ana passando pelo corredor do departamento, abraçada à sua pasta repleta de papéis. Gritei por ela e corri para abraçá-la, ignorando os olhares de censura dos homens e a surpresa de José, que também não parecia muito satisfeito com a minha reação. Percebi que ele olhava ao redor, se certificando de que ninguém o reconheceria ali.

Mas não me importei. Só queria saber de Ana, de abraçá-la e convencê-la a tomarmos um café. Ela me encarou, desconfortável, olhando de mim para José.

"Vamos, juro que vai ser rápido!", insisti, empolgada. "Eu pago."

"Você quer dizer que *eu* pago, não é?", se intrometeu José, tentando manter uma postura divertida, mas sendo direto a respeito de sua posição como provedor. "Vamos, Ana. Vamos colocar a conversa em dia."

Ela concordou e nos sentamos em uma das várias mesas espalhadas pela cafeteria mais movimentada do *campus*. Enquanto José fazia nossos pedidos, percebi que havia alguma coisa diferente em Ana, um silêncio que não era típico dela, um que tentei a todo custo extinguir com as minhas palavras.

"Me conta tudo, Ana! Como está sua adaptação à cidade? Já fez seu cadastro na biblioteca? O que você conheceu de novo na minha ausência?"

Eu sabia que estava sendo exagerada com tantas perguntas, mas o olhar entristecido dela me partiu o coração. Não deveria ser assim. Não era assim que eu gostaria de estar explorando um mundo novo. Eu a queria perto de mim, não só fisicamente. Mas Ana parecia ter criado uma barreira intransponível entre nós duas. Ou talvez eu a tivesse criado no momento em que disse sim ao José.

"Essa cidade é assustadora", respondeu ela, falando baixo, sem me encarar. "Passo mais tempo dentro de casa do que fazendo qualquer outra coisa."

"Tenho a mesma sensação", falei, vendo José chegar depois de apontar para o garçom a mesa em que estávamos. "Passo a maior parte do tempo lendo e escrevendo enquanto José está no escritório do pai."

"E como vai o casamento?", perguntou ela.

Quem respondeu foi José.

"A sua amiga é uma excelente esposa." Ele estendeu a mão para segurar a minha. Parecia que eu ainda estava no interior, onde tinha que provar a todo momento que era mais feliz do que realmente era. "Vivo dizendo: Luiza, saia um pouco de casa, vá conhecer a cidade! Mas ela tem tanto receio que só saímos quando tenho tempo. E vou te dizer, tempo é tudo o que não tenho nesse lugar! Saio para a aula antes das sete da manhã e só chego em casa quase meia-noite, completamente destruído."

"E como anda seu livro, Luiza?", perguntou Ana.

Senti um nó na garganta ao observar a expressão dela, depois olhei para José, que me encarava com curiosidade.

"Livro?", indagou ele, deixando escapar uma risadinha. Uma que certamente dizia *por que você está escrevendo um livro?*

"Decidi começar um", respondi, e Ana percebeu meu desconforto.

"Desculpa, eu... não sabia que era segredo", disse ela.

"Não é, na verdade", falei, tentando aliviar o clima com um sorriso forçado. "Só não quero que ninguém leia antes de ficar pronto."

"Qual é a história?", perguntou José, curioso.

Eu não podia dizer. Não podia confessar que estava escrevendo um romance entre duas mulheres, não quando elas eram tão parecidas comigo e com Ana. Não podia dizer que estava colocando no papel todos os meus sonhos e esperanças, a minha vida ideal misturada aos meus medos mais profundos. Se ele soubesse, se ofenderia.

"É besteira...", cortei o assunto, porque não queria que ninguém soubesse sobre o que estava escrevendo. "Não vai dar em nada."

"Charles Dickens enriqueceu escrevendo. Jane Austen também", insistiu Ana. "Pode ser uma carreira."

"Não para mim", falei. "Quem iria ler um livro escrito por uma garota do interior de São Paulo?"

"Eu iria", respondeu José, mais uma vez soando tão carinhoso, tão amável. Gostaria de apagar a imagem do homem que socou a parede na nossa noite de núpcias e substituí-la por essa imagem, mas eu sabia que aquilo era apenas fingimento.

Ele se voltou para Ana, parecendo interessado na conversa.

"Você realmente acha que é possível fazer carreira escrevendo?", perguntou.

"Lógico." Ana deu de ombros. "Veja a Agatha Christie! Não estou dizendo que, no Brasil, você conseguirá se tornar milionário da noite para o dia, mas publicar livros pode se tornar um negócio lucrativo se houver talento e uma pitada de sorte."

Ana era idealista — sempre foi. Falava com um brilho no olhar que parecia deixar de lado todos os problemas, sem dar espaço para os contras e evidenciando apenas os prós.

"Você está pensando em seguir essa carreira?", indagou José.

"Nas raras vezes em que saio de casa, tenho ido a alguns eventos literários na cidade. São Paulo nos possibilita conhecer tanta gente! Tenho feito contatos e conversado com pessoas. Todos dizem que não é fácil nem rápido, mas acho que posso pensar nisso como uma alternativa à faculdade. Talvez me ajude a complementar a renda."

Vê-la falando assim, tão friamente sobre a literatura, como se fosse apenas uma moeda em troca de uma vida financeira estável, me fez observá-la com desconfiança. Ana não era assim; não era cínica.

Nossos cafés chegaram e finalmente tive algo com que distrair minhas mãos. Tomei meu *espresso* — doce demais — e comi um biscoitinho amanteigado que estava ao lado do pires.

"Não é um negócio", falei de repente, quando a conversa havia dado lugar à concentração às nossas bebidas.

Ana ergueu o olhar para mim.

Continuei:

"Sei que dinheiro é importante, mas, se eu pudesse, minha ambição seria apenas ser lida. Saber que alguém está devotando todo o seu tempo e atenção exclusivamente para algo que eu produzi faz meu coração bater mais forte. Não consigo explicar, mas quero que as pessoas leiam alguma coisa que fiz e sintam o mesmo que sinto quando leio uma história: que se percam nos caminhos do texto, chorem ou suspirem, riam e se enraiveçam com as atitudes tomadas pelos personagens. Quero que passem noites em claro porque não conseguem esperar para saber se a mocinha vai se casar ou se vai fugir, se o vilão terá o fim que merece ou se eu serei justa quanto ao futuro que aguarda os personagens da minha história", falei em um fôlego só, o que deixou tanto José quanto Ana surpresos. Eu não tinha a tendência de falar tanto, muito menos sobre mim mesma.

"Isso é... lindo, Luiza", murmurou José.

"Sim, é lindo, mas infelizmente não paga as contas", rebateu Ana, com uma acidez repentina. "É fácil pensar em todos os aspectos poéticos de ser um escritor quando você tem um marido que pode te sustentar, Luiza."

Encarei-a, sem acreditar no que tinha acabado de ouvir.

"Acho que não custa nada sonhar", disse José, e seu tom de voz trazia certa condescendência, como se ele não acreditasse que escrever podia ser uma carreira. "Enquanto vocês sonham, eu me certifico de trabalhar e ganhar dinheiro. Falando nisso, Ana, quando vou conhecer seu namorado e discutir com ele quanto precisaremos ganhar para deixar as cabecinhas de vocês mergulharem em sonhos de grandeza literária?", ele perguntou sorrindo, mas Ana manteve a expressão fechada.

"Não preciso de um marido, José", respondeu ela. "Estou muito bem sozinha."

"Ah, vocês sempre dizem isso quando são solteiras", devolveu ele, e terminou de tomar seu café em um longo gole. "Só não demore muito para encontrar alguém, do contrário vão começar a achar que você é uma dessas sapatonas."

Percebi o olhar de soslaio que Ana me lançou, como se esperasse que eu dissesse alguma coisa àquele comentário.

Mas continuei quieta.

"Não se preocupe comigo, José. Foque em ganhar bastante dinheiro para fazer a Luiza feliz."

Ele apenas sorriu em resposta.

9 de abril de 1972

As noites em que José chega em casa embriagado são as piores.

Depois da nossa desastrosa noite de núpcias, percebi que não podia ignorar para sempre as urgências carnais dele. José era meu marido e esperava que eu estivesse disposta a me deitar com ele, e por mais que eu sonhasse com uma noite perfeita ao lado de Ana, sabia que isso não aconteceria. Então engoli meu orgulho e cumpri com as minhas obrigações, me sentindo desconfortável das primeiras vezes, mas depois me acostumando com a rotina. Porque, para mim, era isso: rotina. Eu não me sentia como as heroínas dos livros que lia, não sabia o que era o êxtase pelo qual elas passavam enquanto os homens as tomavam nos braços. Para mim, era apenas uma formalidade: ficava deitada, sequer tirava a camisola, e deixava que José fizesse o que tivesse que fazer. Não era demorado, e com o tempo aprendi os truques para fazê-lo se satisfazer ainda mais rápido.

Mas quando bebia, ele parecia ser tomado por outra personalidade. Chegava fazendo barulho, as roupas desalinhadas e os cabelos bagunçados, e eu já sabia no que a noite se transformaria: a fala enrolada dele, o carinho excessivo, a insistência para não ser contrariado e para irmos para a cama. Quando eu dizia não para qualquer sugestão dele, a personalidade amável dava lugar à agressiva, e ele começava a xingar, gritar e dizer que eu não era justa com ele. Dizia estar cansado, não aguentar mais o trabalho com o pai no escritório de advocacia, ou as pressões do último ano de faculdade, ou o fato de que precisava continuar ganhando dinheiro para satisfazer meus luxos. Ele olhava para a minha estante de livros velhos e começava a jogá-los pela casa, dizendo que eu tinha sonhos muito grandes, que dava mais valor ao papel do que a ele, em um redemoinho de sentimentos confusos que não sei se ele mesmo entendia.

Nos dias bons e sóbrios, ele me perguntava sobre livros. Parecia cada vez mais interessado no assunto depois da conversa com Ana na cafeteria. Pediu por mais de uma vez para ler meus escritos, mas os mantive em segredo, disse que não estavam prontos, e fazia de tudo para mudar de assunto. Escondia meus papéis na última gaveta da cozinha, um lugar ao mesmo tempo óbvio e muito bem pensado, pois José sequer colocava os pés naquele cômodo e nunca havia aberto uma gaveta daquela cozinha em todo o tempo em que estávamos ali.

Ele passou a ler mais, sempre levando um livro em sua pasta e dizendo estar avançando na leitura enquanto pegava a condução para o trabalho. Também tentou rabiscar algumas histórias originais, cheias de assassinatos óbvios e detetives caricatos, e pediu que eu as lesse. Eu li, e confesso que eram terríveis. Só não conseguia dizer aquilo para ele, então sorria e dizia que eram ótimas, só precisavam de revisão. Ele pedia para eu revisá-las, e eu praticamente as reescrevia, adicionando novas camadas às suas ideias simples. Isso preenchia meu tempo e dava a ele motivos para sorrir. Parecia uma boa troca.

Aos poucos, fomos adentrando no mundo dos livros. Nos fins de semana, íamos para coquetéis de lançamentos literários dos quais ouvíamos falar na faculdade, conversávamos com pessoas do ramo e, não raro, esbarrávamos em Ana e seus novos amigos, o que me fazia sentir cada vez menor. Assistíamos a algumas aulas juntas, e sentávamos lado a lado na maior parte delas, mas aos poucos percebi que Ana fazia novas amizades. Ela era tão ambiciosa. Parecia estar tomando a cidade pelas rédeas, rindo em grupos cada vez maiores, andando com pessoas diferentes, enquanto meu mundo se resumia a José e aos meus textos. Eu não me aproximava das pessoas na faculdade e só trocava poucas frases com alguns colegas, na maior parte das vezes para compreender algum assunto que eu não havia entendido pela boca dos professores. Quando Ana me chamava para um bar ou uma festa, eu negava veementemente, usando sempre meu casamento como desculpa. Aos poucos, ela se cansou e me chamava com cada vez menos frequência.

Ana andava com artistas, fumava maconha pelos cantos da universidade, ouvia Beatles e Novos Baianos e falava sobre Tropicália, sobre a ditadura, sobre artistas exilados e o papel deles em tempos de repressão. Eu a olhava de longe, com medo do que poderia acontecer com ela caso fosse ouvida pelas pessoas erradas. Eu já tinha ouvido falar das prisões e dos sumiços que o governo dava em pessoas que se arriscavam a falar o que pensavam, mas Ana parecia não temer a ameaça constante de ser pega. Ela sempre foi destemida.

E eu continuava com medo, me refugiando em casa, esperando José voltar do trabalho.

"Conheci um editor hoje", disse ele certa noite, chegando em um estado de embriaguez leve, que o deixava apenas eufórico e não violento. "Ele veio para o escritório discutir alguma questão relativa aos direitos de um de seus autores, e passamos muito tempo conversando. Luiza, ele é incrível!"

"Você anda tão empolgado com livros", falei, olhando para ele com uma expressão divertida, mas na realidade apenas tentando entender de onde vinha tamanha mudança de atitude. "Pensei que fossem apenas uma distração."

"Eu também, mas esse homem abriu os meus olhos! Ele representa autores dos mais diferentes tipos, e eu vi os contratos. Alguns são milionários!"

Percebi que o brilho no olhar dele existia puramente pelas questões financeiras.

"Ganhar dinheiro é consequência de um livro bem feito, não motivo para escrevê-lo."

"Deixe de ser sonhadora, Luiza! Dinheiro é a força que move essa sociedade. Você não percebe? Se eu conseguir escrever um bom romance, um que venda bastante, posso finalmente parar de trabalhar com o meu pai!"

"Então se dedique, José", respondi, porque era a única coisa que eu tinha para falar. "Se precisar de ajuda, sabe que estou aqui."

E ele se dedicou, ou ao menos pensei que estivesse se dedicando. Enfiou na cabeça que escreveria um romance épico com toques de sensualidade, psicologia e humor, porque isso era o que estava na moda e com certeza venderia bem. Quando perguntei para ele o que sabia sobre psicologia e quais livros tinha lido sobre o assunto, ele só deu de ombros.

"Não há tempo para ler livros. Preciso escrever um", respondeu.

Não adicionei que ele não tinha um pingo de humor. Acho que ele já devia saber disso.

José ficou aficionado pela ideia, inclinado sobre a escrivaninha da sala com um copo sempre pela metade de uísque, porque ouvira em algum lugar que Hemingway escrevia sempre com um copo ao lado e achou que isso poderia ajudá-lo. Também passou a fumar diariamente, comprou uma máquina de escrever, e eu ouvia o tec-tec-tec obsessivo das letrinhas da máquina batendo, os xingamentos dele quando alguma tecla emperrava e os gritos quando dizia ter terminado um capítulo, me perguntando se eu podia lê-lo imediatamente.

Ao mesmo tempo, eu continuava com minha história: Joana passou a ser meu alter ego, e Lu passou a ser tudo o que eu sonhava. Gastava páginas e mais páginas fazendo declarações de amor que eu gostaria de ter feito para Ana, inventava cenas em que podíamos andar de mãos dadas e nos beijar na rua sem medo e elaborava cenas de sexo que me deixavam com as orelhas quentes e me faziam suar, porque eu queria que fossem mais do que apenas ficção. Quando José estava fora, eu me atrevi a usar a máquina de escrever, organizando minhas cenas rabiscadas para que ficassem o mais limpas possível.

Eu trabalhava para mim e para José, me dedicava ao máximo para escrever a melhor história que podia e para transformar os rabiscos incoerentes de meu marido em algo minimamente legível.

5 de maio de 1972

Hoje desmaiei pela primeira vez na vida. É uma sensação estranha: parece que alguém apertou um interruptor dentro de você e desligou todas as funções.

Estava sozinha em casa e, depois que recobrei os sentidos, só entendi o que havia acontecido quando percebi um machucado na palma da minha mão, o sangue escorrendo depois que tentei me segurar na mesa e cortei minha pele.

Não sei o que aconteceu, mas já me sinto bem. Acho que não preciso ir ao médico.

José não precisa saber disso.

7 de maio de 1972

José terminou seu primeiro manuscrito em menos de um mês. Durante esse tempo, se embriagou praticamente todas as noites, fumou mais cigarros do que qualquer um é capaz de suportar e perdeu alguns quilos, evidenciados pelos seus olhos fundos e pela falta de gordura que sempre esteve presente nas linhas de seu rosto.

Nunca o vi tão feliz.

"Está vendo como o trabalho duro compensa?", perguntou ele, organizando as páginas datilografadas. "Não preciso ler livros para escrever livros. Esse será o primeiro de muitos, meu amor!"

Enquanto ele enfiava o original na maleta e preparava o discurso para apresentá-lo ao editor que havia conhecido, ouvi o telefone tocar e fui atendê-lo. Provavelmente era mamãe, querendo me perguntar como iam os estudos na capital apenas como uma desculpa para enveredar em todas as fofocas do bairro dos últimos dias.

"Alô?", atendi, vendo José ir de um lado para o outro da sala enquanto se arrumava para trabalhar.

"Luiza?", indagou Ana.

Fiquei surpresa. Nosso contato havia se tornado quase frio neste semestre, e depois daquele encontro na cafeteria e dos ocasionais encontros em eventos literários, não havíamos mais conversado.

"Sim. Aconteceu alguma coisa?", perguntei de imediato, preocupada.

"Aconteceu", respondeu ela. "Vou publicar um livro."

Olhei para José e depois encarei meus próprios pés. Todas as pessoas ao meu redor pareciam empolgadas com livros ultimamente.

"Ana, isso é... Que notícia ótima!", falei, desenrolando o fio que prendia o telefone à linha e andando até a porta da cozinha, o mais longe que conseguia chegar sem que o fio fosse desconectado. Não queria que José ouvisse aquilo porque ele provavelmente encheria a paciência de Ana em busca de contatos. "Como isso aconteceu?"

"Não importa", respondeu ela. Não de modo frio, mas sim como a velha amiga da qual eu sentia tanta falta. "O importante é que eu quero que você leia."

"Com certeza vou ler! Você acha que não serei a primeira na fila de autógrafos?"

Ana riu.

"Não pense que sou uma celebridade, Luiza. Ninguém dá muita bola para garotas de dezoito anos publicando seu primeiro romance. Se houver cinco pessoas nesse lançamento, já será uma festa."

"Pois arranje outras três, porque José e eu estamos mais do que confirmados", falei. Depois suspirei e acrescentei: "Estou muito feliz por você, Ana."

"Também estou feliz, mas na verdade não foi por isso que liguei." Ela emudeceu do outro lado da linha e eu não soube o que falar, então esperei que ela continuasse. "Liguei porque preciso da sua aprovação."

"Minha aprovação?"

"Sim. Lembra que eu falei que estava escrevendo a nossa história? No começo, pensei que não fosse dar em nada, mas agora que se tornou algo concreto, preciso saber… como você se sentiria se eu mostrasse tudo para o mundo?"

"Por que eu não aprovaria o seu sonho, Ana?", perguntei, a voz subitamente mais baixa, tentando ganhar tempo para pensar no que dizer.

"Porque…", disse ela, também tentando encontrar as palavras. "Não sei se você vai gostar ou não. É claro que mudei os nomes, e por mais que as situações não sejam todas exatamente iguais às da nossa vida, sei que escrever uma história como a nossa não vem sem riscos. Estou disposta a assumi-los, mas preciso da sua aprovação. Eu não poderia dizer ao mundo o que sinto por você sem saber sua opinião antes."

Engoli com dificuldade, a boca subitamente seca. Estávamos de volta ao meu casamento, aos pedidos dela para que eu não me casasse, para que largasse tudo e tentasse ser feliz ao lado dela. Estávamos de volta à minha recusa, ao meu medo, ao meu torpor diante da ideia do que diriam de nós e do que Deus pensaria de mim, e à forma covarde como falei que estar com José era melhor para todos.

E também pensei nos papéis rabiscados com a minha vida ideal ao lado dela, o meu confessionário em tinta e papel tão semelhante a este diário, mas em forma de ficção, uma tão bonita e cheia de amor ao lado dela.

Assim como Ana, eu também estava escrevendo nossa história. Mas de uma forma fantasiosa e diferente da dela, pois enchia meus papéis de desejos não concretizados, e eu tinha certeza de que Ana seria realista em relação aos caminhos que percorremos e que nos impediram de ficar juntas.

"Luiza?", chamou ela do outro lado da linha, pois eu estava em silêncio, os pensamentos se misturando em minha mente como um grupo de estorninhos voando no inverno europeu.

Senti uma súbita vontade de desligar o telefone e correr até a casa dela, abraçá-la e mostrar o meu livro inacabado. Queria dizer que éramos duas partes de um todo, que nossos pensamentos alinhados eram a prova de que ela estava certa o tempo todo e que devíamos ter largado tudo para ficar juntas.

E então comecei a rir. Descontroladamente, como se alguma força arrebatadora estivesse tomando conta de mim. Ri tão alto que chamei a atenção de José, fazendo-o me olhar com uma expressão intrigada. Mas, apressado, fez pouco-caso e se despediu, também com um sorriso no rosto, ao mesmo tempo em que balançava a cabeça como se dissesse "Me casei com a mulher mais louca do mundo".

"Ah, Ana...", foi tudo o que consegui dizer ao recuperar o fôlego, antes de voltar a rir.

"O que está acontecendo?", perguntou ela, confusa.

Respirei fundo, recuperando o autocontrole.

"Será que podemos nos encontrar?", perguntei, ofegante.

"Acho que finalmente posso te mostrar o que ando escrevendo."

Ana ficou tão curiosa que veio até minha casa, e eu sabia que não seria fácil estar perto dela sem mais ninguém nos observando. Ela sorria de orelha a orelha, abraçada a um envelope de papel pardo com o seu livro.

"Por que você estava rindo ao telefone?", perguntou assim que fechei a porta e a fiz sentar no sofá. Ela olhava o apartamento com fascínio, e seus olhos pousaram na estante de livros, analisando as lombadas e sorrindo vez ou outra quando encontrava algum título específico.

"Tenho uma coisa para te mostrar", falei, sentando ao lado dela e abraçando-a, tentando a todo custo transpor aquela barreira invisível que nos separava desde meu casamento. Tê-la ali, perto de mim, era a melhor coisa do mundo.

Levantei e corri para pegar meus papéis, a maior parte uma bagunça rabiscada e só metade deles datilografada. Voltei a me sentar ao lado de Ana, ansiosa enquanto ela via minha bagunça.

Ela arqueou uma sobrancelha quando viu o título na primeira página.

A casa azul.

"Você...", ela deixou o resto da frase no ar enquanto folheava os papéis soltos, e depois me encarou com olhos arregalados.

"Eu falei que também estava escrevendo um romance", relembrei. "Só não te disse que era a nossa história."

Vi quando os olhos dela se encheram de lágrimas, então acrescentei:

"Certamente não está tão bom quanto o seu, nem está finalizado, e a maior parte dessa história são invenções da minha cabeça. Não sei se vou querer que alguém leia, mas... acho que você me influenciou a buscar minhas próprias palavras."

Ana colocou as folhas sobre o colo. Havia algo em sua expressão que não consegui decifrar: estava com raiva por termos tido a mesma ideia? Surpresa por saber que ela não era a única a colocar em palavras tudo o que existia entre nós duas? Decepcionada por saber que eu também pensava nela, mas ainda assim preferi me casar com José?

"Tenho certeza de que está ótimo", disse ela com suavidade. "Posso ler?"

E eu soube, naquele momento, que o sentimento expresso em seu rosto era o de mais pura alegria.

"Não sem antes me dizer como você está! Como conseguiu publicar seu livro?"

Ela deu de ombros, desviando o olhar e encarando os pés.

"Não foi nada de mais... Eu apresentei o original a um editor e ele gostou, simples assim. Não é como se fosse ser um sucesso nacional, é uma editora pequena com alguns entusiastas das artes que procuram qualquer forma de se fazer ouvir em meio a esse governo. Eles acharam que a minha história pode ser importante."

"Ana, pare de fazer pouco de si mesma! Você está realizando seu sonho!"

Ela não conseguiu segurar o sorriso. Eu sabia que aquilo significava muito para ela: estar na cidade com que sempre sonhou, fazendo o que sempre quis. Vê-la conquistar seus objetivos acalentava meu coração, porque eu sabia que era uma maneira de dizer para mim mesma que também seria possível realizar os meus.

"Você é a pessoa mais corajosa que eu conheço, Ana", falei, acariciando o ombro dela e fazendo-a olhar para mim novamente. "Te ver feliz é tudo o que eu sempre desejei."

Nos encaramos em silêncio. Eu queria dizer tantas coisas, mas sabia que o texto nas mãos dela seria mais eficaz do que qualquer palavra que saísse da minha boca.

Ainda não sei o que deu em mim. Havia naquelas palavras escritas tantos desejos reprimidos, tantos sonhos e esperanças que me desnudavam de maneira tão íntima que ainda me pergunto se deixar Ana lê-los foi uma boa ideia. Todas as cenas em que minhas personagens são felizes em um mundo fictício e sem dedos apontando para elas eram quase uma ficção científica, mas ainda assim era a minha ideia de felicidade. Uma que sempre quis dividir com ela, uma que nunca tive coragem de levar adiante por medo do que pensariam de mim. E lá estava ela, frente a frente com aquele emaranhado de sentimentos confusos, tão perto de descobrir que eu ainda sentia o mesmo.

E também havia ali, ao meu alcance, o que ela havia escrito sobre nós duas. Eu realmente gostaria de ler? Seguiria em frente com a ideia de ver o que Ana pensava sobre nós? E pior, deixaria que ela contasse ao mundo o que existiu — *o que ainda existe* — entre nós duas? Meu coração batia como um tambor de guerra, tamanha a ansiedade.

"Vou preparar um café", anunciei, levantando do sofá. Ana sorriu, também perdida em pensamentos, folheando meus papéis soltos e colocando os olhos sobre as primeiras palavras datilografadas. Minhas palavras mais íntimas. Minha alma despejada em papel sulfite.

Na cozinha, tentei colocar a cabeça no lugar. Senti o mundo um pouco pesado, o estômago embrulhado e o peito apertado.

Com as mãos trêmulas, coloquei a água no fogo e tirei o coador do armário junto com o pó de café.

Senti o suor escorrer pelas minhas têmporas.

O mundo começou a girar.

E então desmaiei mais uma vez.

Recobrei a consciência com os olhos arregalados de Ana perto do meu rosto, me dando tapinhas leves. Senti o pó de café sobre meu corpo, a cabeça ainda anuviada e dolorida por conta da queda.

"Luiza, você está bem?"

Levantei com a ajuda dela, puxando uma cadeira da mesa da cozinha e pressionando a cabeça enquanto me sentava. Fechei os olhos e tentei entender o que havia acontecido. Em três dias, era a segunda vez que eu desmaiava. Será que não estava comendo bem? Será que a ansiedade de ver Ana havia me deixado em tal estado de nervos que eles resolveram pifar?

"Estou", respondi, erguendo a cabeça e forçando um sorriso.

"Vou ligar para a emergência", declarou Ana, correndo até a sala para pegar o telefone e andando com ele até a porta da cozinha, de onde conseguia me ver.

"Não precisa, Ana. Não é nada."

Mas Ana não me ouviu, e eu não conseguia pensar em argumentos para dissuadi-la da ideia. Eu estava realmente enjoada, sem saber o que estava acontecendo, e ir ao médico não me parecia uma má ideia.

"Eles estão a caminho", informou ela ao desligar o telefone.

"Ligue para o José, por favor", pedi, apontando para a geladeira. "Tem um papel com o telefone do escritório dele bem ali."

Ao encarar Ana, percebi que dizer o nome de José havia quebrado o encanto daquele mundo só nosso. Ela não me questionou, e talvez eu só esteja pensando demais sobre o que ela sentia, mas percebi uma mudança em sua expressão, tão delicada que seria quase imperceptível se eu não estivesse prestando atenção. Ouvi-a falando com ele:

"Sim, vim fazer uma visita e ela passou mal, a emergência já está a caminho... Sim, foi sorte eu estar aqui, seria terrível se ela estivesse sozinha... Não sei para onde, José, a ambulância ainda não chegou... assim que souber eu te ligo novamente. É melhor ir direto para o hospital, você pode chegar aqui e nós já termos ido."

Quando desligou, ela pegou um copo de água do filtro e colocou-o à minha frente antes de se sentar ao meu lado.

"Você tem alguma ideia do que aconteceu, Luiza?", perguntou ela. "Você está bem?"

"Estou", respondi. "Já aconteceu outra vez, mas estou me alimentando bem, estudando e escrevendo. Não há nada de errado comigo."

Esperamos pela ambulância, que chegou em dez minutos. A socorrista que nos atendeu perguntou o que havia acontecido. Explicamos e, sem muita paciência, ela perguntou se eu tinha condições de andar ou se precisava de uma maca. Ri da sugestão dramática e me levantei, já me sentindo bem, querendo a todo custo mandá-la embora para que continuássemos com nossas leituras, mas Ana certamente não me deixaria em paz até que descobríssemos o que estava acontecendo. Ela me acompanhou, deixando a bagunça de pó de café e coador na cozinha e as páginas de nossas histórias espalhadas na sala.

No hospital, fui deixada aos cuidados de uma médica enquanto Ana ligava para José e contava onde estávamos. Tomei um analgésico, a cabeça ainda nas nuvens, e ouvi a mulher fazer uma série de perguntas: tinha histórico de doenças graves na família? Aquilo já havia acontecido antes? Como era minha rotina de alimentação? Bebia? Fumava? Havia feito algum esforço físico exagerado nos últimos dias? Como era minha vida sexual?

Respondi a tudo com impaciência, querendo ir embora dali. A médica auscultou meus pulmões e meu coração, pediu para eu tossir, mandou eu abrir a boca e colocar a língua para fora enquanto usava um palito de madeira para ver lá dentro e solicitou um exame de sangue para avaliar as possíveis causas do mal súbito.

"Você pode estar estressada por conta da faculdade, o que é comum", disse ela. E depois, como uma sugestão absurda que, para ela, parecia tão corriqueira, acrescentou: "Ou pode estar grávida."

8 de maio de 1972

Isso não sai da minha cabeça.
    Grávida.
    Será mesmo?

Não contei a José ou a Ana sobre minha conversa com a médica, mas a mera perspectiva de que possa haver outra vida se formando dentro de mim me assusta.

Quando chegamos do hospital, a primeira coisa que fiz foi correr até os papéis espalhados pela mesa da sala e escondê-los — os meus na última gaveta da cozinha e os de Ana embaixo do travesseiro, ao meu alcance. José pediu o resto da semana de licença do trabalho e, por ser filho do dono, conseguiu as folgas sem grandes problemas. Nesse tempo, enquanto me encolhia na cama e lia os pensamentos de Ana — em parágrafos rebuscados e grandes demais para o meu gosto —, ele corria para cima e para baixo, organizando todas as coisas enquanto eu ficava deitada, queimando o arroz e salgando o feijão em sua tentativa frustrada de me fazer descansar.

A escrita de Ana é tão bela! É como se ela tivesse colocado no papel o emaranhado que são seus sentimentos, de forma tão íntima que, ao ler, sinto como se fosse ela por alguns minutos. No livro, ela é Mariana e eu sou Rita, e é tão estranho me ver com outro nome e algumas características distintas das minhas.

Diferente do meu livro, esse não é um romance inventado. Ele carrega consigo muito da dura realidade de amar uma pessoa do mesmo gênero, de saber que a outra pessoa a ama também e, mesmo assim, ter que lidar com a impossibilidade de estar junto dela por conta de um mundo que não consegue ver a pureza daquela relação.

Um trecho não me sai da cabeça. Vou transcrevê-lo aqui.

"Rita escolhe os livros na biblioteca como se selecionasse novos amores. Vejo o corpo dela curvado sobre as estantes, analisando as lombadas como se, apenas pelo título, pudesse decidir por quem irá se apaixonar a seguir. Sonho com o dia em que me olhará assim, com o mesmo desejo, com a mesma sede, e faço o possível para estar ali, a postos, esperando o momento em que ela decida fazê-lo. Às vezes tenho vontade de sacudi-la, porque não é possível que esse sentimento seja uma via de mão única. Mas ela tem tanto medo: de sua família, de seu bairro, do que falam os noticiários e a Igreja. E talvez seja egoísta da minha parte acreditar que ela possa superar todas essas barreiras em prol do amor, mas, ao mesmo tempo, também sei que, se essas barreiras não existissem, já estaríamos de mãos dadas, nos abraçando e nos beijando no meio daquelas estantes da mesma forma que os meninos beijam as meninas. Por que tem que ser diferente? Por que não podemos ter o mesmo direito aos sorrisos das pessoas, à desconfiança dos pais, aos cochichos da cidade e às descobertas da nossa idade? Por que nossos beijos estão destinados às piores ofensas, ao escrutínio de quem acredita que fazemos aquilo porque somos imorais e degeneradas? Por que temos que ser vistas como personificações do Diabo, quando nosso sentimento é tão parecido com o que Deus descreve como amor? Como podemos convencer as pessoas de que nosso amor não é menos válido, não é incorreto, não é um pecado?"

Me vi chorando enquanto lia essa passagem, porque Ana conseguiu resumir em um parágrafo todos os meus anseios. Éramos tão parecidas, mas eu via nela uma coragem que não existia em mim. Um ímpeto de não se importar com ninguém. Isso estava exposto no jeito como ela andava, nas pessoas com quem havia passado a conviver desde que havia se mudado para a capital, na forma como escrevia aquele livro. Ana queria viver a sua verdade, queria vivê-la ao meu lado, mas eu era covarde demais.

Ouvi o telefone tocar e larguei os papéis, correndo para atendê-lo. Tinha certeza de que ligavam do hospital. Mas José, sentado na sala enquanto folheava o jornal da manhã e fumava um cigarro, foi mais rápido e o atendeu. Fiquei parada no batente da porta, encarando-o enquanto ele ouvia alguém falar.

Eu sabia que era do hospital e que, no momento em que ele se identificasse como meu marido, eles diriam tudo.

Vi os olhos arregalados dele se erguerem em minha direção quando respondeu "Sim..." e depois "Meu Deus!" e então "Tudo bem, vamos tomar as devidas providências".

Ele desligou e continuou me encarando em silêncio, a fumaça do cigarro pela metade subindo pelo cinzeiro enquanto seus olhos pareciam aterrorizados.

"Por que não me falou nada?", perguntou ele, e tentei identificar se havia ali algum sentimento de mágoa ou ofensa em relação ao meu silêncio.

"Eu não... sabia", respondi. "Era só uma possibilidade, e eu não queria... não queria criar falsas esperanças."

José dobrou o jornal e se levantou, andando em minha direção e me envolvendo com seus braços. Ele apoiou o queixo no meu ombro e me apertou.

"Meu Deus, Luiza, eu vou ser pai!"

Quando se afastou, vi que seus olhos estavam marejados.

Ele estava feliz.

10 de junho de 1972

"Nós devíamos começar a arrumar o quarto do bebê."

Quem deu a sugestão foi José, em uma tarde de sábado onde ele se encontrava particularmente animado com a vida. Talvez a ideia tenha vindo junto com as seis garrafas de cerveja que vinha consumindo desde o fim da manhã, ou com o disco do Erasmo Carlos que tocava incessantemente na vitrola perto da janela. Ele ainda não havia ouvido nenhuma palavra do editor quanto ao seu livro, mas parecia confiante: dizia que essas coisas demoravam mesmo, e que era provável que já estivessem redigindo o contrato dele. Não perderiam um mistério tão bom quanto o que ele havia escrito.

Ele havia se tornado mais carinhoso desde a descoberta da gravidez. Acredito que a perspectiva de ser pai era algo que ele sempre havia desejado, se não por satisfação própria, ao menos para mostrar ao mundo que era capaz de constituir uma família perfeita. Pedi que ele não revelasse a notícia ao menos nas primeiras doze semanas, porque li em revistas que esse é um período incerto e muitas gestações não vão para a frente. Mesmo a contragosto, ele concordou, e fazia de tudo para que eu estivesse confortável: limpava o apartamento de um jeito desleixado, tentava inutilmente preparar refeições intragáveis — e eu sempre me desesperava com a perspectiva de que ele pudesse encontrar o manuscrito no fundo da gaveta da cozinha, mas me certifiquei de guardar ali apenas inutilidades — e conversava com a minha barriga antes de dormir, como se a pequena coisinha que estivesse ali dentro fosse ouvi-lo.

"Por onde começamos?", perguntei, andando até a cozinha para pegar um copo de água. Ele me impediu, mandou que eu ficasse sentada e perguntou o que eu queria. "Você tem que trabalhar e eu tenho aula, José. Não temos tempo agora. Podemos esperar até o recesso do meio do ano na faculdade."

"Sobre isso...", começou ele, tão casualmente como se falasse que havia uma possibilidade de chuva para aquela tarde, me estendendo o copo com água, "quero que você largue os estudos".

Ele deu um gole em sua cerveja, evitando olhar para mim. Não sei se aquele comentário havia sido espontâneo ou se ele havia tomado aquela quantidade toda de álcool para ter coragem de falar o que já estava planejando há algum tempo.

"O quê? Não!", respondi rápido demais, o rosto franzido em uma expressão ofendida. "Isso não está em questão, José."

Ele suspirou.

"Seja razoável, Luiza. Você não pode se esforçar, e essa faculdade só te traz estresse. Você poderia muito bem ficar em casa. Pare por um semestre, um ano, espere nosso filho nascer e depois volte. Não é tão difícil assim."

"José, não!", respondi novamente, dessa vez com mais veemência. "Eu me mudei de cidade para estudar, e não vou parar só porque estou grávida!"

"*Só* por que está grávida? Você desmaiou, Luiza! E esse filho não é só seu! A médica disse que você precisa descansar, e eu estou aqui para te dar tudo o que você deseja. Por que quer continuar estudando?"

"Meu objetivo não é apenas ser mãe, José."

"Mas é o que você vai se tornar a partir de agora. Vamos, Luiza! Pense nisso como uma oportunidade para ter tempo para se dedicar mais à casa e ao nosso filho! Sem estudos, você pode perambular pela cidade em busca dos móveis perfeitos para o quarto dele, pode passar mais tempo em casa e, não sei, tricotar algumas roupas ou fazer uma lista de livros para ler para a criança antes de dormir."

"José, não insista. Quando eu me casei com você, nós dois sabíamos muito bem que eu sairia da casa dos meus pais e viria até a capital para estudar."

"Então é isso que nosso casamento representa para você? A maneira que encontrou de sair de casa?"

"Não foi isso o que eu quis dizer." Eu estava na defensiva, afinal ele havia visto exatamente a rachadura que eu tentava a todo custo esconder. "Mas eu também tenho objetivos, José, e você pode ter certeza de que ser a esposa que depende do marido para tudo não é um deles."

"Não estou mandando você desistir da faculdade, Luiza, só estou pedindo que pense no nosso filho em primeiro lugar. Seja razoável!"

"Eu estou sendo razoável! Por que você não larga os *seus* sonhos e dedica mais do *seu* tempo a nossa casa? Por que não para de chegar bêbado depois do expediente, fingindo que ficou por lá até mais tarde?"

"De onde veio isso?", perguntou ele, os olhos arregalados. "Por que você está me cobrando isso agora? Pensei que você gostasse de ficar sozinha, ruminando essas suas ideias de grandiosidade. Eu trabalho mais do que qualquer pessoa naquele escritório, Luiza, tudo para te dar uma vida decente e para provar que mereço estar lá, apesar de ser filho do dono. Não me peça que fique trancafiado nesta casa, olhando para essa sua cara enquanto você fica remoendo esses seus sonhos impossíveis."

"Eu não tenho sonhos, José. Tenho planos. E não vou deixar você nem ninguém me dizer o que posso ou não fazer. Se quisesse ouvir isso, teria continuado ouvindo ordens do meu pai e não me casado com você."

"Foi para isso que você se casou, não é?". Ele balançou a cabeça e riu. "Para ter liberdade? Para fugir do seu pai? É isso que eu represento para você?"

Eu estava farta de mentir. Estava cansada de dizer para mim mesma que o sentimento que eu tinha por Ana poderia ser replicado em José se eu me esforçasse o bastante. Eu não o amava, e a perspectiva de ter um filho com ele, de saber que aquele laço nos uniria pelo resto da vida e me obrigaria a continuar naquele casamento até o dia da minha morte, fazia subir um frio pela minha coluna.

"E por que você se casou comigo?", respondi com uma pergunta apenas para fugir da dele. "Você sequer me conhecia, José. Você ainda não me conhece. Tudo o que você viu foi uma menina solteira, filha de um amigo do seu pai, e achou que eu era o necessário para mostrar ao mundo que você era capaz de ter uma esposa."

"Eu me casei com você porque eu te amo", respondeu ele.

"Ama? É assim que você demonstra o seu amor? Ordenando que eu fique em casa? Me fazendo desistir do que eu mais quero na vida?"

Ele deu um gemido de frustração, passando a mão pelos cabelos, pegando a garrafa de cerveja sobre a mesa e dando outro gole, como se aqueles breves segundos pudessem fazê-lo colocar as ideias em ordem e relaxar.

"É exatamente porque eu te amo que não quero te ver perdendo a cabeça com os estudos, Luiza. Você não entende que não pode ficar para cima e para baixo, se esforçando sem necessidade, enquanto está grávida?"

"Eu decido o que é melhor para mim, José, não você."

"Mas não é mais só você! Estamos falando do meu filho!"

"*Nosso* filho", salientei.

Vi quando a respiração dele ficou pesada. Quando fechou os olhos e respirou fundo.

"Luiza, você vai ficar em casa e ponto-final", ordenou.

"Eu saí de casa para não receber mais ordens do meu pai, José. Não pense que vou começar a recebê-las de você agora", retruquei secamente, ofendida, querendo que ele desistisse daquela ideia.

Ele foi mais rápido do que qualquer resposta: atirou a garrafa que tinha nas mãos contra a parede da sala, fazendo uma chuva de cacos marrons voar para todos os lados.

Dei um grito com o susto.

Ele se levantou, cambaleou e segurou uma das cadeiras da mesa para não perder o equilíbrio.

"Eu sou seu marido, Luiza. Você vai me obedecer."

Me encolhi enquanto ele me dava as costas, abria a porta de casa e saía por ela, batendo-a com um estrondo atrás de si.

E então comecei a recolher os cacos.

13 de junho de 1972

Minhas brigas com José nunca são resolvidas. Nunca falamos exatamente o que sentimos. Hoje, por exemplo, ele acordou e fingiu que nada tinha acontecido no fim de semana, e eu participei daquele teatro porque também não queria conversar. Ele sentou à mesa e acendeu um cigarro enquanto tomava café e lia jornal, e, antes de sair, murmurou que começaria a procurar os melhores móveis para o quarto do bebê.

Eu não tinha nenhuma vontade de decorar aquele cômodo. Pouco depois dele, saí em direção a universidade, me espremendo no vagão cheio e abafado que me deixava no *campus*. Tentei equilibrar um romance à minha frente, um livro com mocinhas fortes se apaixonando por homens horríveis que, no fim das contas, acabavam se mostrando almas atormentadas e dignas de amor. Pensava que José talvez fosse assim: podia haver algo dentro dele que eu deveria buscar, uma parte boa que eu pudesse admirar a ponto de aceitar todas as imposições dele. Mas José não era como aqueles heróis, e eu certamente não era como aquelas mocinhas. Eu queria amor, mas não era nele que eu pensava.

Quando finalmente consegui chegar à sala de aula e o professor entrou, com seu terno xadrez de cotoveleiras forradas e uma quantidade desumana de livros nos braços, percebi que me olhou com uma expressão curiosa. Era um senhorzinho com óculos que deixavam seus olhos castanhos grandes demais, tinha cabelos brancos espraiados para os lados da cabeça e o queixo pontudo, e seu sorriso deixava sempre à mostra seus dentes amarelados pelo café e pelo cigarro. Eu já tinha aula com ele desde o início do ano, e já estava habituada com o olhar dele e dos outros professores quando percebiam que havia uma mulher em sala, como se ainda fôssemos uma novidade com a qual precisavam se acostumar. Mas aquele era um olhar diferente. Que falta me fazia Ana nessas matérias que não cursávamos juntas.

"Maria Luiza, o que a senhora está fazendo aqui?", perguntou ele, sem nenhum pudor, me fazendo ruborizar quando todos os vinte e um meninos e as outras duas meninas da sala voltaram seus olhares para mim.

"Há algum problema, professor?", perguntei.

"Ora, ouvimos notícias de que a senhora não voltaria até o próximo semestre!", respondeu ele, ainda em voz alta.

Franzi o cenho, assombrada pelos olhares da turma. Sempre odiei ser o centro das atenções.

"Acho que há algum engano, professor."

"Acredite, mocinha, só há cinco de vocês no primeiro ano deste curso. Conheço todas pelo nome", respondeu ele, o tom de voz provavelmente ofendido por uma mulher dizer que ele, um catedrático, estava errado. "E a senhora é a única casada e à espera de um filho."

Arregalei os olhos.

Como ele sabia?

Os olhares se intensificaram sobre mim. Alguns meninos assoviaram, outros bateram palmas, as meninas deram risadinhas abafadas. Alguém gritou "aproveitou a faculdade, hein?" antes de toda a sala explodir em risadas.

Eu estava mortificada.

Coloquei os pensamentos em ordem.

"Certamente há algum erro, professor."

"Bom, se você insiste que há um erro, mocinha, acho que é melhor ir à coordenação do departamento. Assim verá que não costumo estar errado."

"T-tudo bem", respondi. "Irei no intervalo."

"Ah, não. Você irá agora", afirmou ele. "Você não está mais matriculada nesta turma. Não pode continuar aqui."

Eu queria que um buraco se abrisse no chão e me engolisse. Olhei ao redor na esperança de alguma voz se erguer em minha defesa, mas ninguém se manifestou.

"Não posso continuar aqui?", perguntei.

"Você tem problemas de audição ou de compreensão? Já disse que a senhora não está mais matriculada neste curso. Agora, se retire, por favor. Está atrasando o início da minha aula."

Silenciosamente, obedeci à ordem, recolhendo meus materiais e enfiando-os na bolsa, saindo da sala antes que eu começasse a chorar e fizesse todos rirem ainda mais daquela situação absurda.

Segui com passos firmes até a coordenação do departamento. Na minha cabeça, eu queria gritar e quebrar tudo ao meu alcance, mas havia aprendido com mamãe que boas mulheres não fazem escândalo, então só respirei fundo e perguntei à secretária quando poderia me encontrar com um dos coordenadores.

"Tem hora marcada?", retrucou ela, muito mais interessada em suas unhas do que em mim.

"Não", respondi.

Ela apontou com uma lixa de unhas para uma cadeira do outro lado da sala.

"Hoje só há um coordenador, e ele está dando aula. Geralmente aparece aqui durante o intervalo para um café. Dependendo do humor dele, você consegue um horário."

Me esforcei ao máximo para não dar um suspiro impaciente ou revirar os olhos, e apenas sorri antes de me recolher na cadeira com o livro que estava lendo.

Esperei por quase meia hora até ele aparecer: um homem alto, jovem, de menos de quarenta anos, cabelos loiros cortados em estilo militar e um bigode ralo que parecia ser cultivado há pouco tempo. A secretária fez questão de dizer que eu não tinha hora marcada, mas o coordenador me recebeu com um aperto de mão cordial e pediu que eu entrasse em sua sala.

"Você é a Maria Luiza Andrade de Freitas?", perguntou ele, assim que me apresentei. "Meus parabéns! Seu marido me contou que estão esperando uma criança! Tenho três pestinhas em casa, então se prepare para muito choro e uma quantidade absurda de noites sem dormir!"

"Meu… marido?", indaguei, me sentando na cadeira em frente à mesa do coordenador como se o mundo tivesse me empurrado para ela. "Ele esteve aqui?"

"Sim, na última sexta-feira." O coordenador parecia distraído; olhou por um segundo pela janela, mas, como se alguma coisa em meu silêncio tivesse lhe chamado a atenção, se voltou para mim e me encarou com seus olhos acinzentados. "Ele me disse que a senhora estava em repouso absoluto por conta de um desmaio, e veio deixar todo o departamento a par do seu afastamento até o ano que vem."

Ele deve ter percebido minha expressão surpresa, porque se sentou e deixou de lado seu tom de voz animado, substituído por um de genuína curiosidade.

"Você não sabia?", perguntou ele.

"Eu..." Sequei as lágrimas com velocidade. Ainda estava em choque com aquilo. José havia estado na universidade? Havia contado a todos sobre minha gravidez? Havia trancado meu curso sem o meu consentimento?

"Ele mencionou que você estava tendo dificuldade em aceitar o fato de que precisava descansar, mas acredito que seu marido está certo, Maria Luiza. Desmaiar logo nos primeiros meses de gestação sempre é um sinal do corpo de que está se esforçando mais do que deveria."

Minha vontade de gritar se estendeu a ele. Agora ele também era médico? Por que todos pareciam saber o que era melhor para mim, mas ninguém me perguntava o que eu realmente queria?

Eu me sentia um barco à deriva, sendo levado por uma correnteza furiosa. José havia agido pelas minhas costas, havia traído a minha confiança e sido dissimulado o suficiente para acreditar que conseguiria me convencer com sua conversa sedutora antes que eu descobrisse a verdade.

"Já me sinto melhor, professor, mas agradeço a preocupação." Eu me controlava ao máximo para ser a boa mulher que mamãe me ensinou a ser. "Não posso parar a faculdade por tanto tempo. Como podemos resolver essa questão?"

Ele franziu o cenho.

"Não há nada que eu possa fazer. Seu marido foi categórico ao afirmar que não queria você de volta aqui até o ano que vem."

"E eu estou sendo categórica ao dizer que quero estar aqui, grávida ou não."

"Senhora Maria Luiza..." Ele encolheu os ombros. "Sugiro que resolva a situação com o seu marido, ele veio aqui com uma procuração em nome dele."

"Isso é uma loucura!", gritei, deixando a compostura de lado, batendo na mesa e fazendo o coordenador dar um pulo na cadeira. Ele arregalou os olhos, sem entender da onde vinha aquela raiva, e tenho certeza de que me tomou por histérica.

"Desculpa, eu…"

"Senhora Maria Luiza, acho que o mais prudente a ser feito é voltar para casa." Ele se levantou da cadeira e abriu a porta do escritório. "Converse com seu marido e não traga suas brigas para o meu escritório. Quando tiverem chegado a uma conclusão, caso decida voltar, venham e desfaçam a solicitação. Por enquanto, a sua matrícula está trancada."

Concordei silenciosamente, me levantando da cadeira e tomando o caminho de volta para a estação de trem.

Era tudo o que eu podia fazer.

Usei a tarde livre para organizar o fim do meu livro. Escrevi uma cena adicional onde o personagem de José tem uma morte horrenda, atropelado por um caminhão e cortado ao meio. Não é muito bem o tom da história, mas foi satisfatório.

Descartei o trecho na edição. Ainda assim, fiquei feliz por tê-lo escrito.

14 de junho de 1972

Sentei no sofá balançando a perna impaciente, olhando para a porta à espera de José. Eram quase nove da noite e ele ainda não havia chegado, então era provável que estivesse bebendo e que chegasse trocando os pés. Desta vez, eu não me importaria. Desta vez, não esperaria pela manhã seguinte ou pela sobriedade para perguntar como ele teve coragem de fazer aquilo comigo.

Eram quase dez e meia quando ouvi o barulho da chave na fechadura. Ele abriu a porta depois de alguns segundos e entrou cambaleando, o corpo curvado para a frente, a cabeça baixa e os olhos encarando o chão, como se pisasse em um campo minado e cada novo passo sem explodir uma bomba fosse uma vitória. Sua gravata estava frouxa, seu rosto brilhava com um suor rançoso e seus cabelos estavam bagunçados.

"Onde você estava?", perguntei, respirando fundo e evocando uma coragem que eu raramente deixava à mostra.

Ele ergueu a cabeça e me encarou, os olhos semicerrados como se eu estivesse a metros de distância.

"Ah, você está aí", disse, segurando-se em uma das cadeiras enquanto dava mais um passo, largando sua maleta no chão. Puxou a cadeira e desabou sobre ela, os cotovelos apoiados nas coxas, e, quando percebi, vi seu tronco subir e descer descontrolado enquanto ele levava as mãos ao rosto para escondê-lo.

Será que estava se sentindo culpado pelo que havia feito comigo?

Levantei rapidamente do sofá, indo até ele e colocando uma das mãos sobre o seu ombro. Ele ainda era meu marido, apesar de tudo.

"O que aconteceu?", perguntei.

Ele respirou fundo, tirando as mãos do rosto e me encarando.

"Eles me odeiam", declarou, e eu não entendi absolutamente nada.

"Aconteceu alguma coisa no trabalho?", indaguei. A raiva tinha sido substituída por preocupação.

Ele pegou a maleta do chão e a abriu, puxando um papel amarelado com apenas duas linhas datilografadas.

> Agradecemos o envio do seu original. Infelizmente, seu livro não se encaixa em nosso perfil editorial. Desejamos boa sorte em outras editoras.

"Sequer está assinada. Só duas linhas. Não há nenhuma justificativa. Duas linhas destruindo o maior sonho da minha vida."

"José, não leve isso tão a sério. Há outras editoras além dessa", falei, sabendo que aquele dificilmente era o maior sonho da vida de José. Ele só estava deixando o álcool potencializar seus sentimentos.

"Luiza, você não entende! Se ele, que é amigo de papai, recusou essa história tão prontamente, que dirá os outros, que mal me conhecem!"

Balancei a cabeça em desaprovação, porque era assim que tudo funcionava para José: através dos contatos do pai e por causa de sua família, mas nunca por mérito próprio.

"Enquanto isso, aquela sua amiga sapatão vai lançar o romance dela. Aposto que deu pra alguém para conseguir o contrato. Só assim que essas mulheres conseguem o que querem."

Senti o estômago embrulhar com aquele comentário rancoroso. Me afastei dele. Era como se tocá-lo fosse tóxico.

"Talvez ela só tenha escrito um livro melhor que o seu", falei, sem medir minhas palavras.

Ele deu uma risada perversa e sem graça. Ergueu a cabeça e me encarou com uma expressão de nojo.

"Talvez a culpa seja sua por não saber editar a minha história. Você é patética", retrucou ele, levantando rápido demais da cadeira e cambaleando. "O que tem para jantar? Estou faminto."

Tive vontade de abrir o armário da cozinha e atirar todos os pratos nele. Como ele se atrevia a me chamar de patética?

Respirei fundo e tentei controlar minha raiva. Queria dizer que *ele* era patético. Aquela revolta e a inveja pela conquista de Ana só me fizeram perceber o homem pequeno que ele era. Meu sangue parecia em ebulição sob minha pele.

"Frite ovos", respondi baixinho.

"Realmente me casei com a mulher perfeita, hein?", devolveu ele, irônico. "Faça um prato para mim. Qualquer coisa. E rápido."

Ele estava mostrando mais uma vez a face mais perversa de sua personalidade. Era fácil dizer que a culpa era da bebida, mas acredito que, lá no fundo, ele sempre havia sido assim. Talvez só mascarasse sua verdadeira personalidade para dizer a si mesmo que era uma boa pessoa.

"Por que você foi à universidade?", perguntei, sem preâmbulos e sem me mover em direção à cozinha, trazendo logo aquele assunto à tona. Não queria esperar que ele tentasse me convencer de que havia feito a escolha certa em meu nome. Precisava ouvi-lo ali, com os filtros abaixados pelo álcool e pela verborragia que ele causava. "Por que não quer que eu estude?"

Ele semicerrou os olhos como se estivesse pensando por que diabos estava tendo aquela conversa.

"E pra que você precisa estudar?", questionou. "Pra aprender a varrer a casa direito ou fazer a porra de um arroz sem esquecer de colocar o sal?"

"Você vai voltar naquele departamento comigo e vamos reativar essa matrícula", falei com a voz firme.

Ele riu.

"Você ainda não entendeu que eu mando nesta casa, Maria Luiza? Fique à vontade para ir embora, se quiser. Volte para a casa dos seus pais e deixe eles descobrirem que você não presta nem para ser esposa. Volte e escute a cidade inteira falando às suas costas. É isso o que você quer, não é? Porque para mim seria um alívio não ver mais essa sua cara quando chego em casa."

Com essas palavras, ele passou pela cozinha em passos firmes, pegou duas bananas e jogou as cascas no chão, devorando-as como se fosse um animal. Depois bateu a porta do quarto e eu ouvi o trinco da porta se fechando.

Só me restava jogar as cascas de banana no lixo e me deitar no sofá, onde dormi depois de deixar as lágrimas de raiva, tristeza e frustração escorrerem pelo meu rosto.

25 de junho de 1972

Certa vez, Ana me confessou que o segredo para reler sua história depois de escrevê-la é deixá-la descansar. Ficar algum tempo sem pensar nela, sem voltar ao texto, sem alterá-lo. Torná-lo praticamente um desconhecido, para depois voltar sem ter dor no coração de estar apegado a algum trecho que, no fim das contas, não é lá muito importante para a história como um todo.

E foi isso o que fiz nesses últimos dias: deixei o texto quieto, sequer encostei nele. Preferi me ocupar escrevendo textos curtos, lendo, ouvindo música, organizando o apartamento e pensando em tudo o que estava perdendo na universidade. Ainda estava revoltada com José, sem dirigir a palavra a ele, na esperança de que ele percebesse minha raiva. Mas ele parecia pouco preocupado com os meus sentimentos.

José, mesmo sóbrio, havia sido categórico: o melhor para mim era ficar em casa até que o bebê nascesse. Engoli a decisão, sem coragem de gritar e quebrar todas as louças do apartamento, primeiro porque sabia que isso não seria o suficiente para convencê-lo, e também porque seria eu a ter que limpar tudo depois.

Ana me ligou para dar os parabéns pela gravidez depois de perguntar se era verdade ou não que eu havia desistido de estudar. Eu ainda não havia contado sobre a gravidez para ninguém, mas certamente a notícia já havia se espalhado pelos corredores do *campus*. Me desculpei por ela não ter sabido por mim e convidei-a para tomar um café à tarde, para contar a minha versão dos fatos.

Quando ela chegou, recebi-a com um abraço apertado, e sei que ela percebeu que havia alguma coisa errada. Então contei tudo: a gravidez inesperada, a ida de José à universidade sem o meu consentimento, a tentativa dele de me convencer de que aquela era uma boa ideia e, quando eu a recusei, da proibição de continuar frequentando as aulas.

"O que vou fazer agora?", perguntei.

"O que você *quer* fazer?", devolveu Ana. Ela sempre me instigava a questionar minhas próprias escolhas e nunca sugeria nada sem antes ouvir o que eu estava pensando. "Eu, neste exato momento, quero assassinar o seu marido e arrancar os olhos dele, mas não posso fazer isso a menos que você me diga que é a escolha certa."

Eu ri, mas sabia que ela falava sério. Em pouco tempo, Ana havia se tornado uma mulher mais prudente que a adolescente impulsiva que conheci, mas ainda havia resquícios daquela garota em cada palavra dita por ela.

"Eu não aguentaria ter que te visitar na prisão", respondi. Depois, falando mais sério, acrescentei: "Não sei, Ana. Sinceramente, me sinto em um beco sem saída. Gostaria que essa criança tivesse vindo em outro momento, mas em nenhum segundo penso que não a quero. Só queria continuar com os meus estudos. Minha vida não pode parar porque estou grávida. É um filho, não um fardo."

"Muitas pessoas não conseguem perceber a diferença." Ela sorriu, e dei um tapinha em seu ombro, pois Ana sempre havia sido avessa a crianças. Ela pareceu notar o que havia falado e acrescentou: "Desculpa. Nunca me imaginei cuidando de uma criança, mas agora vejo que isso nunca me afastaria de você."

Quando estava ao lado dela, mesmo os maiores problemas pareciam banais.

Nos entreolhamos, e naquele momento percebi que tanta coisa poderia ter sido diferente caso eu a tivesse mantido em minha vida. Caso tivesse desaparecido da casa dos meus pais e ido para a capital, para dividir com Ana meus sonhos e minhas ambições. Mas mesmo sonhar com tal liberdade já não me parecia possível. Onde eu teria morado? Como teria me sustentado? Quem teria empregado uma garota no primeiro ano da universidade? Ana tinha ajuda de seus pais, mas eu não teria tido a de ninguém.

A fuga era um privilégio do qual não tive o prazer de desfrutar.

"Não posso tomar decisões por você, Luiza", continuou ela. "Se quiser, posso conversar com José e tentar fazê-lo mudar de ideia. É tudo o que está ao meu alcance."

Ela via meus olhos tristes com aquela situação, e eu percebia que a verdadeira vontade dela era quebrar a louça da casa comigo. Queria, tanto quanto eu, gritar com José e dizer como *ele* era patético, queria me levar embora daquela casa para eu nunca mais ter que vê-lo.

Balancei a cabeça em negação, recusando sua oferta.

"Vou dar um jeito. Mas chega de falar sobre os meus problemas. E o seu livro?", perguntei.

Percebi que a expressão dela mudou. Ela não conseguia disfarçar o sorriso que brotou em seus lábios, a confissão do quanto estava empolgada.

"Já tenho uma data", respondeu, pegando a bolsa ao seu lado e me estendendo um envelope preto, selado com um adesivo dourado. Parecia o convite de uma festa de aniversário chique. "Eles querem lançar o livro em umas três semanas!"

"Três... *semanas*? Meu Deus, Ana, não sabia que eram tão rápidos!"

"Geralmente não são, mas como se trata de uma editora pequena, eles querem colocar a história no mundo antes que alguém perceba o conteúdo e tente censurá-la."

Ainda sem abrir o envelope, olhei para Ana com preocupação.

"Você tem certeza de que vai levar isso adiante? Eu sei que é seu sonho, e já tem a minha bênção, mas você vai estar em segurança? Ouvimos tanto sobre esse governo militar que a paranoia me persegue dia e noite."

Ana riu.

"Não se preocupe com isso, Luiza. Meu livro não vai ser lido por ninguém fora do círculo universitário que entende a importância da discrição nesses tempos."

"Você se subestima demais."

"Só sou realista. Deixo os sonhos para você." E, como se se lembrasse de sonhos, acrescentou: "Por falar nisso, onde está o *seu* romance? Com toda a confusão da última vez em que estive aqui, não consegui ler nada além das primeiras páginas."

"Estou seguindo o seu conselho e deixando ele descansar", respondi. "Dei um final feliz para as minhas personagens."

Sorri quando percebi o olhar de ternura de Ana. Eu não precisava dizer que aquele final era o que desejava para nós duas. Ela já havia entendido a mensagem.

"Quando vou poder ler?"

Eu queria correr e entregar a ela tudo o que tinha escrito, mas a coragem que havia me acometido da outra vez agora me faltou.

"Assim que ele terminar de descansar", respondi, provocando-a.

"Vamos, Luiza! Prometo que não vou roubar suas ideias." Ela esboçou aquele sorriso convincente. Aquele que eu amava.

"Promete que não vai rir? E, se odiar, ainda assim vai dizer que amou?"

"Eu nunca odiaria nada que tenha sido feito por você", respondeu ela.

Nos olhamos por tempo demais. O tempo ficou suspenso, e eu só tinha noção de que ele existia pelo barulho dos carros passando na rua e pelos pássaros que cantavam na copa das árvores.

"Eu queria que tudo pudesse ter sido diferente, Luiza", disse Ana. "Mas sei que, pelo menos no papel, você deu a nós duas um final digno de uma vida incrível."

Senti meu coração acelerar quando ela pegou a minha mão. Olhei para os meus dedos ossudos, a pele cheia de veias saltadas e a aliança no dedo anelar brilhando como testemunha de acusação. Me afastei, pensando que eu era uma mulher casada, e pecar em pensamento já era grave o bastante para o julgamento divino. Ana me olhou como se meu gesto a tivesse ferido, e a encarei nos olhos, sabendo que aquilo era um erro.

"Desculpa, Luiza, eu...", ela se apressou a dizer.

Não a deixei completar a frase. Sem aviso, avancei contra os lábios dela. Ela pareceu surpresa de início, mas logo suspirou e seus lábios se entreabriram em resposta ao beijo. Senti meu corpo relaxar enquanto as mãos dela percorriam minhas bochechas, e percebi que estavam suadas. A respiração dela logo tomou o ritmo da minha, e, quando vi, era ela quem projetava o corpo contra o meu, voraz, os mil beijos que evitamos trocar ao longo dos anos condensados em um só.

Tomei consciência do que estava fazendo e a empurrei gentilmente, ainda ofegante. Ela se afastou, sentindo a pressão da minha mão, e me encarou com a respiração também entrecortada.

Sorri, boba, mesmo com toda a culpa percorrendo o meu corpo. Ela também sorriu, e logo nós estávamos encarando nossos próprios pés, caladas, sem saber quem quebraria o silêncio daquele momento mágico.

"Ana, desculpa, eu..."

"Não, Luiza. Não se desculpe. Eu sempre quis isso", respondeu ela.

Coloquei o cabelo atrás da orelha e respirei fundo, tentando me recompor.

"Esse momento também faz parte do seu livro?", perguntou ela.

"Ah, não. No meu livro, elas se beijam já na biblioteca, pouco tempo depois de se conhecerem."

"Um lugar mágico para um beijo. Mas até que a sua sala também é bonitinha."

Aquilo me fez dar uma risada alta. Meu Deus, onde eu estava com a cabeça? Por que eu não estava me sentindo mal por ter feito aquilo? Por que todos os pensamentos de que eu queimaria no inferno não eram mais urgentes que a felicidade que percorria cada célula do meu corpo naquele momento?

"Isso foi... incrível", falei. "Mas não pode se repetir."

Ana suspirou, insatisfeita.

"Luiza, eu só queria que você pudesse sorrir todos os dias da mesma forma que está sorrindo agora", disse ela. "Casar com o José nunca foi o que você desejava. Sou eu quem você quer, Luiza, e você sabe disso. Nós duas sabemos disso. Nossa felicidade é estar juntas."

Toda a alegria foi substituída por um mal-estar repentino.

"Não me obrigue a tomar essa decisão, Ana."

"Não estou te obrigando. Estou apenas mantendo a promessa que fiz a você no dia do seu casamento. Estou te esperando, para quando você estiver pronta."

"E eu disse que você não devia fazer isso. Por que tudo tem que ser tão complicado?"

Ela não respondeu. Apenas segurou minha mão novamente, apertando-a e sorrindo.

"O seu livro... posso ler?", perguntou.

Sorri em resposta, levantando do sofá e indo até a cozinha, em busca do original na última gaveta da pia.

Eu havia colocado o envelope no mesmo lugar de sempre, na última gaveta, debaixo dos cacarecos acumulados, da fita isolante, do desentupidor de pia, da chave de fenda e das peças antigas da tubulação.

Mas não estava mais lá.

Franzi o cenho, questionando minha própria memória. Cocei a cabeça, tentando lembrar se eu havia colocado o manuscrito em algum outro lugar. Mas não me recordava de nenhum outro esconderijo.

"Eu..." Olhei para Luiza, que havia me acompanhado e esperava ansiosamente pelos papéis datilografados. "Não está aqui."

26 de junho de 1972

Revirei a casa inteira em busca do meu texto: não estava nos armários do quarto ou da cozinha, não estava nas gavetas da sala ou na estante, muito menos embaixo da cama ou mesmo na geladeira. Estava enlouquecida com a perspectiva de ter perdido a única cópia da história, e a suspeita de que José a tinha encontrado crescia na minha mente à medida que vasculhava os lugares e a frustração tomava conta de mim.

Liguei para o escritório em busca dele, mas a secretária sempre encontrava alguma desculpa para não repassar a ligação: ora ele estava em reunião, ora em horário de almoço, ora tinha saído para resolver um problema e voltaria em alguns minutos. Deixei recado após recado, sabendo que era inútil, mas também que José teria que voltar para casa em algum momento.

Ele havia tirado o meu estudo. Tinha se mostrado um ser humano horrível, e agora também tinha me tirado a minha história? Se antes eu estava sendo comedida, agora estava certa de que não me importaria nem um pouco de quebrar a casa inteira e fazer os vizinhos chamarem a polícia a menos que ele me devolvesse o que havia roubado.

José chegou em casa mais cedo que o habitual, pouco antes das seis da noite. Era provável que sua secretária houvesse contado sobre minha insistência em falar com ele. O fato de estar sóbrio também me surpreendeu. Mas havia alguma coisa em seu olhar quando o encarei, uma perversidade sórdida de quem só espera uma pequena faísca para se deliciar com um incêndio premeditado.

"Onde está o meu livro, José?", perguntei assim que ele chegou, sem deixá-lo sequer respirar ou dizer boa-noite.

Ele me encarou com um desdém repugnante e olhou para a estante da sala.

"Estão todos ali. Deu falta de algum?"

"Você sabe do que estou falando", murmurei, a garganta seca pelo ódio que sentia daquele homem, os punhos cerrados e as unhas enfiadas na palma das mãos em uma tentativa de autocontrole. "Estava na última gaveta da cozinha. Não está mais lá."

"Ah, aquilo?" Ele não conseguia disfarçar o prazer em me ver enfurecida. Seus olhos se estreitaram em um sorriso largo demais, os dentes à mostra como se fosse uma hiena. "Aquela putaria que você escreveu? Eu li, sabe. Péssimo gosto."

"Onde está?" Dei um passo em direção a ele, encarando-o fixamente, evocando coragem sabe-se Deus de onde.

"Sabe...", começou ele, se afastando e afrouxando a gravata, pendurando o terno em uma cadeira. Desabotoou as mangas da camisa social e dobrou-as até os cotovelos enquanto falava. "Tenho que reconhecer que você foi bastante corajosa ao escrever uma história de duas sapatonas bem embaixo do meu nariz, Luiza. Eu tinha minhas desconfianças, mas sempre falei para mim mesmo: 'José, você é um homem interessante o suficiente para fazer essa garota parar de ter essas ideias sobre mulheres. Deus te colocou na vida dela para fazê-la seguir o caminho correto.' E eu não me importei, Luiza, juro que não me importei de manter aquela Ana Cristina por perto, porque eu sabia que ela era importante para você."

Ele me encarou antes de continuar:

"Não vê como sou uma boa pessoa? Imaginei que ao menos o sacramento do matrimônio pudesse fazer você repensar essas suas tendências nojentas, e imaginei que eu tivesse feito um bom trabalho. Você até mesmo engravidou! Acreditei que isso havia me dado alguns pontos com o Cara Lá de Cima, por te consertar e tudo mais. Mas você continua pensando nessa mulher. Continua achando que a vida com ela seria melhor, não é? Aquelas coisas que você escreveu, aquelas nojeiras sobre vocês duas se beijando e trepando escondidas... aquilo tudo realmente aconteceu ou foi só invenção? Os nomes estão trocados, Luiza, mas não me faça de bobo e tente fingir que aquele texto é uma historinha que nunca aconteceu. Bem embaixo do meu teto, bem embaixo do meu nariz, e você só pensava naquela mulher..."

Eu o encarei de volta, exigindo com o olhar que parasse, mas ele não obedeceu.

"Estou cansado, Luiza. Cansado de você e de fingir que está tudo bem. Você vai fazer o seguinte: nós vamos no lançamento do livro daquela desgraçada, e você vai dizer para ela que nunca mais quer vê-la. Vou me certificar de ouvi-la dizer isso. Não quero mais você em contato com aquela mulher, não quero mais imaginar que você está pensando nela. Tentei ser compreensivo e acreditei que você teria o mínimo de respeito pelo nosso casamento, mas você é suja, e vai queimar no inferno para pagar por todos esses pensamentos asquerosos."

O sangue fervia em minhas veias, os batimentos acelerados ressoando em meus ouvidos. Cada palavra dita por José parecia alimentar a minha fúria.

"Só me casei com você para ir embora daquela cidade. Eu não te amo, José. Nunca amei, e sei que você sabe disso. Agora, onde está o meu texto?"

"Você é inacreditável, Luiza. O que você acha? Que eu escondi essa merda em algum lugar? Que queria ter aquilo dentro da nossa casa?" Ele me lançou o olhar mais cruel que já vi em toda a minha vida. "Queimei cada uma daquelas páginas. E não me arrependo nem um pouco de ter feito isso."

As palavras dele ecoaram em minha cabeça com um senso de irrealidade. Demorei alguns segundos para processar a informação, como se meu cérebro estivesse me protegendo de ouvir aquilo.

Só havia uma cópia daquele manuscrito, e agora ele estava destruído.

Minha visão embaçou e, quando dei por mim, estava em cima de José, gritando ensandecida, derrubando-o no chão e arranhando-o. Percebi que aquele gesto de violência o havia pegado de surpresa, porque geralmente eu reagia às más notícias com resignação. Mas não daquela vez. Agora eu desejava destruir José por inteiro, fazê-lo pagar pelo que havia feito comigo. Meses de trabalho haviam se tornado cinzas, e tudo o que eu queria era que ele também se desintegrasse.

Ele me segurou, revelando uma força maior do que eu imaginava, e me afastou com um empurrão. O movimento inesperado me fez perder o equilíbrio e cair no sofá com um baque. Ele passou a mão pelos cabelos, jogando-os para trás, ainda chocado pela minha atitude, enquanto um filete de sangue escorria de sua bochecha e manchava a gola de sua camisa social.

"Nunca mais... *nunca mais* faça isso", disse ele, em um tom de voz ameaçador como nunca ouvi. "Ou eu te mato."

Prendi a respiração, sabendo que aquela não era uma ameaça vazia. Sabendo que ele poderia muito bem me matar quando bem entendesse e depois dizer que atentei contra sua honra. Se o fizesse, nada aconteceria com ele. Quem sabe até seria visto pelos outros como um homem mais viril, defensor dos bons costumes e das ordens divinas.

"Pare de achar que você é especial, Luiza. Você não é. Aquele livro é horrível e nunca seria levado a sério por qualquer pessoa que passasse os olhos por ele. Se preocupe apenas em criar nosso filho, e Deus que me perdoe se ele nascer desvirtuado como você. Eu não saberia o que fazer se tivesse um filho assim. Você me dá nojo."

E, dizendo isso, se trancou no banheiro e ligou o chuveiro enquanto eu olhava para o nada, sem saber como respondê-lo ou como lidar com o fato de que as palavras atiradas haviam me atingido com mais força do que o empurrão.

2 de julho de 1972

José e eu não nos falamos desde a última briga. Faço questão de fingir ainda estar dormindo até que ele saia para trabalhar, e só então me levanto da cama. Depois de preparar o jantar e botar o prato dele, me deito, sempre às oito, mesmo sem saber exatamente a hora em que ele chegará, e me distraio com alguma leitura. Se chega antes do esperado, corro para o quarto, mesmo que a louça não esteja toda lavada ou a comida ainda não esteja pronta. Já perdi as contas de quantas panelas de arroz ou feijão não terminados tive que jogar fora.

    Ele não se importa. Não faz a mínima questão de estabelecer alguma forma de contato, e se deita de costas para mim antes de cair no sono. Tenho certeza de que tem outras mulheres na rua, mas não me importo — ao menos assim ele não me importuna.

14 de julho de 1972

Hoje finalmente foi o dia do lançamento do livro de Ana. Foi a primeira vez em que José falou comigo.
    "Não se esqueça de estar pronta hoje às oito da noite."
    "Por que quer ir até lá?", perguntei. "Posso muito bem ligar para Ana e falar tudo pelo telefone."
    Ele me encarou e, novamente com aquele prazer sádico, disse que queria ver a cara dela quando eu falasse tudo.
    Pensei em recusar. Dizer que não iria. Ligar para Ana e explicar o que havia acontecido. Mas as palavras de José continuavam ecoando em minha mente. Eu era um erro. Iria queimar no inferno. Traria vergonha para a minha família caso ele resolvesse me largar. Não tinha saída: ou me mantinha naquela casa, na esperança de que a relação com ele pudesse melhorar em um futuro próximo e rogando a Deus para que iluminasse o caminho do meu marido, ou viveria eternamente me torturando com os olhares alheios por ter sido largada, com a ideia de que era imoral.
    A melhor solução era continuar com ele. Obedecê-lo. Ser a boa esposa que aprendi a ser desde a época em que brincava de boneca e via meu pai falando do orgulho que eu traria para ele e para toda a família.
    Então me arrumei. Coloquei um vestido cinza e saltos altos, passei maquiagem nas bochechas marrons e nos olhos

castanhos e um batom discreto nos lábios finos, coloquei um par de brincos chamativos nas orelhas redondas e grandes demais e fiz um penteado diferente, prendendo os cabelos escuros e lisos de um jeito que ficassem volumosos. Me olhei no espelho, sorrindo para mim mesma, tentando treinar expressões de felicidade para o mundo. Era isso o que esperavam de mim: a mulher feliz, à espera de seu primeiro filho, ao lado do homem que trabalhava dia e noite para pagar as contas e dar todo o conforto para a esposa cuidar da casa — sem se preocupar com estudos, com dinheiro ou com a vida do lado de fora da sua sala, sua cozinha, seu banheiro e seus quartos.

Esperei por José no sofá, com um disco tocando na vitrola para me fazer companhia. Ele chegou e parou ao me ver. Por um segundo, pensei que fosse quebrar o silêncio para tecer algum elogio, mas simplesmente colocou a maleta sobre a mesa e foi para o banho.

A pior parte é que sinto falta da companhia dele. Ao mesmo tempo em que o odeio, que gostaria de largar tudo e desaparecer ao lado de Ana, ele é meu marido. Durmo ao lado dele todas as noites. Quando ainda havia dias bons, ele sempre me abraçava. Lembrar de como ele sorriu ao descobrir que eu estava grávida mexe com as minhas emoções. Talvez a criaturinha dentro de mim tenha a ver com isso. Talvez esse filho que ainda cresce em meu útero tenha estabelecido um vínculo entre mim e José, e é sufocante viver nessa dualidade onde anseio pelo abraço dele e espero que vá para bem longe de mim.

Ele ficou pronto rápido, e vi que se vestiu bem para a ocasião. Então me lembrei do motivo do bom humor e voltei a odiá-lo.

A livraria era dentro da universidade. Na verdade, não passava de uma sala com estantes por todas as paredes, do chão ao teto, com algumas mesas e cadeiras gastas pelo tempo. Logo na entrada, dois livreiros e o dono do lugar davam as boas-vindas a quem chegava.

Chegamos pouco antes das sete da noite. Já havia pessoas zanzando por todos os lados com seus copos descartáveis, bebericando vinho barato enquanto olhavam para as estantes recheadas de livros, e agora eu conseguia ver um tanto de universitários e professores com quem vez ou outra esbarrara no *campus*, todos ali para celebrar o lançamento do primeiro livro da minha amiga.

Havia um pôster atrás de uma mesa de vidro, e me emocionei ao ver o nome de Ana pintado ao lado da reprodução da capa de seu livro. Era simples, com a fotografia de uma garota de olhos claros e cabelos curtos, em uma posição de Mona Lisa, a mesma sugestão de sorriso enigmático da pintura. Ana estava sentada em uma mesa no meio da livraria, bebericando um pouco do vinho enquanto ria de algum comentário e autografava um exemplar para um de seus amigos.

Não havia muita gente, e assim que ela ergueu o olhar e me viu, percebi como sua expressão se iluminou. Sorri e dei um aceno breve, indicando que iria comprar um exemplar de seu livro e já voltava. Ao desviar o olhar para encarar José, que me envolvia com um dos braços, vi uma faísca de desconforto em seu olhar, mas ela logo voltou a dar atenção à pessoa ao seu lado enquanto desaparecemos em direção ao caixa.

"Faça o que você tem que fazer", sussurrou José ao pé do meu ouvido depois de pegar um exemplar.

Fomos lado a lado até a mesa, onde Ana agora parecia aguardar por nós. Antes que eu pudesse dizer qualquer coisa, José se adiantou para abraçá-la.

"Ana! Estou muito feliz por essa conquista!", exclamou ele. Ela aceitou o abraço com surpresa, olhando para mim por cima do ombro de José. Talvez estivesse decidindo se aquele era um bom lugar para matá-lo ou se a quantidade de testemunhas era muito grande. "Meus parabéns!"

"O-obrigada", respondeu ela, vacilante.

"Vamos tirar uma foto?", ouvi um rapaz dizer às nossas costas. Era um garoto não mais velho que eu, com uma Polaroid em mãos e outra câmera, mais profissional, pendurada no pescoço. "Vamos, vamos, juntem-se!"

Ele deixou a Polaroid de lado e primeiro tirou uma foto com a câmera profissional. Depois, pegou a segunda câmera e tirou outra foto, de onde o papel fotográfico foi cuspido. Ele estendeu a foto para mim, e acompanhei enquanto a imagem se revelava aos poucos: José no meio, os braços apoiados sobre nossos ombros, enquanto Ana e eu estávamos cada uma de um lado.

Ironicamente, ele nos separava tanto naquela foto quanto fora dela.

"Deixe eu assinar", disse Ana, pegando a fotografia e rabiscando alguma coisa na parte de trás. "Pronto. Agora, onde está o livro?"

Estendi meu exemplar, completamente em silêncio. José olhava para mim como um pai autoritário que espera uma atitude de um filho rebelde. Ela rabiscou uma dedicatória e me devolveu o livro.

Abri a página e percebi que alguma coisa não estava certa.

"Ana, acho que você errou a data", falei, porque era 14 de julho de 1972, e ela havia assinado 6 de novembro de 1971.

"Não errei, não", respondeu ela, sorrindo. "Essa é uma data especial, não se lembra? Foi o dia que fomos juntas prestar o vestibular."

Aquilo me arrancou um sorriso, porque eu não havia guardado aquela data na memória. Mas nunca me esqueceria daquele dia, quando demos nosso primeiro beijo. Um beijo roubado, assustado e sem jeito, mas ainda assim nosso.

Guardei a foto entre as páginas do livro e abracei meu exemplar como se estivesse, na verdade, abraçando Ana.

Era tudo o que eu podia fazer naquele momento.

"Como vão as coisas, Luiza?", perguntou ela, tentando puxar conversa, e senti seu tom de voz controlado, encarando José de soslaio sem dirigir-lhe a palavra. "Ainda está escrevendo?"

Engoli em seco, porque sabia o que Ana estava fazendo. Ela percebia que havia alguma coisa errada comigo, e tenho certeza de que desconfiava de que José tinha um dedo naquele meu olhar de desespero. Olhei dela para José, e ele só me respondeu com um sorriso presunçoso, me dando um empurrãozinho, me incentivando a chegar mais perto de Ana.

"A Luiza tem algo para te dizer", falou ele, e imediatamente olhou para trás, como se estivesse à procura de alguém.

Me lembrei de todas as nossas promessas. De como juramos desbravar o mundo atrás de nossos sonhos, e de como tudo poderia ter sido diferente se eu tivesse sido mais corajosa. Relutei, sabendo que dizer o que José queria destruiria meu relacionamento com Ana, mas sem encontrar nenhuma saída que pudesse me tirar daquela situação.

"Ana, eu...", comecei, sem saber como continuar. Era uma tortura. Ana era a minha melhor amiga, a mulher da minha vida. Como eu poderia ser tão cruel com ela bem ali, no melhor momento de sua vida?

"O que foi, Luiza?" Ana parecia preocupada.

"Não posso mais te ver", falei antes que a coragem me faltasse, sentindo cada palavra cortar minha garganta, como lâminas que saíam da minha boca e voavam na direção de Ana. "Sou uma mulher casada e... e não posso mais... não posso ter pessoas do seu tipo na minha vida."

Queria gritar e desatar o nó da minha garganta quando senti as lágrimas quentes escorrendo pelo meu rosto maquiado. Ana olhava para mim com surpresa, os olhos ampliados pelas lentes grossas de seus óculos de aro vermelho. Mas seu foco não se demorou muito em mim. Ela sempre havia sido uma mulher inteligente. Sabia que aquelas palavras não eram minhas.

Olhou para José.

"Isso é coisa sua, não é?", questionou. "O que você falou para a Luiza?"

José deu de ombros, parecendo se deleitar com aquele momento.

"Eu também tenho muito a perder nessa história", disse ele, aproximando seu rosto do de Ana. "Imagina o que iriam dizer se descobrissem que minha esposa está me traindo com uma sapatão? Assim que eu decidisse encontrar outra mulher, todo mundo esqueceria dessa história. Mas não de você ou da Luiza. Nada que pode acontecer comigo se compara ao que aconteceria com vocês duas. Será que alguém ainda olharia para a cara de vocês? Será que você, Ana, conseguiria publicar alguma outra história se descobrissem que isso aqui", ele apontou para um dos exemplares sobre a mesa, "é basicamente uma biografia? As pessoas gostam de segredos, Ana, mas a partir do momento em que eles são revelados ao mundo e as obrigam a lidar com isso, todo mundo desaparece. Não me faça arruinar a vida de vocês. Faça o que é certo, se afaste de Luiza."

"Você é... horrível." Ana pareceu cuspir as palavras.

"José!"

Olhei em direção à voz, procurando a fonte da interrupção. Um homem enfiado em um terno marrom com cotoveleiras puídas acenou em nossa direção, e franzi o cenho quando José acenou de volta.

"Se comportem", murmurou ele enquanto o homem se aproximava e os dois davam um aperto de mão efusivo.

"Não sabia que você era casado com uma... escritora", disse o homem, olhando para Ana. Ele não tinha mais que um e sessenta de altura e era branco como uma folha de papel. Tentava disfarçar a calvície penteando os cabelos para o lado e cheirava a colônia barata.

"Ah, ela é só uma amiga. Minha esposa é esta aqui", respondeu José, estendendo a mão para mim, desfazendo o mal-entendido. Quase não respondi, mas o olhar dele e todos os anos em que fui treinada para mascarar meus sentimentos me fizeram obedecê-lo. "Luiza, esse é o Cláudio Andreozzi."

Apertei a mão dele e percebi quando Ana ergueu o olhar em surpresa.

"E esta é Ana Cristina Figueiredo, que está lançando um livro hoje", complementou José.

Ana sorriu sem graça, congelada em seu lugar.

"Não sabia que a nossa reunião seria no meio de um lançamento de livro. Apropriado, hein?", comentou o tal Cláudio, dando pouca atenção para mim ou para Ana. Seu olhar estava fixo em José.

Não entendi o que estava acontecendo.

"Queria fazer uma surpresa para a minha esposa, já que ela é a pessoa que acompanhou mais de perto toda a minha angústia quando vocês recusaram o meu primeiro trabalho."

"Ora, vamos, José, você tem que admitir que era terrível!" O homem riu e estalou os dedos para um rapaz, gesticulando para pedir dois copos de vinho. Senti meu estômago embrulhar com aquela atitude de quem acredita ser o dono do mundo. Mas José olhava para ele como se estivesse hipnotizado. "Mas esse novo romance... Meu Deus! Vou confessar que fiquei um pouco desacreditado quando soube que vinha de você, porquê... bem... editores sabem quando uma pessoa tem ou não talento para seguir com essa carreira. E eu estava certo de que você passaria o resto da vida defendendo causas menores no escritório do seu pai."

Eu estava confusa. Não sabia de onde aquele homem havia saído e não fazia ideia de que José estava negociando com pessoas do mercado editorial para vender algum de seus textos. Por que aquele homem estava ali, no lançamento do livro da minha amiga, falando com José daquela forma terrivelmente mal-educada e, ao mesmo tempo, tão empolgada?

José pareceu perceber minha confusão e finalmente explicou de quem se tratava.

"Luiza, esse é o editor com o qual trabalhamos redigindo contratos no escritório de papai. Já comentei sobre ele mais de uma vez com você."

"Você... escreveu outro romance?", perguntei, ignorando as apresentações.

Senti o mundo sair dos eixos, porque, de algum jeito, eu já sabia o que viria a seguir.

"Não outro romance, querida", respondeu Cláudio, quando o garçom voltou com o pedido. Ele ofereceu um copo para José e pegou o outro. Sequer parecia se dar conta da minha presença ali. Era como se eu não passasse de um item decorativo. "Acredito que seu marido escreveu o romance mais provocante deste país! E tenho certeza de que será um dos maiores sucessos da nossa editora. O título é um charme! Simples e direto. De onde veio a ideia de escrever sobre uma garota em uma casa azul, José?"

Senti meu estômago se revirar. Vi as pessoas andando pela livraria em câmera lenta, enquanto as palavras daquele homem horrível reverberavam em minha mente.

José não havia se desfeito do meu manuscrito. Ele o havia roubado e o apresentado àquele editor como se fosse seu. Eu não queria acreditar no que estava ouvido. Ele não seria tão baixo a esse ponto. Não seria capaz de roubar meu maior tesouro e apresentá-lo ao mundo como se fosse seu.

Quem era aquele homem com o qual eu havia me casado?

"Sabe como é...", respondeu José, me encarando com os olhos mais vis do mundo, enquanto Ana ligava os pontos e parecia prestes a virar a mesa e avançar sobre ele. "As ideias simplesmente surgem. Como se estivessem escondidas no fundo de uma gaveta. Basta abrir para que sejam encontradas."

O editor deu de ombros e ergueu o vinho.

"Um brinde a revirar fundos de gaveta e a romances inesperados!"

Os copos de plástico encostaram enquanto desabei na cadeira atrás de mim. Naquele momento, tive a certeza de que havia me casado com a pessoa mais desprezível do mundo.

15

Pulamos o almoço quando minha mãe nos chamou e disse que estava na mesa. Ficamos lendo quase até o sol se pôr, enfurnados no quarto enquanto minha mãe ou tia Amanda vinham de tempos em tempos para checar se estava tudo bem. No momento em que batiam à porta, guardávamos o diário e sacávamos nossos celulares, encarando as telas iluminadas e sem internet apenas para vê-las balançarem a cabeça e murmurarem qualquer coisa como "Esses meninos..." antes de desaparecerem escada abaixo.

Eu não sabia se o embrulho no meu estômago se devia à falta de comida ou se eu só estava enjoado demais com toda aquela história. Então era assim que vovô havia conseguido tudo o que tinha: roubando o livro de vovó e a ameaçando. Ele a obrigou a romper seus laços com Ana e a ser uma dona de casa cuja única função era criar os filhos e prover todo o conforto de que ele necessitava.

E o tamanho da casa onde estávamos era a indicação física de que aquele primeiro livro o havia enriquecido tanto que ele nem sabia mais o que fazer com o dinheiro.

Só que esse dinheiro nunca tinha sido dele.

Tudo era por causa da vovó.

E ele nunca admitiria isso para ninguém.

— Eu estou... — Sofia começou a falar, e notei que seu queixo tremia. — Isso tudo é tão...

— Nojento — completei. — Ele é nojento.

Uma onda de decepção percorria meu corpo. Eu sempre tinha encarado o vovô como a minha referência mais próxima de sucesso. Ele era o meu exemplo, alguém a que eu aspirava ser, se não igual, ao menos minimamente parecido: viver de colocar histórias no mundo, de ser ouvido, de poder mudar a vida das pessoas apenas com tinta e papel era uma coisa que mexia com o meu coração. Pensava que vovô tinha exercido essa função ao longo da vida, mas ele era apenas um nome na capa de um livro. Um que omitia o de outra pessoa. Não eram as palavras dele. Não era a *história* dele. Todo o dinheiro, todo o luxo, toda a fama, nada daquilo pertencia a ele. Havia sido dado de bandeja a ele às custas da felicidade da vovó e da mulher que ela amava, e ele não parecia se sentir culpado por ter sido o responsável pelo sofrimento delas.

— A gente precisa encontrar aquela jornalista de novo e entregar isso para ela — falei, a raiva servindo como combustível e impedindo qualquer outro pensamento de vir à tona.

— Não — argumentou Sofia, pegando o diário e colocando-o embaixo do travesseiro. Ela nunca havia sido cautelosa. Pelo contrário, era muito mais impulsiva do que eu. Mas naquele momento parecia certa de que dar um passo para trás e respirar fundo era mais importante do que tomar qualquer atitude precipitada. — A gente precisa encontrar a Ana Cristina e ouvir ela primeiro.

— O que mais a gente precisa ouvir? Você viu que ela já sabia que o vovô nunca escreveu o primeiro livro e talvez também não tenha escrito esse livro novo! E mesmo que ele *tenha* escrito, não apaga o fato de que a carreira dele foi construída em cima de uma mentira!

— Eu sei, Mateus, eu sei. Mas deixa a sua decepção um pouco de lado e pensa: por que a Ana Cristina nunca acusou o vovô de ter plagiado a história da vovó, e sim de ter roubado a história *dela*, mesmo sabendo toda a verdade? Por que todas as falas dela na imprensa sequer citam a vovó?

Aquilo me pegou de surpresa. Eu não havia olhado por aquele ângulo.

Sofia continuou:

— Se a Ana Cristina sabia, mas ainda assim manteve segredo, ela fez isso em nome da vovó. Você leu o diário, sabe como deve ter sido complicado para a vovó lidar com o fato de que gostava de outra mulher em um mundo como o que ela vivia, com a criação que teve.

— Mas ela está... — falei, sem querer terminar a frase.

— Morta. Eu sei. Mas a memória dela não está. E a gente não pode ser irresponsável e simplesmente colocar toda essa história na imprensa, não quando nem mesmo a Ana Cristina, que conheceu a vovó melhor do que qualquer um de nós, falou sobre o relacionamento das duas. Porque, se ela realmente quisesse chamar atenção, tenho certeza de que isso daria uma história muito mais relevante para a imprensa do que a de uma escritora qualquer alegando que os livros mais vendidos da história do país são, na verdade, a história dela.

— Sofia, a gente não pode perder mais tempo! O vovô mentiu para todo mundo por mais de cinquenta anos, e só vai ganhar mais dinheiro e visibilidade enquanto essa história mal resolvida continuar circulando! Se a gente não fizer nada agora, ele vai ganhar de novo esse prêmio!

— Ele está mentindo há mais de cinquenta anos, então a gente pode esperar mais alguns dias — declarou ela. Encarei-a com uma expressão insatisfeita, mas ela não cedeu. — Não vou fazer nada antes de conversar com a Ana Cristina e ouvir tudo o que ela tem a dizer.

— Ainda tenho o telefone da Vitória — falei, torcendo para que o nome da jornalista fizesse minha prima mudar de ideia. — E acho que a gente tem que entregar logo esse diário para ela e fazer com que escreva uma matéria o quanto antes. Não sei por que você é tão contra essa ideia!

— Já falei que não quero fazer nada que a vovó não teria feito!

— Ela não fez porque vivia com medo do vovô! Não fez porque vivia com medo do que os outros iam pensar dela! Mas agora ela não precisa mais ter medo, Sofia. A gente pode mostrar a verdade para todo mundo.

— Mateus, não! — Sofia foi categórica. — Isso não é só sobre você e esse seu senso de vingança porque o vovô te decepcionou!

Balancei a cabeça, confuso. De onde ela tinha tirado aquilo?

— Isso não tem nada a ver com essa discussão, Sofia.

— É óbvio que tem! Ele te decepcionou, coitadinho de você... mas não podemos revelar isso para o mundo só pensando que ele tem que pagar pelo que fez.

— E em quem a gente tem que pensar? No espírito da vovó? Você acha que ela vai puxar seu pé de noite e te assombrar porque você revelou um segredo que ela guardou até a morte?

— Não é isso, Mateus! Só não quero... Argh, eu entendo a vovó, beleza? Entendo porque ela fez o que fez, e tenho certeza de que você também entenderia se não tivesse tanto apoio dos seus pais!

— Do que você está falando?

— Estou falando de quando você decidiu fazer aquele post no Instagram e dizer para o mundo inteiro que é gay! Nem todo mundo tem o mesmo apoio que você, Mateus. Nem todo mundo tem o privilégio de poder gritar isso por aí e ter como única consequência os olhares mal-humorados do vovô!

— Sofia... — Olhei para ela enquanto via seus olhos se enchendo de lágrimas, porque ela estava perdida em uma espiral de pensamentos. — A tia Amanda me apoiou tanto ou mais que os meus pais. Tirando o vovô, todo mundo me apoiou. Se você acha que as pessoas não vão te apoiar do mesmo jeito...

Sofia parecia amedrontada. Eu não queria pressioná-la a falar nada antes que se sentisse confortável, mas queria que ela tivesse certeza de que ia ter tanto apoio quanto eu.

Eu só não ia forçá-la a falar nada que não quisesse antes do momento que julgasse certo.

Ela pareceu perceber o que tinha falado, então se recompôs, secando as lágrimas dos cantos dos olhos. Voltando o olhar para mim, insistiu:

— Enquanto a gente não encontrar a Ana Cristina e falar com ela, não vai ter acordo. Então pega a droga daquele cartão com o número da jornalista, liga para ela e marca um encontro no shopping. Vou tentar convencer a mamãe e a tia Paola de nos levarem lá outra vez.

Ao terminar a frase, ela se levantou da cama, pegou o diário, prendeu-o no cós da calça e saiu batendo a porta antes que eu pudesse falar qualquer coisa.

Por sorte, vovô não estava enfurnado em seu escritório, como de costume, e sim fumando um charuto do lado de fora, perto do jardim. Enquanto isso, meus pais e tia Amanda conversavam na cozinha, provavelmente discutindo os acontecimentos da noite anterior em um tom de voz que mais parecia o usado em uma confissão.

Segui até o escritório e consegui usar o telefone para fazer a ligação. Vitória parecia surpresa com o telefonema depois do que havia acontecido na festa, mas concordou em arranjar um encontro entre nós e Ana Cristina no dia seguinte, desde que pudesse fazer parte da conversa. Não encontrei nenhuma desculpa boa o suficiente para justificar uma conversa com Ana em particular, então concordei com os termos de Vitória.

E tinha certeza de que Sofia odiaria aquela ideia.

16

Mamãe e tia Amanda aceitaram nos levar ao shopping outra vez. Todos precisavam de um descanso do mau humor de vovô, e até meu pai topou nos acompanhar dessa vez, arranjando qualquer desculpa sobre precisar comprar uma camisa nova para brindar quando *De volta à casa azul* ganhasse o prêmio de Livro do Ano.

Vovô não fez objeção nem pareceu incomodado com a nossa saída. Achei que ficou até mesmo aliviado. Todos nós precisávamos respirar um pouco, no fim das contas.

Então lá fomos nós, todos espremidos no carro de papai. Tia Amanda estava entre Sofia e eu no banco de trás, segurando seu celular, no aguardo do momento em que teria sinal de internet para começar a curtir e compartilhar posts de gatinhos vestidos de ternos e frutas dançantes. No caminho, meu pai colocou uma playlist dos anos 1990, e me peguei cantarolando Skank e Os Paralamas do Sucesso.

Dessa vez, mamãe não me entregou seu cartão de crédito porque disse que precisava dele para as compras, mas sacou dinheiro e nos deu o bastante para um café e um lanche. Nem precisamos inventar qualquer desculpa, porque ela apenas mandou que estivéssemos na praça de alimentação em duas horas. Acho que estava desesperada para espairecer um pouco.

Seguimos para a mesma cafeteria onde encontramos Vitória da última vez, saindo do shopping e atravessando a rua movimentada. Sofia tinha conseguido esconder o diário sob as roupas, às suas costas, e finalmente havia tirado ele dali e o levava como se tivesse uma joia preciosa em mãos.

Vitória já estava sentada em uma mesa para quatro pessoas, de frente para Ana Cristina. A jornalista estava de costas para a porta, e consegui distinguir os cabelos dela presos em um coque. Ana Cristina, que nos viu entrar, mantinha a expressão sisuda e os cotovelos sobre a mesa, vestindo uma camisa social azul-clara com as mangas dobradas.

Eu estava pronto para fazer a minha melhor atuação. Seria o personagem durão que negocia a quantidade de informações que irá revelar, como um gângster trocando tudo o que sabia por dinheiro.

Mas, para a surpresa de todos nós, Sofia, sem dizer nenhuma palavra, abraçou Ana Cristina como se fosse sua melhor amiga.

Vitória franziu o cenho e Ana Cristina pareceu chocada, desfazendo a expressão durona enquanto o abraço de Sofia se tornava mais apertado. Eu estava tão confuso quanto qualquer pessoa ali, mas percebi que Sofia estava realmente precisando daquilo.

Quando se afastou, vi que ela estava com as orelhas vermelhas.

— D-desculpa — gaguejou, puxando uma cadeira ao lado de Ana Cristina e se sentando. Eu a imitei, sentando ao lado de Vitória.

— O que está acontecendo? — perguntou a jornalista, me encarando com curiosidade.

Só encolhi os ombros.

— A gente descobriu a história toda. Pelo menos até a parte em que o primeiro livro do vovô foi publicado — respondi, enquanto Sofia se acalmava e Ana Cristina acenava para um garçom, pedindo café para todos nós.

— Você não me contou que ela estaria aqui, Mateus — disse Sofia, olhando para Vitória.

— Está tudo bem — quem respondeu foi Ana Cristina. — Eu confio nela.

— Nem todos os jornalistas são irresponsáveis, sabe — disse Vitória, talvez um pouco ofendida. — Quero contar essa história da maneira mais correta possível.

— Eu sei, é só que... o que a gente descobriu é bastante particular — falei, tentando defender minha prima, que naquele momento parecia muito emocionada. Era quase como se Ana Cristina fosse uma extensão da nossa avó e Sofia tivesse voltado a ter oito anos. — Tá tudo bem, Sofia?

— A gente pode confiar em você, Vitória? — perguntou minha prima, olhando dela para Ana Cristina. — Podemos, Ana?

Ana assentiu, afastando uma mecha de cabelos grisalhos que caía sobre seus olhos.

— A gente terminou de ler o diário — disse Sofia, colocando-o no centro da mesa ao mesmo tempo em que o garçom chegava com os cafés e os servia.

Vitória estendeu a mão para o caderno, mas recuou quando percebeu o que estava fazendo. Depois olhou para Ana Cristina, que ainda mantinha as mãos sobre a mesa, um dos cotovelos apoiados na madeira enquanto seus olhos, já normalmente ampliados pela lente dos óculos, tornavam-se ainda maiores.

— Ele conta um monte de coisa que aconteceu entre a vovó e você, Ana — falei. — Coisas que você nunca disse para a imprensa, e é por isso que a gente queria se certificar de que pode confiar em você, Vitória — completei, olhando para a jornalista.

Ana Cristina finalmente moveu as mãos em direção ao diário. Lentamente, abriu a primeira página, e seu olhar se iluminou ao ver a data no canto superior direito. O papel amarelado era preenchido pela caligrafia caprichada da versão de quinze anos da vovó. Mesmo com todo o barulho da cafeteria, ouvi quando o papel envelhecido farfalhou, como se voltasse à vida enquanto ela virava a página.

— Também tinha isso dentro de um exemplar do seu livro que estava na estante do vovô — disse Sofia quando, virando mais uma página, Ana Cristina viu a foto em que ela, vovô e vovó apareciam abraçados durante o lançamento do seu livro.

Vitória esticou o pescoço e, dessa vez sem cerimônias, pegou a fotografia e a observou, fascinada.

— São vocês? — perguntou. — Isso... isso prova que José Guimarães está mentindo! Por que ele faz questão de dizer que nunca te viu na vida?

Esperei por uma resposta de Ana, que não veio. Ela parecia presa dentro da própria cabeça.

— Primeiro a gente pensou que podia ser uma foto com um leitor qualquer, mas depois nos questionamos sobre os motivos de essa foto estar dentro do livro — falei. — Depois que encontramos e lemos o diário, tudo fez sentido.

Ana continuava em silêncio. Ela só folheava as páginas, como se tivessem o poder de levá-la de volta no tempo.

— E o que está escrito nesse diário, afinal de contas? — perguntou Vitória.

Sofia olhou para todos na mesa e se concentrou em Ana Cristina.

— Por que você nunca falou nada para a imprensa, Ana? — perguntou minha prima.

Ana ergueu o olhar do diário. Pela primeira vez desde que a tinha visto, percebi vulnerabilidade em sua expressão.

— Sua avó era uma mulher muito mais complexa do que simplesmente "a esposa de José Guimarães de Silva e Freitas" — respondeu ela, fechando o diário e empurrando-o novamente para o centro da mesa. Sem titubear, Vitória pegou-o e começou a folheá-lo. — Havia muita coisa que eu não sabia se podia ou não falar, não quando ela ainda estava entre nós. Imaginava que ela teria coragem de largá-lo em algum momento para ficarmos juntas. Eu a esperei até o último dia.

Vitória ergueu a cabeça quando ouviu aquilo.

— Vocês duas… — disse ela, deixando o resto da frase pairar no ar.

Ana assentiu.

— Era complicado. Sempre foi. Mas eu amei aquela mulher desde o dia em que me mudei para aquela casa azul.

— Por que você nunca… me falou nada? — perguntou Vitória.

— Não queria expor a família de Luiza sem ao menos conhecê-los. Sempre fantasiei como seria me aproximar de vocês, mas desde que José começou a falar que eu era louca, tive medo de não conseguir sequer me comunicar. Sei que o mundo hoje é bem diferente de quando eu tinha vinte anos, mas não sei qual teria sido a reação da Luiza caso todos na família soubessem o que existiu entre a gente. Acho que, de certa maneira, ela tinha vergonha. Não de mim, não dos nossos sentimentos. Mas de mostrar isso ao mundo.

— Ela só queria viver em um mundo onde estar com quem a gente ama não fosse um problema — falei, pensando no apoio que eu tinha dos meus pais e no tanto de pessoas que me serviam de exemplo e me mostravam que estava tudo bem ser do jeito que eu era. Minha avó nunca teve isso. — Ela fala sobre isso diversas vezes nesse diário.

— Mas o mundo que cercava a sua avó sempre disse para ela que não ter um marido ou filhos era uma infração grave — continuou Ana. — Ela vivia se torturando com as decisões que tomava, e acreditava que lidar com a vergonha de largar tudo para estar comigo seria impossível. Então eu esperei, como disse que faria. E foi terrível pensar em tudo o que poderíamos ter sido te estivéssemos juntas. Talvez eu devesse ter lutado mais. Talvez ela devesse ter cedido. Nunca vou saber.

Ana suspirou.

— Não ter ficado com ela ou tido um final feliz é algo com que eu posso lidar. Não me deixa contente, mas sei que muitas mulheres da minha geração passaram por histórias semelhantes. O que não consigo mais lidar é com o nome do seu avô em toda livraria que entro. Não aguento mais abrir a seção de cultura de um jornal e ver o nome dele estampado com uma crítica elogiosa ao novo livro ou ao primeiro dele. Ninguém fala tão bem das outras histórias. A casa azul é o único sucesso dele, e tenho certeza de que esse novo livro, assim como o primeiro, também é obra da Maria Luiza. Quando peguei para ler, parecia que eu estava ouvindo a voz dela sussurrando ao meu ouvido. Cada palavra desse livro tem a voz daquela mulher.

— Foi por isso que você tentou levar à frente a história de que meu avô tinha roubado a sua história, e não a da minha avó? — perguntei.

— Sua avó nunca quis se expor — respondeu Ana. — E eu tinha, e ainda tenho, que respeitar os desejos dela. Quero fazer justiça por tudo o que ela passou, mas de que adiantaria dizer a todos o que realmente aconteceu, tendo apenas a minha palavra como prova? De que adiantaria, sabendo que isso poderia prejudicar diretamente a vida e o casamento dela? Isso só pioraria as coisas. Ela me odiaria, e isso eu não conseguiria suportar. Você não acha que seu avô articularia alguma forma de fazer Maria Luiza ficar do lado dele e desmentir tudo o que eu dissesse? Isso só arruinaria ainda mais a frágil relação que sua avó e eu passamos a ter depois que o livro de José foi lançado.

— Relação? — perguntou Sofia. — Vocês continuaram se falando depois do lançamento de *Confidências de uma garota apaixonada*? No diário, a vovó dá a entender que vocês nunca mais se viram.

— Nós só nos vimos uma vez depois daquele dia — respondeu ela, e pegou novamente a fotografia, passando o dedo sobre a imagem de vovó, com os cabelos presos e o vestido cinza. — Mas ela continuou falando comigo quase até o dia em que morreu.

Ana se abaixou e percebi que havia uma pasta junto aos seus pés, que ela abriu sobre o colo, tirando dois envelopes pardos de dentro.

— Foi por isso que não me importei que Vitória estivesse aqui — disse ela, colocando os envelopes em cima da mesa, deslizando um deles para a jornalista e outro para mim e para Sofia. — Passei muito tempo escondendo isso, mas acho que vocês merecem saber como termina essa história. Essas são cópias de todas as cartas que Maria Luiza enviou para mim ao longo dos anos. As originais estão comigo.

Deixei Sofia pegar o envelope e vi quando ela puxou um maço de papéis xerocados de dentro dele. Não eram muitas, mas, enquanto Sofia folheava as páginas, consegui ver que eram todas cartas datilografadas, sem nenhuma assinatura.

— Ana, isso é... Meu Deus, isso muda tudo! — exclamou Vitória.

— Duvido que possam servir de prova, porque Luiza não as assinava, com medo de ser identificada. Alguém pode muito bem dizer que forjei todas essas cartas. Já me taxam de louca por causa das declarações de José. Não seria difícil continuar com essa narrativa.

— Mas, Ana, com essas cartas e esse diário, posso finalmente fazer a matéria que vai trazer justiça para Maria Luiza e para você!

Vitória estampava no rosto a expressão mais determinada que eu já havia visto.

— Não.

A jornalista olhou para Sofia, que havia guardado as cartas de volta no envelope e alcançava o diário, segurando-o como se houvesse ali um pedaço de sua própria alma.

Vitória parecia confusa.

Já Ana Cristina lançava a Sofia um olhar de compreensão.

— Você não quer que seu avô pague por tudo o que fez? — perguntou Vitória.

— É claro que quero! — respondeu Sofia. — Mas... não posso permitir que você coloque o nome da minha avó no meio de toda essa história.

— Sofia, é a decisão certa a ser tomada! — insistiu Vitória.
— Sofia, não tem outro jeito — falei.
— Sofia, por favor, me escute — pediu Ana Cristina, em um tom de voz controlado. Ela estendeu as mãos e segurou as da minha prima. Depois, olhando dela para mim, acrescentou: — Todos vocês, me escutem.

Ela pegou as cartas da mão de Sofia e procurou por uma em específico.

— Leiam — ordenou ela.

Estiquei o pescoço e comecei a ler a carta.

<u>22 de agosto de 2023</u>

Querida Ana,

Envio essas cartas com cada vez menos frequência, porque já não sei se você ainda as recebe. Tanto tempo se passou, minha querida, que começo a me questionar sobre as decisões que tomei. Sobre o final feliz de *A casa azul*. Sobre como poderíamos ter escrito um ainda melhor juntas. Reviro tanta culpa dentro de mim, transbordo tantos sentimentos, e acho que finalmente chegou a hora de colocá--los para fora, mesmo depois de todo esse tempo.

Tive outro AVC na semana passada. Não adiantou nada a nova dieta ou os exercícios, no fim das contas. Acho que o corpo humano é uma máquina imprecisa, porque enquanto umas continuam funcionando até os cem, outras começam a falhar bem antes disso. Imagino que este seja o meu caso. Não sei quanto tempo ainda me resta, mas não quero partir sem antes concluir a nossa história.

É por isso que decidi voltar para nossa antiga vizinhança, ao menos no papel. Decidi voltar à casa azul e a nós duas. Quero que essa história chegue até você, então a entregarei para José quando estiver finalizada. Mas, diferente do que fiz da primeira vez, para esse livro farei uma cópia, usando os instrumentos mais antigos do ofício da escrita: a caneta e o papel. Quem sabe assim, algum dia, alguém possa encontrar meus originais rabiscados de próprio punho e dar fim a toda essa confusão da qual não consegui me livrar em vida.

Passei anos reescrevendo os livros ruins de José, dando sentido às histórias que ele decidiu colocar no mundo, e quase me esqueci da delícia que é falar por mim mesma em vez de remendar o que os outros falam tão mal. Estou escrevendo a continuação da nossa história, e talvez essa também seja publicada com o nome dele, mas saiba que sou eu. Saiba que estou escrevendo para você, por nós, voltando à nossa fantasia adolescente, ao nosso mundo de faz de conta, onde poderíamos ter sido felizes.

Da sua amada,

— Essa foi a última carta que recebi dela — contou Ana.

— Esta carta... — Vitória estava boquiaberta. — Ela prova que José sempre foi uma fraude.

— Sim, da mesma forma que o diário poderia provar de maneira muito mais concreta. Mas, como eu falei, ela não está assinada. Não quero que o mundo saiba sobre a avó de vocês — disse Ana Cristina, se dirigindo a mim e a Sofia. — Não enquanto eu não tiver certeza de que era isso que ela gostaria que fosse feito depois que partisse. Mas essa carta prova que há um manuscrito em algum lugar.

— Então você quer que a gente encontre esse manuscrito? — perguntei.

— Seria a prova ideal — concluiu ela. — Se vocês puderem mostrar que a avó de vocês escreveu esse livro, nós não precisamos fazer nada que ela talvez não quisesse ter feito, e ainda conseguiremos mostrar ao mundo a fraude que o seu avô é.

— Ele deve ter encontrado essa cópia e destruído qualquer prova — disse Sofia.

— Ele não destruiu o diário — pontuou Vitória.

— Sim, mas estava dentro de um cofre — replicou Sofia.
— Não havia manuscrito nenhum lá dentro. Se era tão valioso assim, por que não estava lá?

— Porque ele não sabe que existe — concluí. — Ele nunca achou essa cópia. Aquela casa é imensa, Sofia.

— Eu sei que é um tiro no escuro, meninos — disse Ana Cristina —, mas vocês estão lá dentro. Têm acesso a tudo ali. Se há alguém que pode encontrar alguma evidência que ajude Vitória a montar uma matéria mostrando quem José realmente é, são vocês dois.

— Não temos muito tempo, Ana — disse Vitória. — A premiação já é semana que vem. Se a gente quer fazer alguma coisa para impedir que José ganhe mais crédito por algo que não fez, preciso publicar alguma coisa o quanto antes. Se eu correr, consigo espremer uma nota na edição de amanhã e uma matéria maior no blog do jornal.

— A gente vai revirar aquela casa de cima a baixo — falei, sabendo que aquela era a melhor chance que tínhamos.

— Preciso de alguma coisa, Ana — insistiu Vitória. — Preciso soltar algo para colocar essa história em evidência novamente.

— Algumas dessas cartas falam sobre *A casa azul* sem deixar evidente a nossa relação — disse Ana. — Se todos vocês concordarem, podemos publicar alguns trechos. Não sei se é o suficiente, mas pode fazer algum barulho e ganhar tempo enquanto vocês procuram alguma coisa na casa do avô de vocês.

— O que você acha, Sofia? — perguntei, porque ela era a pessoa que mais tinha ressalvas em levar aquilo adiante.

— Se vocês me garantirem que a história de vida da vovó será preservada, acho que posso concordar com isso — respondeu minha prima.

Vitória sorriu.

— Olha, sei que alguns jornalistas não são confiáveis, mas eu nunca deixaria a minha ética de lado por um furo de reportagem.

Nem consigo imaginar como foi para a sua avó viver uma vida inteira distante de quem amava, e posso garantir que vou respeitar a privacidade dela. Mesmo que isso signifique ouvir o seu avô me xingando a cada oportunidade que tiver.

— Ah, eu convivo com isso há cinquenta anos — comentou Ana. — A gente se acostuma.

As duas riram, o que fez Sofia esboçar um sorriso e me fez rir também.

— Então estamos de acordo — declarou Vitória. — Vou trabalhar na nota e na matéria e tentar ao máximo fazer com que saiam amanhã mesmo. Assim que vocês tiverem novas informações, entrem em contato comigo, por favor.

Concordamos e nos levantamos para ir embora.

— Posso... ficar com ele? — perguntou Ana Cristina, apontando para o diário.

Sofia deu um sorriso triste.

— Tem certeza de que quer ler tudo? — perguntou ela.

Ana Cristina assentiu.

— Eu preciso fazer isso.

Sofia deslizou o diário na direção da mulher.

— Espero que isso mostre a você que a vovó nunca deixou de te amar.

— Ah, não tenho a menor dúvida disso — respondeu ela, simplesmente. — Quando vocês lerem as cartas, vão entender.

17

— O que acabou de acontecer? — perguntei, enquanto entrávamos novamente no shopping.

Sofia levava o envelope junto ao corpo como se sua vida dependesse daquilo.

— Não sei — respondeu ela.

— Sofia, posso fazer uma pergunta?

Ela me encarou, deu um riso sem graça e fez aquela cara de quem sabia que pedir para fazer uma pergunta significava entrar em algum aspecto delicado de sua vida.

— Pode.

— Por que é tão complicado para você?

Ela respirou fundo. Quando não me respondeu, continuei:

— Vi como você abraçou a Ana Cristina assim que chegamos na cafeteria. E toda a sua relutância em deixar a Vitória publicar a história inteira… Tudo isso me deixou um pouco… pensativo.

— Você não entenderia, Mateus.

Ela vivia repetindo aquilo.

— Então me dê a oportunidade de entender.

Ela parou no meio do corredor do shopping. Andou até um banquinho e se sentou, olhando para a vitrine de uma loja de roupas caras demais para qualquer pessoa minimamente sã. Sentei ao lado dela e ficamos olhando para a frente, em um silêncio mortificante.

— Eu não... entendo o mundo — falou ela por fim, depois de soltar um suspiro cansado. — Não entendo toda a complicação de a gente não poder fazer certas coisas que não machucam ninguém, mas são vistas como se estivéssemos, sei lá, cometendo um crime ou algo do tipo. — Ela me encarou por alguns segundos e então perguntou: — Por que você se assumiu para o mundo, Mateus?

A pergunta parecia ter vindo do nada, mas eu tinha certeza de que havia muita coisa acontecendo na cabeça dela.

Ponderei um pouco antes de responder.

— Porque... acho que eu precisava dizer isso em voz alta.

— Mas você acha que é... uma necessidade? Você acha que a gente tem a *obrigação* de se assumir quando decide que não vai seguir o plano heterossexual de conhecer alguém do gênero oposto, casar e ter um monte de filhos?

Considerei a pergunta dela.

Eu não tinha uma resposta.

— Só achei que era o que eu devia fazer — respondi. Depois, tentando elaborar mais a minha resposta, complementei: — Quer dizer, a coisa certa para *mim*. Não acho que gritar ao mundo quem a gente é seja algo tão fácil para todas as pessoas como foi para mim, mas eu senti, sei lá... alívio? Porque finalmente pude quebrar todas as expectativas que os outros tinham e começar a viver do meu jeito. Fazer as coisas nos meus termos.

— Isso é uma atitude louvável, Mateus, mas eu só...

— Você não precisa gritar ao mundo se não estiver pronta, Sofia — interrompi. — Você não precisa postar uma foto com um filtro de arco-íris e uma hashtag se não quiser.

Ela me encarou, e vi seus olhos cheios de lágrimas.

— É óbvio assim, né? — perguntou ela. — Que talvez eu... seja mais do que só uma garota que vai procurar um marido e ter um monte de filhos?

— Todo mundo é mais do que isso, Sofia. É isso o que anda te incomodando?

— É tanta coisa! Ter lido o diário da vovó mexeu muito comigo, porque ela queria dizer ao mundo quem ela era, mas não podia. E eu posso, sei que posso, mas não quero lidar com todas as consequências. Tenho tanto medo de como as outras pessoas vão me olhar. Não você, não a minha mãe ou seus pais, porque sei que eles são incríveis, mas como seria na escola? Como seria com o meu pai? Ou com o vovô? Como eu consigo deixar de lado esse medo do que as outras pessoas vão pensar para não acabar tendo uma vida cheia de segredos como a da vovó?

— Nós somos feitos das nossas escolhas, Sofia, não do que o mundo pensa sobre elas — respondi. — Sabe, eu demorei um pouco para entender toda a sua relutância em tornar a vida da vovó pública, mas acho que agora consigo ver que não é igual para todo mundo. Não existe um momento certo. Eu com certeza fui impulsivo e nem pensei nas consequências quando postei aquilo, mas se você não se sente confortável, não precisa falar nada por enquanto. Fale com quem você ama, com quem acha que vai te entender... ou não fale com ninguém e, sei lá, escreva um diário!

Sofia abriu um sorriso, e me senti impelido a continuar:

— Não é porque você não está confortável agora que nunca vai estar. Mas uma coisa que eu sempre penso é: por mais esquisito que esse mundo seja e por mais que muitas pessoas nos odeiem pelos motivos errados, também tem muita gente que nos ama pelos motivos certos. E se você acha que não tem ninguém para te segurar quando você cair, você está muito enganada. Eu estou aqui.

Senti os braços dela me envolvendo, e o abraço apertado que se seguiu me amoleceu. Não sei de onde tirei tantas palavras de incentivo, mas, ao dizê-las, percebi que muito daquilo se aplicava a mim mesmo.

Declarar ao mundo quem eu realmente era demandou uma coragem que eu sequer percebi que tinha. O fato de eu ter sido precipitado nessa decisão poderia trazer algumas dificuldades, é claro, mas também me trouxe uma demonstração incrível de amor. Saber quem me amava verdadeiramente, independentemente da minha sexualidade ou de como eu lidava com ela, era maravilhoso.

E eu queria que todos tivessem essa oportunidade. Que todos tivessem abraços e palavras de incentivo como os dos meus pais, mas sabia que eu era um ponto fora da curva. Sabia que tinha o privilégio de meu mundo ser preenchido, na maior parte, por amor e aceitação.

A vovó não teve isso e não pôde viver a vida com que sonhava.

— Eu queria tanto que a vovó ainda estivesse aqui... — sussurrou Sofia quando me soltou, secando os olhos.

— Eu também — falei. — Talvez ela não tenha tido a vida perfeita, mas você se lembra da cara dela quando corríamos sem parar por aquela casa?

Ela riu.

— Uma vez, pouco antes de ir embora, ela me disse que a família dela era o que a mantinha respirando. Penso muito nisso. Ela falou: "Sua mãe e sua tia foram o que deu sentido à minha vida."

— Talvez a gente não tenha uma casa com crianças correndo — falei —, mas com certeza temos um ao outro.

— Só porque você não gosta de crianças, não quer dizer que não vai ter algumas no futuro — respondeu Sofia. — Tudo bem por mim se você não quiser ser pai, mas com certeza vai ser tio... daqui uns dez anos.

— Eu poderia ser pai também. — Dei de ombros, porque ainda não tinha pensado muito a respeito. — E deixar todo mundo correr pela casa até ter que ir socorrer algum pirralho com o nariz sangrando.

Aquilo fez outra risada escapar dos lábios de Sofia.

— Mas, antes de qualquer coisa, a gente precisa encontrar aquele manuscrito. E ler essas cartas. — Sofia olhou para o relógio. — Ainda temos uma hora antes de encontrar nossos pais. Quer se sentar em algum lugar da praça de alimentação pra fazer isso?

Ela se levantou, sem nem mesmo esperar pela minha resposta.

20 de julho de 1972

Querida Ana,

Não podemos mais nos encontrar. É com dor no coração que escrevo essas palavras, mas preciso pensar no meu marido e no meu bebê, que ainda nem nasceu. Por favor, não responda esta carta. Não torne as coisas mais difíceis do que elas já são.

Da sua amada,

11 de janeiro de 1973

Querida Ana,

Ontem Paola nasceu. Uma menina gorduchinha, de pele marrom-clara como a minha, os olhos curiosos de quem busca entender todas as formas e cores deste mundo tão novo. Ela chora pouco e não me dá muito trabalho, mas ainda assim passo noites em claro pensando nos rumos que a minha vida tomou.

José publicou *A casa azul* com o nome dele estampado na capa, e passa dias e mais dias ao telefone, dando entrevistas para jornalistas, conversando com seu editor ou simplesmente ouvindo como a história publicada é maravilhosa e ousada. Ele sequer olha para mim enquanto o longo fio do telefone se estende pelo apartamento, porque vê meus olhos ora furiosos, ora entristecidos, e tenho certeza de que alguma parcela de humanidade dentro dele ainda se sente um pouco culpada pelo que fez comigo. Tomar a minha história sem o meu consentimento, e depois dizer que só a publicou porque o mundo nunca aceitaria que ela tivesse vindo de uma mulher, me enfurece e entristece na mesma medida.

Porque ele está certo, não está? Se eu publicasse essa história, ela provavelmente seria taxada de pornográfica, e eu, de devassa.

Mas como há o nome de um homem na capa, logo a classificam como ousada, uma exploração dos sentimentos, uma ode à beleza. A crítica é patética, o mundo inteiro é patético... Todo esse espetáculo de espelhos e fumaça é ridículo.

O que me deixa feliz é saber que José nunca vai se sentir completamente satisfeito. Esse livro e todos os comentários positivos farão bem à sua vaidade e às nossas contas, certamente — está vendendo muito bem, obrigada —, mas sei que sempre vai faltar nele algo que transborda em pessoas como eu ou você: sinceridade.

Espero que esteja tudo bem. Por favor, não responda a esta carta.

Da sua amada,

<u>21 de janeiro de 1974</u>

Querida Ana,

A casa azul é o livro mais vendido do país e, além de um sucesso entre o público geral, também é um sucesso de crítica, pois foi indicado ao prêmio Maria Firmina dos Reis na categoria Livro do Ano.

Não sei como isso aconteceu, não sei como reagir sempre que vejo as críticas nos jornais direcionando tantos elogios ao texto e ao meu marido. O telefone de casa não para de tocar, e o editor de José vem ao menos uma vez por semana nos visitar com novidades: a editora vendeu os direitos de tradução para os Estados Unidos, Inglaterra, França, Itália, Japão, Alemanha, Argentina, México e mais uma dezena de países que não consigo mais me recordar. Há edições desse livro em idiomas que eu nem mesmo sabia que existiam!

É um sentimento conflitante. Fico feliz pelo alcance dessa história, mas cada novidade atrelada ao nome de José deixa meu coração mais apertado. O editor está pressionando-o para escrever outra história, mas nenhuma ideia vai para a frente. Ele está desesperado, sentindo toda a pressão do sucesso e mascarando a felicidade das boas notícias com noites insones e garrafas de uísque. Para acalmá-lo,

decidi ajudá-lo e estou editando sua prosa terrível e suas ideias alucinadas e megalomaníacas. Mas não vou escrever outra história do início ao fim só para vê-la sob os holofotes com o nome dele.
Isso ele não vai conseguir arrancar de mim. Não dessa vez.

Da sua amada,

4 de maio de 1974

Querida Ana,

O livro está indo ainda mais longe. Ele não só ganhou o prêmio Maria Firmina dos Reis de Livro do Ano, como uma produtora de Hollywood comprou os direitos para adaptá-lo para o cinema! Ele também está concorrendo a prêmios internacionais e as vendas continuam nas alturas. Li em um jornal que é um dos livros nacionais mais vendidos da história!

José decidiu que devemos nos mudar desse apartamento e começou a procurar por uma casa grande no interior. Ainda não quero me desfazer desse lugar: foi aqui que comecei a construir uma vida independente, onde estivesse mais perto de você. É um lugar pequeno, e nem todas as memórias que tenho daqui são boas, mas lembrar de tudo o que sonhei com você me traz memórias tão boas. É na cidade onde eu sempre quis estar, mas não poderei viver aqui se José decidir que é melhor nós nos mudarmos. Vou fazer o que for melhor para o nosso casamento.

Da sua amada,

8 de agosto de 1975

Querida Ana,

Sei que passo tempos sem dar notícias, mas a maternidade está tomando todas as minhas forças. Não só deixei de te contar sobre minha segunda gravidez, como demorei tanto que a criança já nasceu e tem quase sete meses! Outra menina, que decidi chamar de Amanda. Uma pequena escandalosa, muito diferente da irmã.

José desistiu da mudança para o interior, ao menos por ora. Talvez eu tenha uma parcela de influência: a cada casa que ele indicava, eu botava mil defeitos inexistentes. Também passei dias conversando com ele sobre criar raízes bem aqui, onde já estamos. Aleguei a facilidade de acesso a escolas para as meninas quando elas forem mais velhas e a própria comodidade dele, pois é um homem que precisa estar em diversos lugares quando não está escrevendo. Ele sempre sorri com presunção quando o elogio. Imagino que absorva todos os elogios que a imprensa faz a ele e os tome como verdade, acreditando que realmente se direcionam a quem ele é e não ao que acham que ele escreveu.

Mas sei que nenhum daqueles elogios é para ele. Todos os elogios são para mim e para o meu texto. Você sabe tão bem quanto eu.

Da sua amada,

2 de janeiro de 1976

Querida Ana,

Feliz Ano-Novo! Espero que tenha passado a virada cercada das pessoas que te amam e te querem bem. Gostaria tanto de estar perto de você!

José decidiu começar o ano com uma surpresa: já que o convenci a não nos mudarmos para o interior, ele decidiu comprar um apartamento maior, aqui mesmo no bairro, e disse que só tinha feito aquilo por mim. Ele tenta me convencer de que está aqui para me fazer feliz, mas sei que é apenas barganha para eu não arranjar mais problemas. Ainda sou eu quem edita seus originais terríveis. Ele lançou um segundo livro, e apesar da empolgação do público e da crítica para seu novo romance, os primeiros comentários especializados não são nada favoráveis. Ele anda extremamente mal-humorado, mas, ao editar aquele manuscrito, não foi possível salvar o que já nasceu irreparável.

Da sua amada,

30 de maio de 1978

Querida Ana,

Passei tanto tempo sem te escrever. Não porque não quero, mas porque sempre que me sento na frente da máquina de escrever, não consigo juntar as palavras de modo coerente. É uma tortura pensar em você a cada dia que passa. Achei que a distância e o silêncio fariam esse sentimento diminuir, até mesmo desaparecer, mas ele não vai embora. Cada dia longe de você é um dia a menos de felicidade.

Não há novidades do lado de cá: estabeleci a rotina de editar as palavras torturantes de José, levar as meninas para a escola e fazer o possível para manter essa família unida, mesmo com todas as explosões de vaidade do meu marido. Me vejo presa nessa vida, e devo confessar que ela é confortável, mas ao mesmo tempo não me dá nenhuma perspectiva de mudança. Preencho minhas tardes de tédio com arrumações diferentes dos móveis, com livros, compras, conversas banais com vendedores e vizinhos, mas nada disso me completa.

Um dia desses, José me viu escrevendo. Chegou mais cedo de uma entrevista e me pegou datilografando uma carta para você. Tentou ver o que eu fazia, na esperança de ser outro romance que pudesse roubar de mim, mas quando arrancou o papel da máquina e leu o conteúdo, irrompeu em fúria. Queimou a carta na cozinha e disse para eu nunca mais fazer aquilo. Ele ameaçou me botar para fora de casa se me flagrasse escrevendo para você novamente, disse que iria expor para todos a minha imoralidade e tirar de mim a guarda de minhas filhas. Por isso, tive medo. Por isso, passei tanto tempo sem escrever. Preciso ser mais cuidadosa. Então reitero: nunca responda às minhas cartas. Se não quiser mais lê-las, se for muito torturante para você apenas ouvir e não poder falar, por favor, simplesmente as rasgue e finja que não existiram.

Continuarei escrevendo, mesmo que demore meses entre uma carta e outra. Mesmo que demore anos.

Já percebi que, não importa quanto tempo passe, nunca te esquecerei.

Da sua amada,

7 de julho de 1980

Querida Ana,

Visitei a Europa pela primeira vez. As meninas nos acompanharam, e como o lugar é bonito! Fui à Itália, onde vi os campos repletos de uvas e provei os vinhos mais saborosos da Toscana. Conheci Florença e a igreja de Santa Maria del Fiore, os canais de Veneza, Roma e o Coliseu. Também passamos pela França e pela Inglaterra, e vi de perto a Torre Eiffel e o Palácio de Buckingham. Tudo é tão imenso e ostentoso!

As crianças corriam pelas ruas e espantavam pombos enquanto José falava sem parar sobre as oportunidades únicas que sua carreira proporcionava a nossa família. Estávamos lá às custas da editora, que apostou em uma ideia de um romance de espionagem que se passava em diferentes cidades europeias. Para mim, era só uma desculpa de José para viajar, pois ele sequer prestava atenção aos detalhes importantes de uma pesquisa, mas todos andam desesperados por um sucesso tão estrondoso quanto *A casa azul*. Ele insiste para que eu escreva e não só edite, mas me recuso terminantemente. Ele não tirará novas palavras de mim, nem com toda a chantagem emocional, nem com as ameaças concretas de contar ao mundo a verdadeira história de *A casa azul*, nem me pressionando ao dizer que pode muito bem contar para todos nossa história e tirar as minhas filhas de mim. Sei que são ameaças vazias, pois se ele contasse ao mundo a verdade, todos saberiam a farsa que elaborou, e ele sabe que destruiria a nós dois se revelasse a história completa. Mas quando ele inclui as meninas nas ameaças, fico com medo.

Ele não vê saída e tenta manter sua carreira com histórias de mau gosto. E eu me deleito com o desespero dele. Se há uma coisa que me deixa feliz, é ver a frustração de José quando digo não às suas tentativas de fazer com que eu escreva outro livro.

Talvez, no fim das contas, Deus encontre sua forma de justiça.

Da sua amada,

14 de setembro de 1982

Querida Ana,

Por favor, não faça mais isso. Você sabe o risco em que me coloca quando aparece assim, no meio do mercado, e fala comigo como se eu pudesse respondê-la?

Eu sei que São Paulo é uma cidade grande, mas as pessoas desse bairro me conhecem. Logo alguma delas conversa casualmente com José e fala para ele que me viu fugindo de você, que ouviu os seus pedidos insistentes para que eu a escutasse. Minhas filhas estavam lá!

Eu não posso, Ana, já disse que não posso!

Minhas filhas nunca entenderiam, esse mundo nunca entenderia! Posso parar de escrever essas cartas, por mais doloroso que seja, pois sei que é injusto colocá-la nessa situação em que não posso receber suas respostas e ouvir o seu lado. Não posso vê-la e arriscar perder as minhas meninas. José me largaria no ato e as levaria embora, e eu nunca mais teria notícias delas.

Me entenda, Ana, por mais difícil que seja.

Da sua amada,

<u>23 de março de 1983</u>

Querida Ana,

Hoje percebi que se passaram dez anos desde que *A casa azul* foi lançado. As crianças entraram naquela fase em que questionam tudo, e Paola já começou a me perguntar sobre o que o pai dela escreve. Eu disse a ela que são livros para adultos, e até mesmo tirei alguns das estantes, mas dia desses a peguei fuçando as caixas na garagem, em busca dos romances do pai. Dá para acreditar?!

Também foi hoje que abri seu livro depois de tanto tempo. Eu o reli e voltei a sentir tudo novamente: seu texto me transporta para o passado, Ana, uma época de onde eu queria nunca ter ido embora.

Espero que esteja bem. Espero que tenha seguido sua vida da melhor maneira possível.

Da sua amada,

<u>17 de abril de 1984</u>

Querida Ana,

Ontem vi a grande passeata que aconteceu em São Paulo. Os jornais disseram que mais de cem mil pessoas se reuniram e marcharam na luta pela democracia! Que vontade tive de ser uma delas, levantando bandeiras contra essa ditadura que parece cada dia mais opressora. Tenho para mim que você estava lá, gritando ao lado de seus amigos, tão corajosos quanto você, sem medo da polícia ou dos militares. Espero que esteja tudo bem.

É por pessoas como as que marcharam no dia de ontem, e pelas que marcharam antes em tantos lugares deste país, que acredito em um futuro onde mulheres como nós poderão ser quem quiserem. Por mais que a imprensa seja incentivada a não falar sobre o que acontece, consigo sentir um ar de esperança, como se todos estivessem energizados por uma vontade de mudança maior do que qualquer repressão.

Espero que você ainda seja uma revolucionária como era na nossa adolescência. Espero que continue inspirando mulheres do mesmo jeito que me inspirou.

Da sua amada,

6 de dezembro de 1990

Querida Ana,

Paola me disse hoje que está namorando. Veja só, aos dezessete anos e já está assim! Penso que nessa idade eu já estava casada, e não quero que ela se precipite e acabe com alguém que não ame. Mas ela parece tão feliz! Fala desse menino com um brilho no olhar. Acho que, mesmo que ele não seja o que irá levá-la ao altar, ao menos será uma experiência positiva.

Amanda, por sua vez, sai com mais garotos do que consigo contar. O pai dela resmunga, diz que isso não é postura de menina correta, mas me pego rindo quando ninguém está vendo. Ela é responsável e sei que tem juízo — confio na educação que dei para as minhas meninas. Quero que elas se divirtam, que descubram quem são no mundo, e dou toda a liberdade para que namorem com quem quiserem. A liberdade que não tive.

Obs: aparentemente, as duas preferem os meninos.

Da sua amada,

13 de maio de 1992

Querida Ana,

Meus dias sem minhas filhas estão mais vazios. Paola passa a manhã na faculdade e a tarde no estágio, e chega em casa tão cansada que só tem forças para jantar, tomar um banho e cair na cama. Amanda está no último ano da escola, e não vejo muita vontade por parte dela de seguir carreira acadêmica. Ela me deixa louca quando decide sair de casa sem avisar para onde vai, e gasto todos os meus gritos com ela, tentando fazê-la ter alguma responsabilidade. Mas ela quer ser livre, quer trabalhar e ganhar dinheiro o mais rápido possível, e está tentando conversar com os pais de seus amigos em busca de algo que possa dar-lhe retorno financeiro imediato. Ela é tão parecida com quem eu gostaria de ter sido, e tão diferente de quem eu sou.

Às vezes, tenho inveja das oportunidades que elas têm.

É fascinante ver como elas estão se agarrando ao mundo, cada uma à sua maneira. Mesmo com a canseira que Amanda me dá, sei que ela só quer sua independência. E Paola, com seu jeito calado de comer pelas beiradas, busca o mesmo. Comentei que ela ainda está com o mesmo menino de anos atrás? O nome dele é Rubens, e a cada dia que passa tenho mais certeza de que ele é o rapaz que irá tomá-la como esposa. Parece que, diferente de mim, ela vai conseguir ter um casamento feliz e ser independente. Rezo todos os dias para que eu não esteja errada sobre esse rapaz.

Da sua amada,

2 de outubro de 1996

Querida Ana,

Aposentei a máquina de escrever e agora escrevo estas palavras digitadas diretamente de um computador!

José finalmente deu continuidade à sua antiga ideia de comprar uma casa no interior. Disse que precisa de silêncio e espaço para se concentrar em seus romances, e por mais que as vendas de seus outros livros tenham sido consistentes ao longo dos anos, *A casa azul* ainda é o que sustenta sua vida luxuosa.

Ele resolveu fazer surpresa, e ontem levou as meninas e eu para conhecermos a propriedade. É uma casa imensa, 500m^2, três andares, quartos e banheiros de perder a conta. Também tem um jardim imenso, onde as meninas voltaram à infância e correram antes de se jogarem na grama de braços abertos, sentindo o sol lhes esquentando o rosto.

É um lugar magnífico, e agora que as meninas já estão com suas vidas encaminhadas — ao menos Paola, que está terminando os estudos e continua namorando com Rubens; Amanda é outra história —, penso em ceder à ideia dele de nos recolhermos a esse casarão. Lá não há tanta poluição nem tanto barulho; é relativamente perto da cidade, e uma viagem de uma hora e meia de carro me coloca de volta ao caos que é São Paulo.

Talvez a mudança me faça bem. Estou envelhecendo, e acho que seria bom descansar um pouco de todo esse movimento.

Da sua amada,

<u>14 de abril de 2002</u>

Querida Ana,

Contrariando todas as minhas expectativas, Amanda anunciou que irá se casar! O tempo é tão louco, pois ainda a vejo como uma criança, mas ela já tem vinte e sete anos! Nessa idade, eu já era mãe das duas há muito tempo.

Não sei se é uma boa ideia. Acredito que nunca vou confiar completamente nos homens para fazerem minhas filhas felizes. O rapaz é um tipo meio sisudo, sério e calado, mais parecido com José do que eu gostaria de admitir. Dizem que Freud explica, e talvez tenham razão. Ele trabalha no mesmo restaurante que Amanda gerencia — já mencionei que ela começou como garçonete e foi galgando posições até se tornar gerente? Tenho muito orgulho dessas meninas! Apesar de ter meus dois pés atrás com esse relacionamento, deixo para Amanda descobrir como será o futuro. Não quero ser uma dessas mães que se intrometem na vida dos filhos e não os deixam aprender com os próprios erros. Não quero ser uma versão atualizada da minha mãe.

Enquanto isso, Paola voltou do seu estágio na Bahia. Ela teve essa ideia questionável de ir para lá com Rubens quando ele decidiu passar uma temporada com sua família, que estava prestes a se despedir da avó dele. Enquanto esteve lá, ela conseguiu um trabalho. Recusou todos os cheques que José enviou e não descontou um sequer — diz que quer ter seu próprio dinheiro, a orgulhosa.

Espero que tudo esteja bem com você. Não importa quantos anos passem, a saudade de te ver nunca vai embora.

Da sua amada,

10 de março de 2006

Querida Ana,

Hoje fui ao shopping e descobri uma adaptação de *Orgulho e preconceito* nos cinemas. Não estava em meus planos passar uma tarde inteira sentada no escuro, sozinha, olhando para uma tela de projeção, mas foi o que fiz. Assistir a Elizabeth e Mr. Darcy e a seu desprezo lentamente se transformando em amor aqueceu meu coração. Ri e chorei como há muito não fazia, e em cada segundo não consegui tirar você da cabeça. Já assistiu ao filme? Tenho certeza de que você irá gostar.

Da sua amada,

8 de fevereiro de 2008

Querida Ana,

Hoje nasceu minha primeira neta. Consegue acreditar? Eu, avó? O nome dela é Sofia, filha de Amanda. Nunca achei que ter um neto poderia trazer tanta alegria para a minha vida. Ainda não fui vê-la no hospital, mas irei assim que possível. Ao mesmo tempo em que vejo os dias passando com lentidão nesta casa no interior, com noites intermináveis e pássaros me ensurdecendo com suas canções logo pela manhã, penso em como o tempo também passa rápido demais.

Paola anunciou seu noivado com Rubens. Tantos anos juntos que nem mesmo parece uma novidade! Quando ele se ajoelhou e fez o pedido, não me contive e gritei um "Até que enfim!", que arrancou gargalhadas de todos os presentes. Eles se beijaram e disseram que só não queriam ser esses noivos que passam mais tempo com uma aliança na mão direita do que na esquerda. O casamento já está marcado para o primeiro semestre do ano que vem!

Da sua amada,

16 de abril de 2009

Querida Ana,

O casamento de Paola é no mês que vem, mas ela me confidenciou que já está esperando um filho! Disse isso mortificada, como se esperasse que a minha constatação de que ela e o noivo fazem sexo fosse uma grande surpresa. Eu apenas a abracei e disse o quanto estava feliz com aquela novidade. Ela já tem mais de trinta e cinco, e eu começava a me questionar se ela desejava ter filhos ou não. Aparentemente, estava apenas esperando o momento ideal.

Sofia é um amor de bebê. Amanda vem com ela e o marido para cá pelo menos uma vez ao mês, e posso vê-la engatinhando pelo jardim. Pelo menos me exercito um pouco, e como bebês nos cansam! A garotinha tem predileção pela borda da piscina, e ameaça se jogar nela sempre que alguém a observa. Mas nunca pula. Deve haver algum senso de preservação escondido em algum ponto daquela cabecinha, porque ela olha para mim sempre que está ali, esperando que eu levante o dedo e o balance em negativa. Então ela ri, bate palmas e vem engatinhando para me dar um abraço.

Minhas filhas e meus netos são as únicas coisas que me trazem felicidade, Ana. Eles e as cartas que envio para você. A lembrança que carrego comigo é o que me nutre, e à medida que envelheço, vou percebendo como posso continuar seguindo em frente. Depois de tanto tempo, começo a questionar meus medos e minha decisão de te manter afastada. Por que insisto em acreditar que Deus está contra mim, quando Ele me criou desse jeito e tudo o que Ele faz é perfeito? Tudo parece tão pequeno, dada a brevidade da vida e o grande esquema das coisas.

José impediu que continuássemos nos vendo, e não fui forte o bastante para lutar contra ele. Me deixei levar pela ideia de que os outros pensariam mal de mim. Mas agora que estou aqui, nessa casa imensa, sem contato com ninguém além da minha própria família, penso em como esses medos eram descabidos. Passei a vida inteira com medo dos comentários alheios, mas agora não ouço ninguém falando nada sobre minha vida. Eu não deveria ter me importado tanto com as aparências. Poderia ter feito tudo diferente, mas agora é tarde demais. Agora tenho uma família, duas filhas, uma neta e outro a caminho. Não posso mais me dar ao luxo de ser impulsiva, de desenterrar essa parte do meu passado sem machucar todos ao meu redor.

Espero que você não tenha mantido sua promessa. Espero que não tenha esperado por mim ao longo de todos esses anos. Espero que tenha encontrado alguém que te fez feliz do jeito que eu deveria ter feito.

Agora que estamos mais velhas, espero que sua vida tenha sido tão boa quanto a minha.

Mas, diferente da minha, espero que a sua tenha sido completa.

Da sua amada,

8 de outubro de 2009

Querida Ana,

O nome do meu neto é Mateus. Ele chegou chorando, como a maioria dos bebês, assustado com este mundo confuso e barulhento, mas se parece tanto com Paola em sua paz de espírito que já se acostumou à vida e não chora mais. Dorme pacificamente noite adentro, e faz manhã com barulhos sem significado que saem de sua boca babona. Sofia fica olhando para ele com aqueles olhos grandes e curiosos, e passa tempo demais ao lado dele quando todos estão aqui. É uma imagem bonita.

Da sua amada,

19 de novembro de 2010

Querida Ana,

Hoje revi a adaptação de *A casa azul* para o cinema estadunidense. Só tinha visto esse filme uma vez, na época de seu lançamento, mas hoje me peguei nostálgica e decidi assisti-lo de novo. Que filme terrível! Transformaram nossa história em uma pornografia barata, usando duas garotas seminuas deitadas entre sombras para representar o amor que transbordava de nós de forma tão mais doce.

Sabia que não existe nenhuma biblioteca no filme? Um absurdo! Tiraram a minha parte preferida: Lu não tem a mesma paixão por livros em sua versão cinematográfica. Ela deseja sair pelo mundo apenas movida pelo desejo rebelde de liberdade. Um desejo que admiro, óbvio, mas para a minha personagem — para você — sempre teve a ver com sair em busca da própria voz.

Espero que você a tenha encontrado. Não sei o que aconteceu com sua vida. Aprendi a usar a internet e digitei seu nome completo em um site de buscas, mas, tirando toda a confusão que você armou tentando fazer o mundo acreditar que José plagiou o seu livro, não vi nada sobre livros novos ou sobre seu trabalho. Me pergunto o que faz da vida hoje em dia. Nesses momentos, gostaria de ter uma resposta, pois minha curiosidade continua insaciável, mesmo depois de todos esses anos.

Da sua amada,

30 de dezembro de 2012

Querida Ana,

O mundo não acabou. Que grande besteira, não? Primeiro, a história do bug do milênio — como se computadores, essa invenção tão recente da humanidade, pudessem ter todo esse poder —, e agora as previsões de um calendário maia (muito mais confiável, dado sua longevidade, mas ainda assim passível de falhas). Continuamos aqui, vendo os pássaros cantarem, os mosquitos voarem pela noite e os grilos cantarem suas canções de ninar. Meus netos estão cada vez maiores, e vejo-os curiosos com o mundo da mesma forma que minhas filhas eram nessa idade.

Mas eles são diferentes. Vejo tanto de você em Sofia. Parece a nossa mistura perfeita: impulsiva e ao mesmo tempo temerosa, explosiva e ainda assim doce. Odeio que ela tenha que presenciar as brigas constantes dos pais dela, que parecem aumentar à medida que o tempo passa. Não sei se o casamento de Amanda irá durar muito mais, porém espero que ela tome a melhor decisão ao seu alcance.

Queria tanto proteger as minhas filhas das decepções do mundo. Queria tanto que pudessem só ser felizes, sem precisarem passar por nenhuma dificuldade. E que mãe não gostaria disso? Mas me conformo com a impossibilidade. Felicidade, para mim, é ter a liberdade de fazer suas próprias escolhas. Sempre estarei aqui para apoiá-las naquilo que acharem melhor, concorde eu ou não.

Da sua amada,

17 de setembro 2015

Querida Ana,

Hoje completo sessenta anos. É estranho pensar que isso representa o início da terceira idade. Lembro da minha própria avó, com essa mesma idade, com seus cabelos branquinhos e as rugas espalhando-se pelo rosto, e me vejo no espelho apenas para perceber que ainda estou jovem. É claro que mascaro os cabelos brancos com tintura e passo maquiagem em ocasiões especiais, mas não consigo me enxergar como uma senhora.

Será que meus netos me encaram como uma velha?

Enfim, hoje não é um dia muito feliz, e estou refletindo sobre minha própria idade porque, bem... tive um AVC na semana passada. Não foi nada grave, mas meu rosto ficou paralisado por algumas horas e desmaiei. Não me lembro de ter desmaiado além das duas vezes quando estava grávida de Paola, mas fui ao médico e ele recomendou uma nova dieta e uma rotina de exercícios.

Isso me fez questionar a minha mortalidade e tudo de que abdiquei até aqui em nome de Deus. Sabe, eu nunca tinha dado muita atenção ao fato de que sou finita e que um dia não estarei mais aqui. Busquei tanto por uma aprovação divina e, no fim das contas, estou cada dia mais perto de descobrir se tudo isso valeu a pena. Penso constantemente no meu fim. Esse AVC me fez lembrar que sou uma máquina que, mais cedo ou mais tarde, vai parar de funcionar. E quando começo a pesar minhas vitórias e minhas derrotas, penso que, mesmo que o meu nome não esteja estampado na capa de *A casa azul*, sei que o livro só existe por minha causa. Sei que nossa história, por mais que todos os que a leem a considerem inteiramente ficção, está na mente de muitas pessoas. E mesmo que ela não tenha sido real, com o final feliz que tanto sonhamos limitado ao papel, considero que tive minha oportunidade de me manter imortal. Porque, no fim das contas, os livros são como um pedaço da alma dos escritores, e deixar esse pedaço exposto para o mundo é uma forma de imortalidade.

Você também é imortal, Ana. Nós duas somos.

Da sua amada,

<u>22 de agosto de 2023</u>

Querida Ana,

Envio essas cartas com cada vez menos frequência, porque já não sei se você ainda as recebe. Tanto tempo se passou, minha querida, que começo a me questionar sobre as decisões que tomei. Sobre o final feliz de *A casa azul*. Sobre como poderíamos ter escrito um ainda melhor juntas. Reviro tanta culpa dentro de mim, transbordo tantos sentimentos, e acho que finalmente chegou a hora de colocá-los para fora, mesmo depois de todo esse tempo.

Tive outro AVC na semana passada. Não adiantou nada a nova dieta ou os exercícios, no fim das contas. Acho que o corpo humano é uma máquina imprecisa, porque enquanto umas continuam funcionando até os cem, outras começam a falhar bem antes disso. Imagino que este seja o meu caso. Não sei quanto tempo ainda me resta, mas não quero partir sem antes concluir a nossa história.

É por isso que decidi voltar para nossa antiga vizinhança, ao menos no papel. Decidi voltar à casa azul e a nós duas. Quero que essa história chegue até você, então a entregarei para José quando estiver finalizada. Mas, diferente do que fiz da primeira vez, para esse livro farei uma cópia, usando os instrumentos mais antigos do ofício da escrita: a caneta e o papel. Quem sabe assim, algum dia, alguém possa encontrar meus originais rabiscados de próprio punho e dar fim a toda essa confusão da qual não consegui me livrar em vida.

Passei anos reescrevendo os livros ruins de José, dando sentido às histórias que ele decidiu colocar no mundo, e quase me esqueci da delícia que é falar por mim mesma em vez de remendar o que os outros falam tão mal. Estou escrevendo a continuação da nossa história, e talvez essa também seja publicada com o nome dele, mas saiba que sou eu. Saiba que estou escrevendo para você, por nós, voltando à nossa fantasia adolescente, ao nosso mundo de faz de conta, onde poderíamos ter sido felizes.

Da sua amada,

18

Passamos uma hora inteira na praça de alimentação lendo as cartas, e, quando terminei, meus olhos estavam cheios de lágrimas. Sofia não estava muito melhor que eu, e nós tivemos que ir ao banheiro lavar o rosto antes de encontrarmos nossos pais para voltar até a mansão do vovô.

Quando chegamos em casa, o humor do vovô não parecia ter melhorado. Ele nos esperava sentado na frente da casa, se balançando em uma cadeira que fazia um rangido irritante, com uma xícara nas mãos e uma expressão descontente. Seu olhar se concentrou na minha direção e na de Sofia quando nos aproximamos. Mamãe e tia Amanda carregavam suas sacolas de compras, enquanto papai levava duas sacolinhas de papel com uma estampa discreta.

— Tudo bem, seu José? — perguntou meu pai. — Fui com as crianças comprar uma roupa para a celebração do Maria Firmina e trouxe uma gravata para o senhor. Espero que goste.

Ele estendeu o embrulho em um gesto de boa vontade, e mamãe deu um sorrisinho surpreso, porque aquele tipo de atenção aos detalhes não era muito característico do meu pai.

Mas vovô o ignorou. Passou direto por ele, deixando-o com uma expressão de dúvida no rosto, e se aproximou de nós com o cenho franzido.

— Vocês andaram fuçando o meu escritório?

Senti o café que tinha tomado mais cedo borbulhando no meu estômago. Queria olhar para Sofia, mas evitei desviar meus olhos dos de vovô, que nos encarava como se fôssemos piores do que vermes.

— Pai, aconteceu alguma coisa? — Minha mãe se colocou entre nós, me protegendo como sempre.

Consegui olhar rapidamente para Sofia. Ela também estava aterrorizada.

— Alguém abriu o meu cofre e roubou o que havia lá dentro. E os filhos de vocês vivem correndo por essa casa como se isso fosse um parque de diversões.

Ele fez a acusação sem nenhuma meia palavra. Dei um passo para trás, vendo minha mãe ficar boquiaberta ao compreender que eu estava sendo acusado.

— Do que o senhor está falando, José? — Meu pai também interveio, se colocando na minha frente.

— Pai, o senhor perdeu o juízo? — Tia Amanda também se meteu, adicionando mais um membro àquele escudo humano. — Você realmente acha que os nossos filhos iam entrar no seu escritório e abrir o seu cofre? Vai me dizer que sua senha é a data do seu aniversário ou o da mamãe? Isso é ridículo! Eles não sabem a senha! Ninguém sabe aquela senha além do senhor!

Ele continuou olhando para nós, por trás da barreira de proteção humana.

— O que eu sei é que abri o cofre hoje para pegar um documento e percebi que tinham coisas faltando. E não estou louco nem senil. Eu me lembro do que estava lá dentro. Onde está?

— Por que você simplesmente não diz a verdade?

Arregalei os olhos quando ouvi a voz de Sofia.

Todos os olhares se voltaram para ela.

— Sofia… do que você está falando? — perguntou tia Amanda.

— Eu não tenho nada para falar, mas ele sim! — respondeu ela. — Conta para eles que aquela mulher do jornal está falando a verdade quando diz que o senhor não escreveu seu primeiro livro!

— O que você fez? — perguntou vovô, empurrando tia Amanda e pegando Sofia pelos ombros, sacudindo-a com força.

— Ela não fez nada sozinha! — gritei, puxando Sofia para perto de mim, afastando-a dele.

— De novo essa história? — perguntou minha mãe, me encarando com os olhos arregalados, como se não conseguisse acreditar naquilo. — Mateus, fale a verdade: vocês pegaram alguma coisa do escritório do seu avô?

Eu poderia mentir e dizer que não. Poderia colocar toda a culpa na idade avançada do vovô e fazê-lo passar por louco, mas eu estaria sendo como ele. Estaria fazendo com ele o mesmo que ele fez com a vovó durante todos os anos em que estiveram casados. Diminuindo-o. Colocando-o dentro de uma caixa confortável o bastante para que eu pudesse manipulá-lo.

Preferi fazer diferente.

Preferi dizer a verdade.

— Sim.

Vi o rosto de vovô mudar de cor. Ele foi ficando cada vez mais vermelho, a mandíbula tensionada, os olhos esbugalhados de pura fúria.

— Ninguém aqui está dizendo que agimos certo ao abrir aquele cofre — continuou Sofia. — A propósito, a senha é a mesma rabiscada no livro da Ana Cristina Figueiredo que o senhor tem. Um com uma dedicatória para você e para a vovó. Bela coincidência, né?

— Onde está? — perguntou vovô, ignorando os olhares questionadores de todos. Eu sentia que ele estava a um passo de deixar de lado toda a sua postura educada e que, mesmo aos quase setenta e cinco anos, avançaria sobre nós e nos tiraria aquela informação no soco. — O que vocês fizeram?

— Está em um lugar seguro! E vai ficar lá até que a gente encontre uma maneira de dizer a verdade para todo mundo e mostrar que o senhor é uma fraude! — respondi.

— Fraude? Vocês são mesmo muito mimados, seus merdinhas! — Ele cuspiu as palavras. — Vocês acham que uma fraude teria uma carreira como a que eu tenho? Que ganharia a quantidade de dinheiro que eu ganho? Essa casa sempre esteve aberta para vocês, e é isso o que eu ganho em troca? — Ele desviou o olhar da gente e apontou para minha mãe e tia Amanda. — A culpa é de vocês. Nunca souberam criar seus filhos. Uma criou uma *borboleta* e acha que ele pode sair voando por aí, e a outra sequer conseguiu manter um casamento e criou uma garota petulante. Quero todos vocês fora desta casa imediatamente! Façam as malas e saiam daqui hoje mesmo.

— Seu José, vamos manter a calma e esfriar a cabe... — meu pai começou a falar, mas foi imediatamente interrompido pela minha mãe.

Quando olhei para ela, entendi, sem sombra de dúvidas, que eu era um garoto privilegiado.

Ela encarava meu avô com o olhar mais assustador que já vi na vida.

— Você realmente acha que nossos filhos são o problema? — Ela deu um passo à frente, encarando-o sem pestanejar. — Acha mesmo que criei meu filho para ouvir esse tipo de coisa? Estamos indo embora daqui, pai, e eu não tenho ideia do que ele ou a Sofia estão falando, mas você devia ter vergonha do que acabou de dizer.

Ela deu as costas para ele e deixou-o esbravejando seus palavrões enquanto todos nós a seguíamos escada acima, em direção ao quarto e às nossas malas.

— O que vocês fizeram? — perguntou ela assim que entramos no quarto e ela trancou a porta.

— Juro que as coisas estavam sob controle — falei, tentando dar voltas para dizer a ela tudo o que havíamos descoberto. — A gente estava juntando as provas para dar àquela jornalista.

— Vocês enlouqueceram? Por que não falaram comigo ou com a sua tia antes de saírem por aí como dois detetives?

— Então a história de que o papai copiou o livro daquela mulher é verdadeira? — perguntou tia Amanda.

— Pensei que passaríamos essas férias sem nenhum drama — comentou papai, que já começava a dobrar as roupas espalhadas pela escrivaninha e abria uma das malas para organizá-la.

Sofia pegou o envelope que Ana Cristina tinha nos entregado e o jogou sobre uma das camas.

— Vocês iam descobrir, mais cedo ou mais tarde — disse ela, ainda relutante com as implicações daquilo. — O vovô usou um manuscrito que a vovó escreveu e publicou *A casa azul* como se ele fosse o autor. E aquela história é baseada na vida da vovó.

Tia Amanda e minha mãe pareciam chocadas, certamente se perguntando se tinham ouvido direito.

— A história de uma mulher apaixonada pela vizinha? — perguntou minha mãe, pegando o envelope e tirando o conteúdo dela. — O que é isso?

— São cartas — respondeu Sofia. — Cartas que a vovó enviava para a Ana Cristina. As duas eram apaixonadas uma pela outra desde jovens.

Mamãe correu o olhar pela primeira, murmurando as palavras para si mesma. Depois passou para outra, e mais outra, e mais outra. Ficamos em silêncio enquanto ela lia algumas das cartas.

Quando já estava satisfeita, ela jogou os papéis na cama, balançando a cabeça como se não conseguisse acreditar no que estava acontecendo.

Tia Amanda pegou o maço de cartas e também começou a ler, enquanto mamãe puxava a cadeira da escrivaninha e se sentava. Os olhos dela mostravam que seus pensamentos estavam girando muito rápido em sua cabeça.

— Elas não estão assinadas — declarou tia Amanda, quando terminou de ler a primeira carta. — Isso não prova nada. Essa mulher está inventando coisas.

Sofia pegou as cartas e começou a folheá-las, procurando por uma em específico.

— Olhem essa aqui.

Tia Amanda e minha mãe ficaram lado a lado, franzindo o cenho enquanto liam a cópia da carta que Sofia havia estendido para elas. Era a carta que mencionava a vez em que Ana Cristina resolveu falar com Maria Luiza no mercado.

— Vocês vivem contando essa história para a gente — disse Sofia. — A história da mulher louca que ficou chamando pela vovó no mercado quando vocês eram crianças.

Mamãe e tia Amanda ainda pareciam incrédulas.

— Nós éramos crianças, mas… você se lembra disso, não lembra, Amanda? — perguntou mamãe, olhando para a irmã como se quisesse confirmar que não estava enlouquecendo.

— Isso não é… — resmungou tia Amanda, olhando para a carta e balançando a cabeça. — Isso não é possível.

— Nós estamos falando a verdade, tia — insisti. — E, sim, nós abrimos o cofre do vovô sem pedir permissão, mas há uma boa explicação para tudo isso.

Minha mãe me encarou, semicerrando os olhos. Depois olhou para Sofia.

— Vocês dois — disse ela. — Comecem a falar. Quero saber exatamente o que vocês sabem. Contem tudo o mais resumidamente possível, mas ainda assim com o máximo de detalhes. O que diabos está acontecendo?

E nós contamos.

19

Quando terminamos de falar, minha garganta estava seca e meu pai já tinha arrumado as malas para irmos embora. Sofia e eu complementávamos a narrativa um do outro, nos confundíamos, íamos e voltávamos naquela história na tentativa de fazê-la soar o mais convincente possível, para que não restassem dúvidas de que estávamos dizendo a verdade.

— Não sei se acredito nisso — disse minha mãe, ainda olhando para as cópias das cartas, provavelmente em uma batalha interna entre ler o que estava bem ali, à sua frente, e se lembrar de tudo o que viveu como filha da minha avó. — Depois de todo esse tempo, essa Ana Cristina simplesmente apareceu com essas cartas sem assinatura e criou essa história mirabolante... Ela persegue o avô de vocês há anos, Mateus, e não me surpreenderia se ela realmente fosse a mulher que gritou com a mamãe no supermercado, mas tenho certeza de que ela criou toda essa história só para ganhar algum dinheiro em cima do trabalho do papai.

— Por favor, mãe, você precisa acreditar na gente — implorei. — A gente leu o diário. Estava tudo lá, com a letra da vovó.

— E onde está esse maldito diário? — perguntou ela.

— A gente... deixou com a Ana — respondi.

— Por quê? — Mamãe parecia exasperada. — Se esse diário realmente existe, vocês deram munição para o inimigo agir!

— Ela não é o inimigo! — respondeu Sofia. — Se ela quisesse simplesmente jogar o nome da vovó no meio dessa confusão, poderia ter divulgado essas cartas para a imprensa há anos e causado um desastre na nossa família, mas ela nunca fez isso porque respeita a vovó! Vocês leram todas essas cartas. Vocês entendem que não deve ter sido fácil para elas duas!

— Meninos — disse minha mãe, pegando mais uma vez as cópias das cartas, falando calmamente. — Vamos nos ater aos fatos: essas cartas não estão assinadas. Essa mulher sempre foi obcecada pelo seu avô e pelo livro dele, porque as histórias são realmente muito semelhantes. Ela já tentou desmoralizar o seu avô diversas vezes, e nunca conseguiu nenhum reconhecimento. E agora, quando seu avô está mais uma vez lançando um romance muito bem-sucedido, ela volta para atormentá-lo. Não quero dizer que vocês estão errados em acreditar nela, mas acho que... desculpa, mas acho que ela manipulou vocês para ver as coisas da forma distorcida que ela enxerga.

— Paola... — Tia Amanda colocou uma das mãos no ombro da irmã. — Não sei o que pensar. Sinceramente, essa história sempre foi muito mal contada, e agora essas cartas e os meninos falando sobre o diário da mamãe... A gente não pode tirar conclusões precipitadas para nenhum lado. Olha quantos detalhes tem aqui! Ela teria que ser muito mais do que obcecada para conseguir todas essas informações sem ter nenhum tipo de relacionamento com a mamãe.

— Na última carta, a vovó contou que estava escrevendo um novo romance, provavelmente o que se tornou *De volta à casa azul* — falei. — E ela disse que tinha feito uma cópia manuscrita.

— E vocês têm essa cópia? — perguntou tia Amanda, olhando de mim para Sofia. — Conseguiram encontrá-la no cofre?

— N-não — respondeu Sofia. — Não estava lá dentro. A gente só encontrou dinheiro, alguns papéis e o diário, mas nenhum manuscrito.

— Vocês não encontraram porque não existe nada! — Mamãe parecia muito menos convencida do que tia Amanda. Papai só nos observava, sentado na outra cama, sem saber muito bem se aquele era um assunto que dizia respeito a ele. — Toda essa história é uma loucura! O prêmio vai acontecer semana que vem, e até lá eu quero que todo mundo pare de arranjar confusão! É tão difícil assim torcer pelo avô de vocês?

— Então é isso? — perguntei. — A gente não vai fazer nada a respeito e, se o vovô ganhar, vai ter que conviver com o fato de que ele não ganhou só um, mas dois prêmios às custas da vovó?

— O que vocês dois vão fazer... — respondeu ela, apontando para mim e para Sofia — ... é pegar nossas malas e voltar para casa. E quando a poeira baixar, vocês vão pedir desculpas para o avô de vocês e passar uma borracha nessa história toda. Eu sei que ele disse coisas horríveis e vou me certificar de que ele também se desculpe, mas não vou permitir que essa família se destrua por causa de uma mulher que vive perseguindo o meu pai.

Mamãe olhou para tia Amanda e para o papai em busca de apoio. Olhei para Sofia, querendo gritar. Queria sair daquele quarto. Queria invadir o escritório do vovô e revirá-lo em busca daquele maldito manuscrito, nossa única chance de provar que ele era uma fraude, e vi que Sofia estava pensando a mesma coisa.

— É o certo a se fazer, Sofia — disse tia Amanda, apertando o ombro da filha, como se não encontrasse nenhuma outra solução racional. — Vamos esquecer essa história, pelo menos até o resultado do prêmio sair.

— Então a gente vai varrer tudo pra baixo do tapete? — Sofia riu e balançou a cabeça, incrédula. — Vocês vão deixar uma pessoa terrível como o vovô continuar recebendo elogios e dinheiro por algo que não fez, só porque isso é o mais confortável para vocês? Fala sério!

— Sofia, essa história toda é uma loucura! A sua avó não era apaixonada por outra mulher! — exclamou mamãe.

— Por que é tão difícil admitir que isso é possível? — rebateu Sofia. — A vovó viveu uma vida inteira mentindo para todo mundo exatamente por causa disso! Ela vivia com medo do que os outros iriam pensar e como iriam reagir, e construiu a família dela em cima de um casamento sem amor!

— Sofia — falei, pegando-a pela mão, porque os olhos dela já estavam marejados e mais uma vez ela parecia prestes a se perder em uma espiral de pensamentos.

— Chega! Chega! — gritou meu pai, entrando na conversa ao perceber que estávamos andando em círculos e não chegaríamos a lugar algum com aquele impasse. — Estamos de cabeça quente. Vamos embora. Vamos voltar para casa e nos acalmar. Se existe alguma verdade nessa história, ela vai aparecer, mais cedo ou mais tarde.

— A verdade não vai aparecer se a gente não fizer nada a respeito — devolveu Sofia.

— Sofia, chega — disse tia Amanda, enfática, usando um tom de voz muito diferente do seu costumeiro tom apaziguador. — Nós vamos para casa e, quando a poeira baixar, vamos ter uma conversa civilizada com o avô de vocês. Sem pedras na mão, de preferência.

— Não quero ouvir mais nenhuma palavra sobre essa história — disse mamãe, indo até a porta e girando a chave do quarto para destrancá-la. — Vamos, Mateus. Pegue as malas e vamos embora daqui, pelo amor de Deus.

20

Quando saí de casa para ir à casa do vovô, tudo o que eu queria era ficar enfurnado no meu quarto e derreter meu cérebro com algum reality show duvidoso baixado da Netflix. Mas, depois de voltar para casa, tomar um banho e ir direto para o quarto sem conversar com ninguém, tudo o que eu queria era voltar para o casarão dos meus avós e vasculhá-lo minuciosamente em busca do manuscrito da vovó.

Tentei me distrair com o celular e a internet, mas acabei entrando em um caminho sem volta procurando notícias sobre *De volta à casa azul*. A premiação aconteceria no próximo fim de semana, e todos os portais de literatura estavam soltando comentários sobre os candidatos. Sem dúvidas, não parecia haver outro favorito.

Vovô com certeza levaria aquele prêmio.

Quando olhei para o relógio, vi que já era tarde. Mandei uma mensagem para Sofia, mas ela não respondeu. Minha cabeça ainda estava a mil com toda aquela injustiça, e, principalmente, com a minha incapacidade de fazer algo a respeito.

Assim que me deitei, o cansaço veio de uma só vez.

Acordei no dia seguinte com meu celular tocando, às dez e meia da manhã. Balancei a cabeça, assustado por ter dormido tanto, e mal tive tempo de esfregar os olhos e ver o nome de Sofia no visor antes de atender a ligação.

— Por que você não responde minhas mensagens? — questionou ela, do outro lado da linha. — É sério que eu tenho que te *ligar*? Em que ano nós estamos?

Ela falava rápido demais, a voz dois tons acima do normal.

— O que... aconteceu? — perguntei, me arrastando pela cama e enfiando os pés nos chinelos antes de me levantar, ainda um pouco zonzo.

— Você estava dormindo?

— Até agora, sim.

— Meu Deus, Mateus. Entra no Twitter. Agora. E olha os *trending topics*.

Sem esperar pela minha resposta, Sofia desligou.

Me arrastei do quarto até a sala e percebi que meus pais ainda não tinham acordado. A viagem tinha sido longa para todos, e imagino que eles tenham passado a madrugada inteira conversando sobre mim e minhas atitudes na casa do vovô antes de dormir.

Fui até a cozinha e coloquei água e pó de café na cafeteira, entrando no Twitter enquanto esperava ela fazer seu trabalho.

Assuntos do Momento em: Brasil

José Guimarães

Lana Love

Jungkook

A Casa Azul

De Volta A Casa Azul

Ana Cristina Figueiredo

Beyoncé

Ler as palavras mais comentadas do dia me despertou de uma maneira muito mais eficiente do que qualquer xícara de café. Cliquei na primeira palavra e no primeiro link que vi. Ele me redirecionou para a página do *Diário de São Paulo*, em uma nova matéria assinada por Vitória Sanches.

Novas evidências sobre José Guimarães de Silva e Freitas colocam em cheque a autenticidade da autoria dos livros "A casa azul" e "De volta à casa azul"

POR VITÓRIA SANCHES

Com a proximidade do anúncio dos vencedores ao prêmio Maria Firmina dos Reis de literatura, maior prêmio literário do Brasil, novas evidências apontam que um dos romances favoritos à premiação, *De volta à casa azul*, pode não ter sido escrito por José Guimarães de Silva e Freitas, mas sim por sua esposa.

O *Diário de São Paulo* teve acesso exclusivo a uma série de cartas supostamente enviadas por Maria Luiza Andrade de Freitas, falecida esposa de José Guimarães, para Ana Cristina Figueiredo, em que a mulher revela à autora de *Confidências de uma garota apaixonada* ter escrito os dois livros de maior sucesso de seu marido.

"Tenho essas cartas há anos, mas demorei a torná-las públicas porque não sei como Maria Luiza se sentiria em relação a isso. Com o seu falecimento, ela não pode confirmar para a imprensa o que já sei há tempos", disse Ana Cristina em entrevista exclusiva à jornalista Vitória Sanches para o *Diário de São Paulo*. "Mas, com o favoritismo de José Guimarães, preciso mostrar a todo o Brasil a farsa que ele é. Toda a carreira dele foi construída em cima de mentiras."

Ana Cristina Figueiredo já é uma figura conhecida no meio literário por questionar a autoria das obras de José Guimarães de Silva e Freitas. Quando o autor lançou seu primeiro romance, em 1973, ela afirmava que ele havia plagiado um de seus livros. Desta vez, revelando esses novos documentos, a narrativa mudou: a autora afirma que os livros foram, na verdade, escritos por Maria Luiza Andrade de Freitas.

"Eu não expus essas informações enquanto Maria Luiza era viva porque quis respeitar o seu direito à privacidade", conta Ana Cristina. "No entanto, ela não está mais entre nós e, ainda assim, José Guimarães continua se aproveitando dos textos de sua agora falecida esposa para ganhar dinheiro e fama. Nenhum dos outros livros dele recebeu críticas tão positivas, e não é necessário ser um grande linguista para concluir que seus outros textos não têm o mesmo estilo, voz ou características marcantes."

No que se refere ao texto, Samuel Machado Castilho, professor de linguística da Universidade de Campinas, concorda com Ana Cristina Figueiredo: "O tema é discutido por vários estudiosos e é debate até mesmo em nossos momentos de descontração. É inegável que *A casa azul* e, agora, *De volta à casa azul*, têm características distintas dos outros romances publicados por José Guimarães de Silva e Freitas. Essas análises, no entanto, não podem confirmar as acusações feitas pela autora Ana Cristina Figueiredo."

Fiquem, abaixo, com o trecho exclusivo de uma das cartas às quais o jornal teve acesso, datada de 1973. Algumas partes foram omitidas para preservar a privacidade de Maria Luiza Andrade de Freitas.

11 de janeiro de 1973

Querida Ana,

José publicou A casa azul *com o nome dele estampado na capa, e passa dias e mais dias ao telefone, dando entrevistas para jornalistas, conversando com seu editor ou simplesmente ouvindo como a história publicada é maravilhosa e ousada. Ele sequer olha para mim enquanto o longo fio do telefone se estende pelo apartamento, porque vê meus olhos ora furiosos, ora entristecidos, e tenho certeza de que alguma parcela de humanidade dentro dele ainda se sente um pouco culpada pelo que fez comigo. Tomar a minha história sem o meu consentimento, e depois dizer que só a publicou porque o mundo nunca aceitaria que ela tivesse vindo de uma mulher, me enfurece e entristece na mesma medida.*

Porque ele está certo, não está? Se eu publicasse essa história, ela provavelmente seria taxada de pornográfica, e eu, de devassa. Mas como há o nome de um homem na capa, logo a classificam como ousada, uma exploração dos sentimentos, uma ode à beleza. A crítica é patética, o mundo inteiro é patético... Todo esse espetáculo de espelhos e fumaça é ridículo.

O que me deixa feliz é saber que José nunca vai se sentir completamente satisfeito. Esse livro e todos os comentários positivos farão bem à sua vaidade e às nossas contas, certamente — está vendendo muito bem, obrigada —, mas sei que sempre vai faltar nele algo que transborda em pessoas como eu ou você: sinceridade.

Espero que esteja tudo bem. Por favor, não responda a esta carta.

▬▬▬▬▬

Como é possível perceber, a carta não é assinada. Quando questionada sobre os motivos, Ana Cristina é categórica: "Maria Luiza tinha medo do marido. Tentou, a todo o custo, manter comunicação comigo, mesmo que ele a proibisse de fazê-lo. Não assinava as cartas com medo de ser pega. Eu

> jamais trouxe essas cartas à público, não quando isso poderia colocá-la em risco. Mas agora ela não está mais entre nós, e é preciso fazer justiça em seu nome."
>
> Procurado pela redação desse jornal, José Guimarães de Silva e Freitas não atendeu às nossas ligações.
>
> Lembramos que o anúncio dos vencedores ao prêmio Maria Firmina dos Reis acontece na semana que vem, no Auditório Ibirapuera Oscar Niemeyer, em São Paulo.

Aquilo era ruim. Meu Deus, aquilo era *muito* ruim. Não por desmascarar o vovô, lógico, mas porque eu sabia que ele não reagiria àquela matéria de maneira pacífica. Colocar aquele prêmio em risco mexeria com ele de um jeito que era impossível prever.

— Mateus! — Ouvi minha mãe gritar do quarto, e eu sabia que ela já tinha visto a matéria. A abstinência de internet certamente tinha feito meus pais mexerem no celular assim que abriram os olhos.

Vi minha mãe aparecer pelo corredor com os cabelos em pé, enfiada em um pijama enquanto segurava o celular.

— Eu não tenho nada a ver com isso — falei, tentando me defender.

Papai apareceu atrás da minha mãe, também com o celular, ao mesmo tempo chocado com aquela matéria e assustado com a reação da minha mãe.

— Como essas cartas foram parar no jornal? — questionou ela.

Resolvi ser sincero e falei para ela sobre nossos encontros com Vitória e sobre a última conversa que tivemos com Ana Cristina.

— Ela tem essas cartas há anos, e não sei por que resolveu divulgá-las agora — concluí, já tomando meu café. — Não foi a gente que entregou isso para o jornal. Mas, se eu pudesse, teria feito o mesmo.

Eu já estava cansado de toda aquela história. Só queria que todos descobrissem a verdade de uma vez por todas.

Minha mãe me encarou com um olhar cansado.

— Ah, Mateus... você e a sua prima vão me deixar maluca! — exclamou ela. — Vou ligar para o seu avô e descobrir se ele já viu a matéria ou não.

— Ah, é claro que já — rebati, tão amargo quanto o café.

Ela me lançou um olhar atravessado e continuou:

— E você vai pedir desculpa para ele.

— O quê?

— Não estou nem aí se ele está errado, se vocês dois estão errados ou se a sua avó realmente escreveu a droga desses livros. Só quero ter um pouco de paz.

— Isso não é justo!

— Bem-vindo ao mundo, meu filho, porque ele é injusto! — respondeu ela, me dando as costas e desaparecendo em direção à sala enquanto discava o número do vovô.

Papai permaneceu na cozinha.

— Você acha isso justo? — perguntei para ele.

Ele parecia não saber muito bem se tomava algum partido ou se valia a pena participar daquele drama familiar.

— Acho que a gente precisa esfriar a cabeça. Ninguém faz nada produtivo com raiva — respondeu ele. Papai sempre foi a mangueira de água nos incêndios da família. — Olha, Mateus, não faço a menor ideia se essa história é verídica ou não. Concordo que é tudo muito mal explicado, mas, neste momento, você não acha melhor estender uma bandeira de paz?

— Se a paz significa que o vovô vai continuar se dando bem, eu não tenho o menor interesse.

Papai se empertigou enquanto respirava fundo.

— Matcus, não estou dizendo que o seu avô está certo. — Ele olhou em direção ao corredor apenas para se certificar de que minha mãe não estava voltando. — Mas você falou que existe esse tal manuscrito na casa do seu avô, certo? Se todo mundo continuar brigado com ele, você e sua prima não poderão voltar lá para procurá-lo.

Semicerrei os olhos.

— Então você está propondo...

Ele deu de ombros.

— Só estou dizendo que é muito mais fácil procurar pelo manuscrito estando *dentro* daquela casa do que tentando invadi-la. Já viu a altura daqueles muros? Você quebraria o pescoço se tentasse pular.

Dei uma risadinha com o comentário do meu pai, que fechou a boca ao ouvir os passos da minha mãe. Ela segurava o celular contra a orelha e falava:

— Sim, pai, lógico. Mas tente se acalmar, o senhor já passou por isso, sabe como é a imprensa... Eu sei. É óbvio que estamos do seu lado! Inclusive, o Mateus quer dar uma palavrinha com o senhor...

Ela estendeu o celular para mim com sua melhor cara de "não estrague tudo".

Coloquei o telefone na orelha e falei:

— Alô? Vô? Como estão as coisas?

— Não acredito no que esses jornalistas são capazes de fazer para ganhar dinheiro — rebateu ele, mal-humorado. — Eles estão acabando comigo, garoto.

Sua voz estava clara, provavelmente porque ainda era muito cedo para beber. Não sei se ele estava se fazendo de vítima ou se seu tom estava realmente entristecido. Provavelmente os dois.

— Olha, vô... — Respirei fundo, tentando não me deixar manipular por ele e me lembrando do que meu pai havia falado. — Desculpa por tudo o que aconteceu. Sei lá, eu... Acho que fiquei impressionado com toda a história que a Ana Cristina contou e acabei me deixando levar. Eu não devia ter falado com ela naquela festa, para começo de conversa. Nem com aquela jornalista. Tentei imprimir meu tom de voz mais arrependido. Eu sabia jogar também.

Vovô ficou em silêncio do outro lado da linha por alguns segundos, considerando minhas palavras.

Depois soltou o ar.

— Sabe, Mateus, você é um garoto novo. Não entende como o mundo funciona. As pessoas não conseguem ver sucesso sem pensar no que podem ganhar em cima disso. Eu sou vítima dessa mulher há anos, mas vocês sempre foram muito novos e só ouviram as histórias que sua mãe e sua tia contavam sobre ela. Agora que você está um pouco mais velho, conseguiu sentir na pele o poder destrutivo dela. Eu não devia ter mandado vocês embora. Estava de cabeça quente. Agora esta casa está vazia e eu, sozinho.

— O senhor quer que a gente volte? — perguntei, tentando mascarar minha esperança enquanto minha mãe olhava para mim, balançando a cabeça em aprovação.

— Vamos fazer assim: me deixe um tempo sozinho, remoendo meus pensamentos de velho, e nos encontramos na cerimônia de premiação. Ainda preciso dar um jeito de responder às acusações terríveis e mentirosas que aquele jornaleco publicou, então vou me concentrar nisso. Também vou organizar uma pequena comemoração só para a nossa família e alguns amigos, ganhando o prêmio ou não. Podemos vir para cá depois da cerimônia, se seus pais não se importarem de dirigir durante tanto tempo depois de uma festa.

— Tem certeza, vô? Posso falar com o papai e a mamãe, a gente pode voltar hoje mesmo — arrisquei, porque não queria passar nem um minuto longe de cada canto daquela casa.

Vovô considerou minha oferta.

— Esse lugar fica bem quieto sem vocês — ponderou. — Eu estava planejado fazer um almoço para a família no dia da premiação, até aluguei alguns carros com motoristas para nos levarem daqui até a cidade. Mas acho que, depois dessa confusão, é melhor cancelar tudo.

— Não! — falei, rápido e alto demais, percebendo que aquela era a nossa única chance. — Vô, é uma ótima ideia! A gente volta!

— Sua mãe vai me matar por fazer vocês dirigirem pra lá e pra cá — disse ele. — Mas eu estava com a cabeça muito quente ontem. Todo mundo estava.

— Você e a mamãe querem se matar sempre que se encontram — pontuei de um jeito descontraído, o que fez minha mãe arregalar os olhos, chocada, e meu avô dar uma gargalhada do outro lado da linha.

— Ah, Mateus, aquela mulher quase conseguiu destruir a nossa família, mas fico feliz que você tenha tomado juízo e percebido que ela não passa de uma fraude.

Fiquei calado para não entregar a extensão da minha mentira com o meu tom de voz.

— Deixa eu falar com a sua mãe agora — pediu ele.

Devolvi o celular para minha mãe, percebendo que, em nenhum momento, meu avô tinha pedido desculpa. Para ele, era só uma questão de provar que estava certo.

Enquanto minha mãe voltava a falar ao telefone, fui até meu quarto e peguei o celular, abrindo minha conversa com Sofia.

Mateus: O vovô provavelmente vai te ligar. Peça desculpas.

Ela só demorou dez segundos para responder.

Sofia: VOCÊ FICOU MALUCO?

Mateus: É sério. Engole essa. Finge que está arrependida, sei lá. A gente precisa fazer as pazes se quiser encontrar o manuscrito.

> **Sofia:** Não me sinto confortável com isso, Mateus.

> **Mateus:** Eu também não me senti. Mas ele chamou a gente para voltar antes de o prêmio ser anunciado. Assim a gente consegue revirar aquela casa.

> **Sofia:** Não acredito que vou ter que fazer isso.

> **Mateus:** Você supera quando a gente provar que ele mentiu durante todos esses anos. Fechado?

> **Sofia:** Fechado.

Bloqueei a tela do celular e encarei minha mãe, que olhava para mim da porta do quarto.

— Não sei o que você falou para o seu avô sobre eu querer matá-lo, mas obrigada — disse ela, aliviada por finalmente ter um pouco de paz. — Seu avô disse que vai dar uma entrevista amanhã para o *Jornal Nacional*, para contar o ponto de vista dele dessa confusão toda. Apesar de eu ainda não achar muito produtivo voltar para o interior só para vir até a cidade de novo no dia da premiação, ele já tinha preparado o almoço de comemoração e contratado motoristas para nos levarem, então vamos para lá no sábado de manhã. E, por favor, Mateus, por tudo o que é mais sagrado: se comporte. Não vamos mais criar confusão por causa dessa droga de livro.

Assenti, sabendo que, na primeira oportunidade, eu iria me enfiar naquele escritório com Sofia e revirar todas as estantes até achar o manuscrito.

21

Passei o dia inteiro sem conseguir me concentrar. Estava apenas esperando a noite cair para assistir à entrevista que meu avô havia dado para o *Jornal Nacional*, pulando de rede social em rede social apenas para acompanhar o crescente furor sobre o assunto, que tomava conta de boa parte das discussões do dia.

As pessoas estavam engajadas. O livro continuava entre os assuntos mais comentados do momento, e me perdi em discussões de fãs que o defendiam com paixão e outros que tentavam provar as acusações de Ana Cristina com suas opiniões inflamadas. Era como assistir a um debate político em tempo real, e me surpreendi ao perceber como aquele livro ainda conseguia mobilizar tanta gente.

Quando a noite chegou, todos nos sentamos diante da TV, acompanhando o último bloco da novela que passava antes do jornal. Mamãe balançava a perna e meu pai propôs fazer pipoca para acompanharmos a entrevista. Ela aceitou.

Comemos a pipoca inteira antes de o meu avô aparecer. Por saber que aquele assunto estava bombando nas redes sociais, o jornal deixou a matéria por último, provavelmente para segurar a audiência.

Depois de comerciais que julguei longos demais, finalmente o âncora anunciou a reportagem especial.

— O prêmio Maria Firmina dos Reis de literatura acontece na semana que vem em São Paulo, e a polêmica envolvendo um dos livros favoritos na categoria Livro do Ano foi reacendida nesta semana. O escritor José Guimarães de Silva e Freitas, de *De volta à casa azul*, é acusado de não ser o verdadeiro autor da obra. José concedeu uma entrevista exclusiva ao jornalista Vicente Corrêa, dando sua versão dos fatos.

A imagem do âncora foi substituída por gravações no jardim do casarão do vovô enquanto ele, com seu chapéu de palha, sua bengala e postura de bom velhinho, andava lentamente com *De volta à casa azul* em uma das mãos. Ele vestia um terno branco que lhe conferia um ar intelectual e intocável.

— O jardim tranquilo do casarão de José Guimarães de Silva e Freitas — começou a voz do repórter enquanto as imagens continuavam passando na tela —, no interior de São Paulo, contrasta fortemente com a confusão que tomou conta da sua vida esta semana. Acusações de que seu mais recente livro, *De volta à casa azul*, foi na verdade escrito por sua falecida esposa movimentaram as redes sociais nos últimos dias. As acusações não são novas na vida de José, que lida com elas desde que lançou seu primeiro romance, nos anos 1970. O premiado escritor concordou em conceder uma entrevista ao *Jornal Nacional*, para compartilhar um pouco da sua carreira, sua história com sua falecida esposa e o que ele chamou de perseguição por parte da mesma pessoa ao longo de quase cinquenta anos.

A imagem foi substituída por um close de vovô sentado atrás de sua escrivaninha, com uma gigantesca estante de livros atrás dele, preenchendo toda a tela da TV. Sobre a mesa, ele colocou de pé um exemplar de *De volta à casa azul*, ao lado de um porta-retrato onde ele e vovó sorriam no dia de seu casamento.

— Antes de mais nada, gostaria de saber se o senhor aceita a alcunha de "mais relevante escritor brasileiro vivo" — disse o jornalista.

— Olha, não é fácil carregar todo esse peso — respondeu meu avô. — É por isso que prefiro manter uma vida reservada, no interior, longe da agitação e dos olhares curiosos. Aqui, consigo ter tempo para pensar nos meus livros, recebo a minha família e fico longe de todas essas histórias que circulam por aí envolvendo o meu nome. Sabe que só instalei internet aqui há uns dois anos? E, ainda assim, prefiro me manter o mais longe possível do computador. Prefiro usar meu tempo para ler ou escrever.

— Por que publicar *De volta à casa azul* agora, depois de tantos anos escrevendo livros de espionagem e de suspense? — perguntou o jornalista.

— É impossível negar que *A casa azul* é meu livro mais relevante. Eu sei disso e todos vocês também sabem. À medida que o tempo passava, acho que percebi que gostaria de saber o que havia acontecido com Joana e Lu depois que elas tiveram seu tão merecido final feliz. Será que continuaram assim? Será que o mundo foi gentil com elas? Quando comecei a me questionar em relação a isso, conversei muito com a minha esposa sobre voltar ou não a esse universo. Acabei decidindo que seria uma boa escolha. O fato de você estar aqui me entrevistando e essa perseguição de tantos anos atrás ter voltado para me assombrar são a prova de que essas personagens ainda despertam sentimentos em cada pessoa que as conhece.

— Qual era o papel da sua esposa no que diz respeito aos seus livros? — indagou o entrevistador.

— Maria Luiza foi a minha única companheira desde que eu a conheci, quando ela tinha apenas dezesseis anos e eu, dezenove. Passamos por muitos altos e baixos, como qualquer casal, mas, antes de qualquer coisa, ela era a minha melhor amiga e primeira leitora. Eu sou um velho bobo, e fico um pouco emocionado ao me lembrar dela. Queria que ainda estivesse aqui para ver esse novo livro ganhando o mundo.

— O que o senhor tem a dizer sobre as acusações de que seu livro foi escrito por sua esposa?

— É tudo uma grande besteira! — exclamou vovô. — Essa mulher, essa Ana Cristina, vem me perseguindo desde que lancei meu primeiro romance. Antes, ela falava para quem quisesse ouvir que eu tinha plagiado o livro dela, que, sejamos sinceros, ninguém leu. E quando percebeu que a acusação não foi para a frente, inventou uma mentira ainda mais mirabolante envolvendo a minha esposa! Sinceramente não sei por que ela não fez sucesso com seus livros, pois há de se concordar que criativa ela é!

— E quanto às cartas que sua esposa supostamente escreveu para ela e que foram publicadas no início da semana?

— Onde está a assinatura? Olha, eu tenho uma máquina de escrever ainda, coisa antiga, acho que você nunca deve ter visto uma dessas. Posso muito bem enfiar um papel velho nela e escrever o que eu bem entender! Se eu escrever uma carta dizendo que sou o presidente, isso significa que eu sou? Não! Sabe, o que mais me surpreende não é essa mulher desequilibrada. Lido com insanidades desde o início da minha carreira. Mas um jornal de grande circulação como o *Diário de São Paulo* se propor a veicular essa história é algo que ainda tira o meu sono. A jornalista que assina a matéria já esteve na minha casa, até tentou falar com meu neto, um menor de idade de apenas quinze anos, para tirar alguma informação dele! Onde está a ética jornalística? Onde está a apuração de fatos? Sinceramente, espero que eles reavaliem as pessoas que contratam, porque não é o meu nome que está em jogo, e sim o deles.

— Se você pudesse dizer alguma coisa a quem acredita que essas acusações são verdadeiras, o que diria?

— Sinceramente? Os fatos estão todos aí. Tenho uma carreira consolidada e essa mulher vem sistematicamente tentando destruí-la. Quando não conseguiu de uma maneira, inventou outra história, esta muito mais mirabolante do que a anterior. Só quero ficar em paz, fazendo o meu trabalho e trazendo novas histórias ao mundo. Espero que meus leitores não levem essa mulher a sério e possam celebrar comigo minhas novas conquistas. Se eu ganhar o prêmio, quero dedicá-lo a todos que acreditam no meu trabalho.

— E o senhor está ansioso para a premiação? — perguntou o jornalista.

— Ah, sim! Estou animado com o que está por vir.

— Gostaria de deixar mais algum recado para o público?

— Aos que acompanham e gostam do meu trabalho: muito obrigado. E para aqueles que acreditam nas mentiras veiculadas sobre mim: apenas parem. Vocês não vão conseguir me desmoralizar.

Vovô deu um sorriso bondoso, e a matéria terminou.

— Acho que ele se saiu bem — disse minha mãe, levantando do sofá e levando o balde de pipoca vazio para a cozinha. — Agora é só esperar o resultado da premiação.

Senti meu celular vibrar e olhei para a tela.

Havia uma mensagem de Sofia.

Sofia: Ele vai ganhar esse prêmio, não vai?

Mateus: Se a gente não conseguir achar o manuscrito, eu tenho certeza de que sim.

22

Passei o dia seguinte listando todos os lugares possíveis onde poderia procurar pelo manuscrito da vovó. Era como jogar uma partida de Detetive, só que eu não precisava saber quem havia sido o assassino nem qual a arma do crime: só precisava descobrir o local.

Quando terminei a lista, entrei em contato com Vitória.

> **Mateus:** Oi, Vitória! É o Mateus. Estou de volta na capital, então tenho internet! Vi a entrevista do vovô e só queria avisar que vamos voltar para a casa dele antes do anúncio do prêmio, e Sofia e eu estamos determinados a revirar aquela casa inteira atrás de provas mais concretas.

> **Vitória:** Oi, Mateus! Eu também vi a entrevista do seu avô. Não sei se você ficou sabendo, mas não trabalho mais para o Diário de São Paulo. Se ainda quiser enviar informações para o jornal, você deve enviar para esse número. Mas, sinceramente, falando como alguém que não faz mais parte da equipe, eu não o encorajaria a fazer isso.

Ela enviou um contato e, quando abri a foto de perfil, vi que era de um jornalista velho, muito parecido com o vovô.

> **Mateus:** O que aconteceu???

> **Vitória:** O editor do jornal disse que me deixei levar pelo meu apego emocional com a história e me demitiu depois de toda a repercussão.

> **Mateus:** O quê?!

> **Vitória:** Pois é. Aparentemente, seu avô ligou para o jornal e pediu a minha cabeça. E esse cara do contato que enviei é amigo dele. Então, acho que sabemos o que vai acontecer, mesmo se vocês descobrirem alguma prova nova.

> **Mateus:** Isso não é justo!

> **Vitória:** Não, não é. Mas eu ainda quero fazer o que é certo. Estou pensando em como continuar cobrindo essa história de modo independente. Eu acredito na história da Ana Cristina, principalmente depois de ler as cartas.

> **Mateus:** Não é arriscado para a sua carreira?

> **Vitória:** Sempre vai ser arriscado. Mas vale a pena.

Aquela notícia me deixou mal. Saber que meu avô conseguia mexer seus pauzinhos para ter a imprensa ao seu lado me fez sentir ainda mais vontade de encontrar alguma prova irrefutável para desmascará-lo.

Eu não podia estar mais ansioso para chegar na casa dele.

Na manhã da premiação, acordei antes de o sol nascer. Não planejávamos passar mais de um dia na casa do meu avô, então só separei uma roupa para a cerimônia e um pijama, enfiando-os em uma mochila. Meus pais acordaram mais tarde, e me pegaram sentado no sofá, com a cara enfiada no celular enquanto ainda lia matérias sobre o caso.

— Ok, a gente precisa conversar antes de sair — disse minha mãe, assim que pegou sua xícara de café e se sentou ao meu lado, enquanto meu pai preparava ovos e colocava os pães na torradeira. — Essa é a noite do seu avô, Mateus, e não quero você ou sua prima arranjando confusão. Estamos entendidos?

Assenti, sem tirar os olhos do celular.

— Se ele ganhar ou não esse prêmio, nós vamos para a casa dele brindar de qualquer forma. Vamos dormir lá, e amanhã voltamos para casa. Sem dramas e sem acusações. Você consegue fazer isso por mim?

Desviei o olhar do celular e encarei minha mãe.

— Você acredita no vovô? — perguntei.

Ela parecia ter sido pega de surpresa. Me olhou por algum tempo, até que respirou fundo e simplesmente deu de ombros.

— A essa altura do campeonato, não sei mais no que acreditar, Mateus — disse ela. — A carreira do seu avô é tão antiga quanto as acusações dessa mulher.

— Mas se a Sofia e eu conseguíssemos te provar que ele está mentindo, de que lado você ficaria?

— Ai, Mateus... o que você está pensando em fazer?

— Nada... Só me responde. Se houvesse provas mais concretas sobre toda essa história, você ainda assim ficaria do lado do vovô?

— Eu ficaria do lado da verdade, Mateus. Foi isso que eu te ensinei e é nisso que eu acredito também. Mas, por favor, não arruma mais confusão.

Chegamos no casarão pouco depois do meio-dia. A quantidade de carros de jornalistas do lado de fora me assustou — nunca imaginei que um prêmio literário pudesse chamar tanta atenção assim.

Quando os portões com as letras JG abriram, alguns repórteres correram até nosso carro em busca de alguma declaração. Me senti como uma Kardashian, e daria tudo para abrir a janela e falar qualquer coisa, mas minha mãe me proibiu de fazer isso.

Vovô nos esperava na porta de casa, com suas roupas simples e um sorriso largo no rosto. A resposta do público depois da sua entrevista no *Jornal Nacional* havia sido extremamente positiva para a sua imagem. Agora, as discussões recaíam na sanidade de Ana Cristina, na aparente obsessão dela pelo meu avô, e até em narrativas em que ela era secretamente apaixonada por ele e só fazia aquilo para chamar atenção. Eu não conseguia acreditar em como as pessoas mergulhavam na vida das outras e faziam tantos comentários absurdos. Era assustador.

Vovô nos recebeu com um aceno e um estalar de dedos para os rapazes que trabalhavam para ele abrirem a porta do carro. Dessa vez, mamãe não se opôs: qualquer coisa para fazê-lo feliz.

— Os primeiros a chegar desta vez! — exclamou ele, todo sorrisos, olhando para nós como se as brigas e todas as coisas horríveis que ele havia dito da última vez nunca tivessem acontecido. — E então, empolgados para hoje à noite?

Ele abriu os braços para mim e me apertou em um abraço. Senti o cheiro de uísque, mas preferi não falar nada.

— Não tem nada a dizer para o seu avô, Mateus? — perguntou ele, aumentando ainda mais o meu desprezo quando percebi que ele falava de si mesmo na terceira pessoa. Como eu pude admirá-lo durante tanto tempo?

Dei um sorriso sem graça, sem vontade de dar um pio sequer. Mas, ao olhar para minha mãe, me lembrei do que ela tinha pedido.

— Estou torcendo muito para que o senhor ganhe esse prêmio hoje, vô — falei com um nó na garganta, sentindo que não conseguia mascarar a falsidade no meu tom de voz. — E desculpa por toda a confusão que causei.

— Obrigado, Mateus — respondeu ele. — Não é culpa sua, nem da sua prima. Aquela mulher consegue manipular qualquer um que entre no caminho dela, e vocês ainda são novos demais para perceber todos os sinais. Quando estiverem mais crescidos, vão aprender a se proteger de gente como ela. Posso te ajudar nessa jornada. Consigo farejar uma pessoa falsa a quilômetros de distância.

Não sei se aquilo tinha sido só um comentário bobo ou se era alguma indireta de que minhas palavras pouco sinceras não tinham convencido, mas não me importei. Consegui me livrar do abraço dele e entrei na casa, largando a mochila em cima da mesa e calculando quanto tempo levaria para vasculhar cada um daqueles cômodos.

Enquanto meu avô dava as boas-vindas aos meus pais, subi correndo a escada em direção ao escritório. Era o primeiro lugar da minha lista, e eu tinha quase certeza de que encontraria o manuscrito enfiado em alguma estante ou gaveta. Vovô provavelmente sequer tinha noção da existência daquela cópia, e eu sabia que a vovó a teria escondido muito bem.

E que lugar melhor do que bem embaixo do nariz dele?

Quando alcancei a porta do escritório, girei a maçaneta apenas para descobrir que estava trancada. Droga. Vovô não era burro. Sabia muito bem que Sofia e eu iríamos fuçar ali.

Eu precisava entrar naquele lugar o quanto antes. Desci correndo e saí pela porta da cozinha em direção ao jardim, apenas para ver dezenas de pessoas organizando o que parecia uma versão ampliada do coquetel anterior. Dessa vez, havia uma estrutura montada com flores serpenteando as colunas de metal e mesas redondas distribuídas ao longo do jardim. Perto da piscina, um palco era montado, e cozinheiros se movimentavam na área da churrasqueira, todos gritando uns com os outros, tão preocupados com o horário que sequer prestaram atenção em mim.

Circulei o jardim em direção à janela do escritório, no segundo andar. Calculei a possibilidade de escalar até lá pela estrutura que levava até o telhado, já que sabia que não teria nenhuma alternativa além daquela. Olhei por cima do ombro para me certificar de que não havia ninguém me observando e coloquei o pé junto à parede, me preparando para dar impulso e literalmente colocar a minha vida em risco para procurar aquele manuscrito.

— O que você está fazendo? — Ouvi uma voz às minhas costas, e me afastei da parede imediatamente.

Quando olhei, vi Sofia me encarando — ela tinha retocado a tintura dos cabelos e as pontas estavam mais roxas do que nunca. Usava óculos escuros e uma camisa preta e larga, enfiada por dentro do cós de uma calça jeans puída nos joelhos.

— Tentando entrar no escritório — respondi, voltando a me segurar na estrutura. — O vovô trancou a porta.

— Mateus, pelo amor de Deus, você vai morrer! — exclamou ela, correndo até mim e me impedindo de continuar. — O que seria da sua vida sem mim? Vamos, vem comigo.

Ela me puxou pela manga em direção à cozinha. Lá, abriu a porta da despensa. Em uma das paredes, abriu um pequeno armário com uma quantidade imensa de chaves penduradas em pregos.

— Você acha que uma casa imensa dessas não ia ter cópia das chaves? — perguntou.

Olhei para o painel e vi cada chave com uma identificação da porta que abria, o que só me fez lembrar de como aquele lugar era imenso.

Estavam quase todas lá.

Quase.

— Estão procurando essa daqui, não é?

Dei um pulo quando ouvi a voz do nosso avô, que nos encarava da entrada. Ele balançava a chave do escritório e sua cópia bem diante de nossos olhos, com um sorriso presunçoso.

— Eu sabia que vocês continuariam com essa ideia imbecil e tentariam fuçar o meu escritório — disse ele, enfiando as chaves no bolso da bermuda. — Mas não tem nada lá dentro para vocês encontrarem. Já me basta a dor de cabeça de saber que o diário da sua avó não está mais lá. Vocês ficaram felizes quando descobriram que ela era uma mentirosa patológica? — Ele deu um passo à frente. Por instinto, Sofia e eu demos um passo para trás, nos encolhendo entre as prateleiras cheias de comida enlatada. — Dediquei a minha vida inteira a manter a reputação da nossa família intacta. Não sei se vocês entregaram o diário para aquela jornalista, mas, caso tenham feito isso, espero que as informações nele nunca sejam divulgadas. Senão, Deus me perdoe, vou fazer com vocês o mesmo que deveria ter feito com a sua avó quando descobri quem ela realmente era.

Estávamos petrificados.

— Agora vocês vão se comportar — disse ele, abrindo espaço para sairmos da despensa. — Estou de olho em vocês. Se fizerem qualquer gracinha, eu não respondo por mim. Estejam avisados.

É claro que não nos intimidamos pela ameaça do nosso avô. Não poderíamos procurar no escritório, mas a casa era grande demais e havia muitos lugares para investigar.

Mesmo que estivesse de olho em nós, vovô não conseguia nos manter em seu campo de visão o tempo todo. Ele estava muito ocupado com a equipe que organizava a festa, indo e voltando a todo momento do portão para responder algum jornalista, e passou grande parte do dia trancafiado em seu escritório, falando ao telefone com diversas pessoas.

Dividimos os cômodos: eu fiquei com quatro quartos, os banheiros, a sala de estar e a cozinha, e Sofia com os outros quartos, a sala de jantar e a de jogos, os lavabos e a área externa.

Tentei entrar na cabeça da vovó e pensar onde ela esconderia aquele manuscrito: procurei nos armários e nas estantes dos quartos, nos closets, revirei cada gaveta de meias e armários de sapatos, chocado com a quantidade de coisas que havia naquela casa. Procurei dentro dos banheiros, atrás dos móveis e embaixo das camas, me perguntando se havia algum esconderijo atrás de um quadro ou embaixo de um tapete, como nos livros de detetive.

Passei o dia inteiro procurando, mas não tive nenhum sucesso. Quando esbarrei em Sofia, o sol estava quase se pondo lá fora, e ela também tinha o semblante frustrado.

Sentamos no sofá da sala de estar, exaustos.

— Será que esse manuscrito realmente existe? — perguntei, a todo momento incomodado com o fato de não poder revirar o escritório do vovô.

— Espero que sim — respondeu Sofia. — Mas não consigo pensar em um lugar que a gente não tenha olhado.

— Se fosse você, onde esconderia?

— Sei lá. Em um cofre? Mas já abrimos ele, e não estava lá.

— Não, isso não faz muito o estilo da vovó — falei. — Não consigo pensar em nada.

— Meninos, venham aqui! — gritou minha mãe, nos chamando pela porta da cozinha. — Já está quase na hora de a gente começar a se arrumar para sair, mas o avô de vocês quer fazer um brinde antes.

Cansados e frustrados, nos levantamos do sofá e nos arrastamos até o jardim. Vovô estava diante de uma das mesas, com um balde de prata cheio de gelo e uma garrafa de champanhe dentro dele, rodeado por taças de cristal. Assim que nos viu, bateu com um garfo na taça que tinha em mãos, pedindo silêncio.

Quando todos pararam de trabalhar e começaram a prestar atenção, ele disse:

— Esse ano foi um pouco atípico para mim, não só por ter publicado o livro que me colocou de volta na boca do povo, mas também por ter sido mais uma vez agraciado com a indicação ao prêmio Maria Firmina dos Reis de Livro do Ano. E eu gostaria de usar esse momento para lembrar da minha esposa e grande companheira de aventuras, Maria Luiza. Ela nos deixou há pouco tempo, e às vezes penso que ficaria louca de felicidade com esse prêmio. Mas, infelizmente, ela não pode nos acompanhar hoje. — Ele secou os olhos de um jeito falso, e senti a fúria crescer dentro de mim. Eu sabia que aquele era um teatro muito bem encenado. — Bem, me desculpem por isso.

Ele pegou a garrafa de champanhe e a abriu, fazendo a rolha voar com a pressão. Depois, encheu as taças e entregou uma para cada pessoa da família.

— Por favor, um brinde a Maria Luiza e a *De volta à casa azul* — disse, erguendo a taça.

Então entendi.

Puta merda, como eu não tinha pensado nisso antes?

Enquanto vovô bebericava de sua taça e as pessoas voltavam aos seus afazeres no jardim, puxei Sofia discretamente.

— Sofia, o brinde! O brinde!

— Que foi, Mateus?

— Eu sei onde o manuscrito está!

— O quê?

Sem responder, apenas a puxei em direção à cozinha. Voltei aos armários que tinha vasculhado ao longo do dia, me concentrando nas gavetas embaixo da pia.

— "Um brinde a revirar fundos de gaveta e a romances inesperados!" — falei, citando uma das últimas frases do diário da vovó e abrindo a última gaveta da cozinha, embaixo da pia.

Havia uma confusão de coisas lá dentro: fita isolante, chaves de fenda, pedaços de pano velho, molas enferrujadas e tesouras esquecidas.

Mas, embaixo de tudo aquilo, escondido por uma camada de poeira e insetos mortos e esquecidos pelo tempo, estava um envelope de papel pardo.

O manuscrito da vovó estava ali esse tempo todo, bem debaixo do nariz de todo mundo.

23

— **Vamos, vamos, vamos** — eu murmurava para mim mesmo, erguendo o celular em busca de uma barrinha de sinal que me possibilitasse enviar as fotos das páginas do manuscrito para Vitória.

Assim que deslizamos as páginas para fora do envelope, vimos a letra bonita de nossa avó: ela preenchia páginas e mais páginas, todas datadas, inegavelmente dela. Além disso, havia uma carta antes do manuscrito, que Sofia e eu lemos diversas vezes. A cada vez que eu lia, segurava as lágrimas para não deixar que respingassem no papel. Sofia não conseguiu se conter, e a vi secando o rosto.

— Ela... — disse Sofia, tentando encontrar as palavras que eu também não conseguia elaborar. — Meu Deus, Mateus!

Apenas assenti. Meu coração estava acelerado. Enquanto tentava me acalmar, só conseguia pensar que aquela era a única cópia da prova definitiva para esclarecer toda aquela história. Sofia e eu nos trancamos no quarto e dividimos os papéis para fotografar cada um deles, apenas como garantia. Mas eu sabia que as fotos não seriam necessárias: protegeríamos aquele manuscrito com nossas vidas.

— A gente conta para a mamãe e a tia Amanda? — perguntei quando estávamos quase acabando o trabalho.

— Não — respondeu Sofia, categórica. — Vamos mostrar para o mundo todo de uma vez.

Quando terminamos de tirar as fotos, comecei a correr pela casa em busca de sinal, e Sofia fez o mesmo. Só paramos quando minha mãe me chamou e exigiu que nos arrumássemos logo, porque os carros chegariam em menos de uma hora e todos precisávamos estar prontos.

Tomei um banho rápido, com o celular na beirada da pia, ainda sem nenhuma barrinha de sinal. Me vesti e ouvi reclamações pelo meu cabelo desarrumado e minha camisa amassada, mas não tínhamos mais tempo para nada: precisávamos ir à premiação.

Vovô contratou três carros: um para minha família, outro para Sofia e tia Amanda e um terceiro, o maior e mais caro de todos, exclusivamente para ele.

Ele era patético.

Quanto mais nos aproximávamos da cidade, mais a ansiedade crescia — eu não via a hora de ter sinal de telefone. Aquilo era uma tortura. A barrinha aparecia de vez em quando, mas era só eu abrir o aplicativo de mensagens para enviar a foto da carta e de algumas páginas do manuscrito para Vitória que voltava a sumir.

Parecia que o universo estava de sacanagem com a minha cara.

— Está tudo bem, Mateus? — perguntou minha mãe, que me via impaciente, com a perna subindo e descendo, agarrado ao meu celular. — Está nervoso com alguma coisa?

Respirei fundo, engolindo toda a minha vontade de mostrar a ela o que tínhamos descoberto. O manuscrito estava comigo, presos nas minhas costas pela barra da calça e o terno, as folhas envelhecidas em contato com minha camisa social enquanto eu rezava para que meu suor não as estragasse.

— Está tudo ótimo — murmurei quando o sinal voltou e, por um milagre, permaneceu estável. — Isso!

Meus pais me encararam, curiosos. Percebi que até mesmo o motorista me olhou pelo espelho do retrovisor.

Não falei nada.

Em vez disso, abri o aplicativo de mensagens e enviei as fotos para Vitória.

> **Mateus:** Faça o que tiver que fazer. Temos pouco tempo.

Nosso carro foi o primeiro a estacionar na frente do Auditório Ibirapuera. Vitória fez um grupo de mensagens comigo e com Sofia depois de ter lido o conteúdo das fotos que enviamos. Ela tinha um plano, e compartilhou o que gostaria de fazer, perguntando se estávamos de acordo.

Respondemos que sim. Era um ótimo plano.

Dava para ver os canhões de luz e as placas sinalizadoras apontando em direção ao lugar onde a premiação ocorreria. Alguns jornalistas se espalhavam pelo estacionamento, fotografando as pessoas que saíam dos carros e iam até o tapete vermelho.

Esperamos os outros carros chegarem e, quando vovô saltou, percebemos que todos os jornalistas foram em direção a ele. O interesse era crescente, mas meu avô não respondeu nenhuma pergunta — apenas deu seus passos falsamente lentos, sustentado por sua bengala, enquanto sorria e acenava para as fotos. Andamos atrás dele. Eu mantinha um dos braços colado ao corpo, apertando o manuscrito contra mim, e a outra mão segurava o celular como se fosse um membro vital.

— E aí, preparado? — perguntou Sofia, olhando para o seu telefone também aberto no aplicativo de mensagens.

— Preparado — respondi, respirando fundo e pensando que não tinha mais volta.

O ar-condicionado do salão estava na potência máxima. A maior parte das pessoas circulava no saguão anterior ao auditório, comendo canapés, bebendo espumante e conversando educadamente com autores e outras figuras do mercado editorial.

Nos sentamos em cadeiras próximas ao palco, onde era projetado o logo do prêmio Maria Firmina dos Reis. Vovô acenava e levantava a todo momento para cumprimentar algum conhecido do mundo editorial, e chamou seu agente para sentar perto da família.

— E então, meninos? Empolgados para ver o seu avô fazer história? — perguntou o homem, sorrindo. — Se ele levar esse prêmio, será o único escritor da história a ter ganhado por uma continuação. Não é incrível?

Concordamos, sem prestar muita atenção.

Ainda estávamos com o olhar fixo nos nossos celulares.

Vi quando uma nova mensagem chegou no nosso chat. Sofia me olhou, apreensiva.

> **Vitória:** Me encontrem na porta do banheiro feminino do lado esquerdo do auditório.

> **Mateus:** Você está aqui?

> **Vitória:** Venham logo.

Nos levantamos subitamente, fazendo todos olharem para nós com curiosidade.

— Nós vamos… pegar comida — falei, apontando para a saída do auditório.

— Banheiro — disse Sofia, ao mesmo tempo que eu.

E, sem esperar por nenhuma resposta, corremos em direção ao lugar combinado, nos camuflando entre as pessoas que transitavam antes dos prêmios começarem a ser anunciados.

Vitória nos aguardava, olhando ao redor, provavelmente torcendo para ninguém reconhecê-la.

Ao lado dela estava Ana Cristina, vestindo um terno escuro muito semelhante ao uniforme dos garçons.

— Como você entrou aqui? — perguntei, encarando Vitória.

— Eu tinha um convite — respondeu ela. — Eles não riscaram meu nome da lista depois da demissão.

— Como *você* entrou aqui? — perguntou Sofia, olhando para Ana Cristina.

Ela deu de ombros.

— Eu conheço um cara.

— Ok, nós não temos muito tempo, e eu chamei vocês porque não ia ser a mesma coisa perguntar por mensagem. — Vitória nos encarou. — Vocês têm certeza de que querem fazer isso? Estão confortáveis com os rumos que essa história pode tomar?

Ela perguntou para nós dois, mas vi que seu olhar se demorou em Sofia.

Minha prima tinha uma determinação no olhar que eu nunca havia visto antes.

— Sim. É o certo a ser feito — respondeu ela. Depois, me deu uma cotovelada. — Entrega o manuscrito para ela, Mateus.

Enfiei a mão para trás por dentro do paletó e estiquei o envelope manchado pelo tempo e pelos insetos mortos. Vitória não fez menção de pegá-lo.

— Acho que a Ana deve ficar com ele — disse a jornalista.

Concordei, esticando o manuscrito para Ana.

— Obrigada, garotos — disse ela, a voz durona dando lugar a um tom emocionado. — Nunca pensei que vocês conseguiriam fazer isso.

— Nós não teríamos conseguido se você tivesse se conformado e se mantido em silêncio — disse Sofia. Ela deu um abraço em Ana, muito parecido com aquele que as duas trocaram quando conversamos na cafeteria. — Obrigada, Ana.

— Vão logo, antes que o avô de vocês perceba que estão demorando muito — disse Vitória. — Deixa que a gente cuida do resto.

No auditório, vovô parecia inquieto enquanto ouvíamos as premiações sendo anunciadas. Ele batia palmas de um jeito mecânico e prestava pouca atenção aos discursos dos vencedores, olhando para o seu agente a todo momento. Percebi que ele estava ansioso. Eu também estava, olhando para o meu celular e atualizando a página de assuntos mais comentados do Twitter obsessivamente. Se tudo corresse como o planejado por Vitória, o nome do vovô reapareceria nos *trendings topics* a qualquer momento.

— Chegou o grande momento da noite. — Todas as conversas morreram imediatamente quando o apresentador do evento falou, as cabeças se voltando em direção ao palco. — Senhoras e senhores, esse foi um ano permeado por polêmicas na categoria Livro do Ano. O que acho interessante para dar uma agitada nas coisas — acrescentou ele, arrancando risadinhas educadas e entediadas de parte dos espectadores. — Entre os indicados, temos um estreante de vinte e três anos, uma autora que brinca com as formas de se contar uma história, dois irmãos com um livro colaborativo e, por fim, um veterano, que concorre na categoria anos após ganhá-la, com a continuação de um dos livros mais importantes da literatura contemporânea brasileira. Esses são os indicados ao prêmio Maria Firmina dos Reis de Livro do Ano!

O apresentador virou o rosto para olhar a tela, onde permanecia o logo do evento.

Dez, quinze, vinte segundos se passaram, e quando a imagem continuou igual e o silêncio no auditório começou a se tornar constrangedor, ele falou ao microfone:

— Produção? Podem trocar a imagem, por favor?

Nesse momento, vi no meu celular o primeiro termo surgir nos assuntos mais comentados:

José Guimarães Mentiu

Continuei atualizando a lista de mais comentados, e a cada nova atualização, um novo termo aparecia.

A Casa Azul
De Volta A Casa Azul
A Casa Caiu

José Guimarães Fraude
Ana Cristina Figueiredo
Maria Luiza Guimarães
Confidências De Uma Garota Apaixonada

    A tela com o logo do prêmio ficou preta, o que fez as pessoas murmurarem entre si. A projeção piscou, e a imagem foi substituída pela foto que eu havia enviado para Vitória.
    A carta que vovó deixou dentro do envelope, junto com a versão manuscrita de *De volta à casa azul*.
    Enquanto a imagem da carta escrita à mão passava lentamente pelo telão, com letras grandes o bastante para todos conseguirem ler, ouvimos a voz de Vitória amplificada pelos alto-falantes. Não sabia como ela tinha conseguido fazer aquilo, mas tinha dado certo.
    — Querida Ana… — leu Vitória, enquanto todos olhavam para a tela de projeção. — É este o livro que demorei tanto tempo para escrever. *De volta à casa azul*. O livro que fantasia o meu futuro com você, o que não leva em conta tudo aquilo que José fez para nos manter separadas. É uma fantasia, meu amor, a história que nunca vivemos, mas espero que faça jus aos nossos planos e sonhos e à esperança de te ter ao meu lado.
    "José passou tanto tempo se aproveitando de nossa história, e talvez também se aproveite dessa. Talvez você nunca tenha a oportunidade de ler esta carta e saber que cada parágrafo, linha, palavra e letra dessa história pertence apenas a nós duas. Já se passou tanto tempo, minha Ana, e hoje percebo o quanto poderia ter sido diferente. Hoje, eu gritaria ao mundo que te amo, diria a todos que deveríamos ter ficado juntas, e mandaria ao inferno todos que dissessem que nosso amor era errado. Era apenas amor. É apenas amor. Porque você continua, mesmo depois que eu for embora. Não sei se vivi pouco, muito ou o bastante, mas tenho esperanças de que, caso existam outras vidas, eu possa fazer diferente.

"Este livro é uma homenagem ao amor que nunca tivemos o direito de expressar. Eu o escrevi pensando unicamente em você. Mesmo depois de todos esses anos, você ainda é a minha garota. A garota da casa azul.
"Da sua amada,
"Maria Luiza Andrade de Freitas."

A projeção da carta foi substituída pela das páginas manuscritas de *De volta à casa azul*. A essa altura, todo o auditório tinha se transformado em um caos de burburinhos, celulares filmando e fotografando o telão, pessoas olhando as redes sociais em busca de mais informações. Meu avô, paralisado, estava branco como papel ao lado do agente. Mamãe e tia Amanda olhavam do vovô para Sofia e eu, e vi na expressão delas quando juntaram as peças e perceberam que nós éramos os responsáveis por aquilo.

— Desta vez, a carta estava assinada — disse Sofia, olhando fixamente para vovô. — Não é mais a Ana Cristina ou a gente que precisa explicar alguma coisa.

— Acalmem-se, acalmem-se! — O apresentador do prêmio parecia uma barata tonta, andando para todos os lados sem saber o que fazer. — Infelizmente, o anúncio de Livro do Ano não poderá acontecer neste momento! Me desculpem, a comissão irá avaliar todas as informações e, assim que tivermos atualizações, vamos anunciá-las. Tenham uma boa noite!

Dizendo isso, as luzes do auditório se acenderam e o telão se apagou.

Vovô ainda não havia se mexido.

— Com certeza há uma explicação racional para tudo isso — disse o agente dele, suando em bicas, sem saber como se comportar em uma situação como aquela.

— Eu vou matar vocês dois! — gritou vovô para mim e para Sofia. Ele se levantou com agressividade, deixando a postura frágil de lado.

— Chega! Pai, para com isso! — Minha mãe também se levantou. E tia Amanda. E meu pai. — *Você* tem que explicar o que está acontecendo!

— Vocês destruíram a minha carreira! — vociferou ele.

— A sua carreira nunca devia ter existido — rebateu Sofia, em um tom surpreendentemente calmo. — Você sempre foi uma farsa. A vovó nunca pôde ser quem ela era por sua causa!

Percebi o tremor na voz dela e segurei sua mão. Ela apertou a minha em sinal de agradecimento.

Demos as costas para nosso avô e saímos do auditório, seguindo a fila de pessoas que ainda parecia tentar entender o que havia acontecido naquela noite.

Epílogo

— **Vamos logo, Mateus!** A gente vai se atrasar!

— Já vou! Já vou!

Me olhei mais uma vez no espelho, avaliando se aquele era o melhor jeito de arrumar o cabelo. Dei um passo para trás, analisando minha camisa social azul-clara por baixo do terno cinza, meu projeto de bigode, minhas unhas pintadas de vermelho e meus tênis imaculadamente brancos. Lembrei que, na última vez em que tinha vestido uma roupa social como aquela, havia sido uma confusão dos infernos.

Mas naquele dia seria diferente.

Sofia estava me esperando sentada no sofá da sala, balançando uma das pernas impacientemente. Olhava para o celular, trocando mensagens com alguém — ela vinha olhando *muito* para o telefone ao longo do dia, mas não fiz perguntas que pudessem deixá-la desconfortável. Ela havia decidido mudar a cor da ponta dos cabelos, e dessa vez estava vermelho. Quando me viu, soltou um "até que enfim!" antes de me analisar de cima a baixo. Coloquei minhas mãos nos bolsos e ensaiei uma pose. Ela, rápida, ergueu o celular e tirou uma foto antes que eu pudesse evitar.

— Estão todos prontos? — perguntou minha mãe, saindo de seu quarto com um par de saltos altos, vestido bege e os cabelos soltos caindo pelos ombros em pequenos cachos. — Rubens, vamos!

Meu pai saiu do banheiro vestindo uma roupa social parecida com a minha. A única diferença era que meus sapatos eram tênis brancos, e os dele eram sociais e pretos.

— Onde está sua mãe, Sofia? — perguntou minha mãe.

— Adivinha? — Sofia apontou para o lado de fora, onde tia Amanda estava sentada com o braço estendido, interagindo com a câmera do celular. — Deve estar falando com os seguimores.

Algumas coisas nunca mudavam.

Minha mãe abriu a porta e gritou pela minha tia.

— Estou fazendo uma live! — gritou ela em resposta, fazendo minha mãe revirar os olhos.

O número de seguidores da tia Amanda havia aumentado dez ou vinte vezes desde toda a confusão com o prêmio no ano anterior. Ela havia, meio que sem querer, se tornado a porta-voz oficial da família para alimentar o público com todas as informações adicionais às veiculadas pelos jornais. De vez em quando, ela falava mais do que devia, mas, na maior parte das vezes, conseguia fazer um bom trabalho e desviava as atenções da minha mãe ou do meu pai, que haviam desistido das redes sociais depois do incidente.

— Você vai continuar essa live no Uber! — respondeu minha mãe, pegando seu celular e pedindo um carro enquanto meu pai pedia outro.

Os dois veículos chegaram na livraria em menos de quinze minutos. Descemos na rua atrás da Avenida Paulista, e quando chegamos na porta, olhei para a imensa quantidade de pessoas que já se organizava em fila com *De volta à casa azul* em mãos. Era mais gente do que eu poderia imaginar: a fila saía de dentro do prédio que abrigava a livraria e se estendia pela calçada. Fiquei surpreso, porque pensei que não haveria tanta gente assim. O livro já tinha vendido mais exemplares do que qualquer outro no ano anterior, e certamente a maior parte daquelas pessoas já tinha a edição anterior, com o nome do vovô na capa. Mas todos estavam curiosos para ver Ana

Cristina Figueiredo depois que toda a verdade tinha vindo à tona, e também para ler o que ela tinha a dizer sobre o caso no posfácio.

Andamos até a livraria e olhei as pilhas de livros dispostos na vitrine.

DE VOLTA À CASA AZUL
um romance de Maria Luiza Andrade de Freitas
com posfácio de Ana Cristina Figueiredo

Haviam reformulado totalmente o projeto gráfico, relançando tanto o primeiro quanto o segundo livro da minha avó. Também relançaram *Confidências de uma garota apaixonada* com uma capa que conversava com a dos livros da Casa Azul. Eles também estavam dispostos em pilhas espalhadas por diferentes partes da livraria.

Dei um sorriso satisfeito, imaginando como minha avó ficaria feliz ao saber que, enfim, ela era reconhecida como a escritora mais importante do país.

Quando entramos na loja, dei uma espiada na mesa onde Ana Cristina conversava com os seus leitores e os da minha avó. Ela sorria, e em sua expressão havia mais do que a mera felicidade de estar ali: havia satisfação por todos finalmente terem descoberto a verdade, depois de tanto tempo.

Foi um ano louco, para dizer o mínimo: depois da noite de premiação, as discussões voltaram a se inflamar. A prova irrefutável do manuscrito da minha avó, junto com aquela carta onde ela declarava seu amor por Ana Cristina, foi assunto central de todas as discussões, dentro e fora da bolha dos amantes de livros. Todos discutiam o passado da vovó, as mentiras do vovô, e como Ana Cristina havia sido injustamente acusada de perseguição e obsessão por José Guimarães de Silva e Freitas.

O nome dele foi, aos poucos, sendo cada vez menos citado. O interesse maior era em como Ana Cristina se sentia, agora que tudo estava esclarecido. Vovô perdeu o contrato com a editora e os direitos sobre qualquer coisa relacionada aos livros da Casa Azul e foi obrigado a desembolsar uma grana considerável para Ana Cristina por conta de todos os danos que havia causado a ela. Não procurei saber mais, porém minha mãe disse que ele estava quase falido. O casarão era a única coisa que tinha sobrado.

Cumprindo sua palavra, Ana Cristina cedeu tudo o que ganhou do vovô para nossa família. Ela realmente não queria saber do dinheiro. Minha mãe ficou responsável pela parte financeira, dividindo os lucros com tia Amanda.

— Olá, meninos! — Ouvi antes de ver Vitória acenando de uma poltrona enquanto folheava a nova edição do livro da vovó. Assim que capturou nossa atenção, levantou e nos abraçou, sorridente.

Ela não tinha voltado para o *Diário de São Paulo*, mesmo com o pedido de desculpas público que recebeu do editor depois de ter concluído a história de Ana Cristina. Disse que o jornal não dava muita liberdade para ela. Preferiu trabalhar como *freelancer* com as histórias de que gostava, escrevendo artigos para jornais internacionais, e estava muito bem financeiramente. Ela tinha fechado um bom contrato com uma editora para escrever uma biografia de Ana Cristina e outra da vovó, nos dois anos que se seguiriam. Ela ia lá em casa pelo menos uma vez por mês para mostrar o progresso da história e fazer perguntas, e sempre era extremamente profissional ao deixar de fora alguma parte que não queríamos que entrasse no livro.

Por mim, poderia ser lançada uma versão sem cortes, mas mamãe achava que o vovô já tinha recebido o desprezo do público por muito tempo e não queria piorar a situação dele.

— Olha quanta gente! — exclamou mamãe, depois de abraçar Vitória. — Que horas você acha que acaba?

— Pela minha experiência, acho que a Ana não sai daqui antes da meia-noite — respondeu a jornalista.

Ainda era uma e meia da tarde.

— Será que a gente consegue dar um oi para ela? — perguntei.

— Lógico!

Sem pedir licença, Vitória nos guiou até a mesa onde Ana autografava seus livros. Assim que desviou a atenção do leitor que atendia e nos viu, levantou e pediu para a fila esperar um momentinho, prometendo ser rápida.

Ela usava seu característico terno fechado, mas dessa vez havia adicionado um detalhe diferente: uma gravata-borboleta azul, da mesma cor da casa que estampava a capa dos dois livros da vovó. Com um sorriso largo, muito diferente da expressão sisuda com a qual tentei me acostumar no ano anterior, ela nos abraçou, deu beijinhos nos nossos rostos e até posou para um vídeo rápido de tia Amanda. Sorriu quando Sofia mostrou alguma coisa no celular e pareceu muito desconfortável com o fato de não poder se sentar conosco e passar horas a fio conversando.

— Hoje é o seu dia, Ana! — falei para ela. — Não esquece de autografar os nossos livros!

Ana correu para pegar dois exemplares expostos na mesa e escreveu dedicatórias para mim e para Sofia.

— Pensei no que eu escreveria para vocês desde o dia em que assinei o contrato para essa nova edição — disse ela, me estendendo a versão repaginada de *Confidências de uma garota apaixonada*. Percebi que ela havia demorado mais tempo escrevendo para Sofia, e fiquei curioso para ler o que havia naquela folha de rosto. — Espero que vocês gostem.

Abri o livro e li a dedicatória feita para mim.

Para Mateus,
Sua avó está orgulhosa de você, onde quer que ela esteja.

A vida com certeza seria imperfeita demais sem você.
Muito obrigada por acreditar em mim.
Obrigada por acreditar na verdade.

Com amor,
Ana Cristina Figueiredo

— Ah, Ana! — Abracei-a, os olhos cheios de lágrimas. Sofia mordia o lábio superior enquanto ainda lia sua dedicatória, e percebi como se emocionou. — Tenho certeza de que a vovó está orgulhosa de todos nós. Mas você se esqueceu de colocar a data!

Nós havíamos contado toda a história da senha do cofre. Enquanto Ana pegava o livro de volta, acrescentando a data embaixo da assinatura, cochichei para Sofia:

— O que ela escreveu na sua dedicatória?

Sofia estendeu o livro para mim enquanto eu dava o meu para ela.

Para Sofia,

Quando sua avó me escreveu dizendo que teria uma neta, pensei em como seria crescer tendo como referência uma mulher tão incrível quanto ela. Vejo que, por mais que Maria Luiza não pudesse ter vivido do jeito que quis, plantou em você a sementinha das mulheres revolucionárias. Espero que você seja um jardim onde essa semente possa florescer e dar outros frutos. Continuemos nos inspirando e servindo de inspiração para outras mulheres revolucionárias espalhadas pelo mundo.

Obrigada por acreditar em mim.

Obrigada por acreditar na verdade.

Com amor,
Ana Cristina Figueiredo

Foi impossível não me emocionar também.

Devolvi o livro de Sofia e ela sorriu, olhando para Ana.

— Janta com a gente? — convidou Sofia.

— Acho que não vou conseguir sair daqui tão cedo — respondeu Ana, dando uma olhada na fila e encolhendo os ombros.

— Ah, quando terminar manda uma mensagem pra gente, que tal? Não vamos pra casa agora. Viemos aqui para te ver rapidinho, mas ainda temos outro lugar para ir hoje.

Quando vovó morreu, uma de suas exigências foi ser enterrada na cidade de São Paulo. Apesar de ter nascido no interior, ela sempre se considerou uma mulher urbana, e, assim como eu, aprendeu a amar o caos e o cinza que era aquela capital.

Depois de passar mais um tempinho na livraria, nos despedimos de todos e chegamos ao cemitério antes das três da tarde. O dia estava claro e algumas nuvens cobriam o sol. Seguimos até a lápide dela, sentindo a paz e o silêncio daquele lugar repleto de estátuas de santos e flores.

Fiquei em silêncio, encarando a lápide da vovó enquanto minha mãe e tia Amanda fechavam os olhos e faziam suas orações. Elas não eram muito chegadas a grandes discursos, e nenhuma palavra era necessária naquele momento.

Também fechei os olhos, respirando fundo e me lembrando dos momentos com ela: as histórias contadas no escritório do vovô, as risadas e as noites tomando chocolate quente antes de cair no sono. Olhei para Sofia e vi que ela mantinha os olhos abertos e sorria.

— Obrigada, vovó. — Ela se agachou e encostou os dedos na lápide, depois colocou as novas edições de *A casa azul* e *De volta à casa azul* ao lado do nome de nossa avó.

Abri um sorriso enquanto encarava a lápide com o nome dela. Eu poderia ter falado alguma coisa, mas senti que nenhuma palavra seria o bastante para expressar toda a paz que eu sentia naquele momento. Mas sei que, onde quer que minha avó estivesse, ela podia sentir o quanto a amávamos.

Mesmo que ela não pudesse ter vivido sua história de amor do jeito que sempre quis, sei que estava ali, naquele momento, orgulhosa por tudo o que havíamos feito.

Mesmo sem querer, ela havia sido a maior de todas as revolucionárias.

Agradecimentos

Escrever *A história que nunca vivemos* foi desafiador em muitos sentidos: escrevi o primeiro rascunho deste livro em 2020, quando estávamos mergulhados no caos mais agudo da pandemia. Pela primeira vez, escrevi sobre a paixão de duas mulheres, e decidi inseri-las nos anos 1970. Escrever Maria Luiza e Ana Cristina não foi tão fácil quanto eu imaginava a princípio, e colocar a figura de Mateus como esse personagem que, apesar de narrar toda a história, não é o protagonista dela, me ensinou que existem milhares de formas de se contar uma história.

Durante essa trajetória, tive ajuda de muita gente: em primeiro lugar, da equipe da agência Três Pontos. Taissa Reis, obrigado por sempre estar disposta a ouvir minhas ideias e trabalhá-las antes mesmo de elas estarem no papel. Você sempre me incentiva a fazer o melhor trabalho possível; Jackson Jacques, por ter a paciência de encaixar eventos dentro da agenda meio inconstante de quem precisa trabalhar aos sábados; Dryele Brito, por ser a leitora mais empolgada que qualquer autor gostaria de ter; e Gih Alves, por ter sido uma das primeiras a ler essa história e dizer "não se preocupa, Lucas, esse livro é bom de verdade".

Para todos na Editora Alt, em especial Paula Drummond e Agatha Machado: a empolgação de vocês me move e me emociona. Obrigado por mergulharem na edição dessa história e me ajudarem com todos os detalhes técnicos e jurídicos que envolveram a vida de Maria Luiza, José Guimarães e Ana Cristina. Obrigado por continuarem acreditando nas minhas histórias e oferecer um lugar em que elas possam ser publicadas.

Um agradecimento especial para Theo Araújo, que trabalhou nesse texto e o deixou muito mais gostoso de ler. Suas sugestões foram muito valiosas e, sem você, esse livro não seria o que é.

Para Lucas Fernandez, por acompanhar todas as minhas angústias e me certificar de que, no fim das contas, tudo daria certo.

Para minhas amigas de trabalho, Sonia e Thaísa, por serem sempre empolgadas com a minha carreira literária e me apoiarem na corda bamba que é conciliar o trabalho de escritor e bibliotecário.

Para o talentosíssimo Helder Oliveira, que fez a capa do livro que você tem em mãos: obrigado por continuarmos com a parceria iniciada em *Rumores da cidade*. Espero que ainda possamos trabalhar em muitas outras capas ao longo da vida.

Aos meus amigos escritores que sempre me incentivam a continuar escrevendo e a fazer o melhor trabalho possível: Vitor Martins, Vito Castrillo, Dayse Dantas, Fernanda Nia, Barbara Morais, Iris Figueiredo, Mareska e Babi Dewet.

E para você, leitor, meu mais profundo e sincero agradecimento. Só escrevo porque você está aí, disposto a passar algumas horas com os personagens que saíram da minha cabeça. Sem você, eu não teria absolutamente nada.

Este livro, composto na fonte Fairfield,
foi impresso em papel Ivory Slim 65 g/m² na gráfica Coan.
Tubarão, Brasil, junho de 2024.